住野夜

Yoru Sumino

這份心情總有一天會遺忘

この気持ちもいつか忘れる

作者在執筆本作品時，從構思階段就與 THE BACK HORN 樂團一再討論，一同走過創作路程。這是一部超越小說與音樂界線、受到彼此創作啟發而誕生的合作作品。

請各位讀者多多支持專輯，數位版於各大音樂平臺均已上架。

正篇

看樣子，這一生應該是無聊透頂。大人都說「十幾歲是最快樂的時代」，就是最好的證據。竟然會羨慕這種平淡無奇的日子！我竟然永遠不可能從現在的地點往上浮升！

我一直以為周圍的人也都跟我有一樣的危機意識，不過事實卻非如此。他們都有各自的辦法，讓自己能夠勉強接受現實。譬如讀書，譬如聽音樂，譬如熱中運動，譬如專注於學業，藉由這些方法來安慰自己。

遵守一定的規則，得到一定的能力，只要沒有遭遇極度不幸就能活下來。我會覺得食物很美味、睡眠很舒服，但不論做什麼都很無聊。太無聊了。

每天早上吃飯、上學、進入規定的教室、坐在規定的座位，不跟特定的人進行有意義的交流。既沒有友好關係，也不會彼此傷害。

我只是盯著桌子，等候時間流逝。「無聊」受到刺激，就會變得更明確；扭動身體，就會使疼痛更劇烈。只要靜靜待著，就能把它當成單純的既存事物，設法撐過去。我靜靜地注視著棲息在自己心底的「無聊」。

我張開眼睛，迅速環顧四周。這間教室裡聚集了三十名毫無特色的孩子，沒有一個是特別人物。包含我在內，個個都是無趣的傢伙。

我跟這些傢伙的差別，就是我在生活中沒有忘記自己的無趣。其他人總是以某種方式為人生增添色彩，誤以為自己是特別的存在。我對他們一視同仁地輕蔑。

我感到走投無路。對於只能感到走投無路的自己，以及連走投無路的感覺都沒有的那些傢伙，我心中產生怒火。

持續為自己的無趣感到憤怒的現在，據說就是人生最高潮。

真是太蠢了。

喂，拜託。

不論是誰都可以，把我連同這份心情一起帶走，遠離這個沒有意義的地方吧！

※

以前我在無所事事時，會大量閱讀書籍來打發時間，也因此累積各種無用的知識，不過並沒有更多的收穫。專門書籍與非小說類書籍雖然也好不到哪去，不過尤其是他人想出來的故事，完全不可能帶來希望。

「鈴木，從第五行讀到下一段。」

「好的。」

我回應老師的指示，拿著國文課本站起來，朗讀被指定的部分。我不會反抗。看到班上以不良少年自居的傢伙挑釁地說「好麻煩」，我就會覺得他們完全不了解。如果怕麻煩，就應該依照指示行動。隨波逐流是最能單純地推動時間的方式。既然沒有選擇請假、為了某種理由來上學，那麼就只能藉由這個方式來減輕麻煩。或者他們根本不覺得麻煩，只是想要引起注意，以為可以藉此減輕自己的無趣程度，那就更低等了。

上課遲早會結束。午休前有四節。光是坐著聽人說話，肚子也會餓，所以我每天都會去學校餐廳，獨自坐在空位上，把當天隨意選的食物放入嘴裡。我總是心不在焉地吃著跟實際想吃的有些落差的東西。

用餐結束後，我也沒有特別流連，直接回到教室。我在嘈雜的教室中坐在自己的座位，周遭的傢伙就會稍微拉開距離。說實在的，我感到很慶幸。彼此就算積極交流，也不會有任何好處。

接下來就跟早上一樣，默默地忍受無聊的痛苦。通常總是能夠忍耐成功。

「喂，鈴木。」

今天中途出現干擾。我前面座位的女生——田中——橫向坐在椅子上，一臉無趣地看著我。從她的嘴巴到紙盒包裝的果汁，有一根吸管連結。

「你活著有什麼樂趣？」

別開玩笑——我心想。我討厭她明明不經思考、卻提出一語中的的問題，而且還一副「懂得樂趣的自己過著比你更高尚的人生」的態度。

「沒什麼。」

「你不要發飆行不行？你放學之後都在幹麼？」

「在跑步。」

「跟誰？你沒參加社團吧？」

「自己一個人。」

「搞什麼？你是運動員嗎？」

「不是。」

「笨蛋，我當然知道。你為什麼不去找更有趣的事情來做？鈴木，你老是盯著桌子，看到你的臉，連我都要變得陰沉了。」

別多管閒事。我沒有造成任何人的困擾，為什麼還要顧慮他人的心情來生活？被這種跟所有人裝熟來證明自己價值的庸俗同學搭訕，我也會覺得無聊程度有增無減。

「沒什麼有趣的事情。」

「好陰沉。」

看到田中誇張地皺起臉，我差點要嘆一口氣，但還是忍住。我不打算輕易在班上樹敵，否則不只是無聊，還會變得麻煩。

「不過關於『無聊』這一點，我也有同感。好想快點離開這種鄉下地方。」

我打心底覺得這個意見很蠢。

這裡是鄉下或都會並不重要。搭電車或開車，頂多一小時或最多兩小時，這樣的時間根本無關緊要。在這段時間內，我們能做出一件特別的事嗎？不論在什麼地方，妳跟我都是無趣的人。

我移開視線，表示不想再繼續交談，但田中似乎還想利用我來打發時間，假裝自言自語，尋求我的反應。

「喔，本班個性陰沉的女性代表回來了。」

田中望著教室後方，以不怕被聽到的聲音這麼說。不用回頭，我也知道她指的是誰。

「鈴木，你跟她是陰沉夥伴，沒有彼此聊天嗎？」

這傢伙要怎樣才滿足？這世上充斥著無意義的問題。

「沒什麼好聊的。」

「也許你們會談得來。你們兩個總是盯著桌子，可以聊聊哪張桌子的表面比較漂亮。」

我討厭為自己說的話發笑的人。

陰沉夥伴——我知道從外部來看，我和（應該是）剛剛走進教室的齋藤是一樣的，但即使把兩人兜在一起也沒有任何意義。

前面座位的田中總算對我厭倦而離開。我默默地等待，午休時間就結束了。掃除時間，本週我負責整理教室。我適度地把地板和黑板弄乾淨，適度地排好桌子。如果沒有其他人來做，為了生活就必須要掃除。一開始就不追求趣味的工作，對我來說非常輕鬆，比午休時間更能穩定心情。

後來我又撐過第五節與第六節課，結束放學前的道別，便毫不留戀地踏上歸途。大多數的班上同學都因為得到自由而放鬆，有幾個人則為了接下來的社團時間而緊張，每個人都會在教室裡流連幾秒鐘。也因此，就結果來說，只有我和另一個人毫不浪費時間地走出教室。

雖然會有某一方看到另一方的背影這樣的差異，不過我們在走廊上從來沒有產生過任何交流。

由於我們的座號相近，因此在鞋櫃區，晚到的人必須等先到的人換好鞋子。

今天是齋藤先到。她並沒有特別匆促地換鞋子，而我則默默等候。雖然有時立場會逆轉，不過幾乎每一天，我們都會在這裡共度幾秒鐘。兩人沒有交談過。

齋藤默默無言、頭也不回地離開之後，我也默默地換上鞋子。

我跟齋藤會談得來？那傢伙的心中，一定也只有和其他傢伙差了零點幾公釐的無趣。班上有人能夠分享同樣的心情而得到救贖——在這世上，至少對像我這種毫無特色的人來說，這種事絕對不可能發生。不論是奇蹟、命運或特別事件都不存在。

※

「啊，香彌，你回來了。」

回到家，母親正要出門。她穿著喪服。

「我回來了。」

「幸好你趕上了，媽媽現在要出門。外公的妹妹過世了。你應該沒見過她，不過我要去參加守夜。你可以轉告哥哥嗎？」

「我知道了。」

「我會很晚回家。晚餐在冰箱裡，微波加熱之後再吃吧。還有點心。」

「嗯。」

「我會在你的生日之前回家。」

「嗯——小心不要被發現（註1）。」

我送走母親之後，走上很普通的獨棟房屋的二樓，在自己的房間放下書包。我脫下制服，換上運動服，下樓梯到一樓打開冰箱，看到冰箱裡有甜甜圈的盒子。這東西需要冷藏嗎？我邊想邊拿出盒子打開，挑了熱量看起來最高的甜甜圈。我需要跑步的熱量。

我在靜悄悄的家裡，坐在客廳的桌子前吃甜甜圈。我們家是那種隨處可見的家庭，父親此刻正辛勤地工作，哥哥上午去大學，下午努力打工。母親出門後，這個時間除了我以外沒人在家。他們過著平凡的生活，每一天都過得還算快樂，然後對最年幼的我說「十幾歲是最快樂的時期」這種放棄人生的鬼話。

這時我忽然想到少了什麼，便起身去打開放在客廳角落的收音機。平常母親總是邊聽收音機邊做家事，因此我回家的時候，收音機隨時都是打開的。由於在這樣的環境長大，相較於無聲，收音機播放時感覺比較不會聽見多餘的聲音。打開收音機時，正在播報戰爭相關的新聞。最近的廣播都是這個話題。

我感覺嘴裡的水份被甜甜圈吸收，便從冰箱拿出牛奶，倒入杯子裡喝。我從小就滿喜歡喝牛奶，或許因此而得到高於平均的身高。遺憾的是，對高個子有利的運動並沒有讓我產生興趣。

因為肚子餓，所以感到美味。吃終究是為了生存。或許有人會覺得，既然無趣就沒有活下去的意義，但是我目前並不打算自殺。對於死亡，我當然會感到恐懼，不過更重

1　在主角居住的地區，似乎習慣用這句話代替「再見」、「路上小心」。書中沒有詳細說明，不過可能跟後來提到的古老傳說有關。

要的是，現在死了也很無趣。如果我現在死了，只會被前面座位的田中那種人說「我就知道他會自殺」，沒有任何意義。

我休息了三十分鐘左右等待消化，然後關掉收音機與電燈，穿上慢跑用的運動鞋出門。我在家門口拉筋之後，開始走路，然後逐漸加快速度。路徑每天都一樣，往山的方向前進。我不會為此煩惱。我是為了預防萬一而姑且鍛鍊身體。當然也不是沒有些許的爽快感。

跑步時，腦袋放空的時間和想事情的時間會交互來臨。在想事情時，通常是在想該如何脫離如此無趣的每一天。從國中開始，我在跑步時只要想到什麼，就會去嘗試；譬如模仿不良少年的舉止，突然去參觀社團活動，或是與音樂共同生活。我會持續到為自己感到失望，覺得「原來就只有這樣」，然後又開始跑步、思考，重複同樣的過程。這回要來做什麼？

在隆冬跑步時，感覺就像在社團忍受嚴苛的練習，不過到了二月下旬，氣溫適合跑步的日子也越來越多了。

我在熟悉的鄉間道路跑步，到了作為目標的鐵塔折返，總計大概跑一個小時左右。回程我在氣喘吁吁的狀態中，跑入途中的林子裡做最後衝刺。我爬上沒有鋪裝的路徑，不久之後來到坑坑洞洞的柏油路。沿著道路前進，就到達一個公車站。那裡就是我慢跑的終點。

已經沒有使用而生鏽成褐色的公車站牌，貼著不論等多久都不會來的公車時刻表。明明已經沒有需要，旁邊仍矗立著一座鐵皮屋般的候車亭。我照例打開拉門，進入裡面坐到長椅上。

我調整呼吸，等到心跳穩定下來，候車亭裡就只能聽到鳥叫聲。眼前的柏油路沒有任何車輛經過。幾年前繞過這片樹林的全新道路完成後，大家都選擇使用那條路。

我之所以選擇這裡作為終點，最大的理由就是因為沒有人會到這裡。我自己也無法說明這種感覺，不過我很討厭被人看到自己結束跑步的瞬間。在跑步時或出發時被看到，我還不覺得怎麼樣，但是只有結束的瞬間，我想要保留給我自己。

第二大的理由，或許可以說是我心中的妄想，總覺得只有在這裡，我可以盡情幻想。當我獨處時，就覺得即使是最荒謬的念頭也能夠被容許——譬如坐在這種地方，或許有一天會有奇妙的公車駛來，把我載走。我當然知道奇幻故事不會發生。我知道像這樣夢想的自己，就跟在教室裡自我安慰的那些傢伙同樣愚蠢。所以我不會在其他地方幻想。只有在這裡，我才會放縱自己——一天兩次，在我能夠真正獨處的這裡。

不論是誰，都有幻想的地方嗎？不，應該沒這個必要。

我靜靜地在這裡待到停止流汗，當心情的節奏也得到調節之後便站起來，走出候車亭，再度認知到無趣的自己。蜿蜒曲折的柏油路左右兩邊都沒有人影。

我走了三十分鐘左右到家，哥哥已經回來了。我在客廳跟他打了沒什麼特別的招呼，然後轉告他母親的留言。

「咦？香彌，你的生日是今天嗎？」

「明天。」

我並不打算反抗除了無趣之外恰如其分的家人。我簡短地回答之後，就上樓到自己房間換衣服。吃晚餐之前，我查了在慢跑時想到的下一個挑戰項目：登山。與人競爭、或是挑戰人類過去紀錄的運動，除了能夠留名青史的人之外，其他人去從事也沒有任何意義，不過以自然為對象或許不錯。如果能夠親眼看到平常生活中看不到的景象，自己內心或許也會產生改變。當然也可能不論看到多美的風景，我都只會產生「不過如此」的感想。

當我在網路上看到一直爬山而達到無人能及的境界的和尚時，肚子開始餓了。

我走下樓梯到一樓，吃了母親準備的晚餐，多少也能感受到美味，並再度和哥哥進行無關緊要的對話，然後回到自己的房間。過去雙親曾經擔心我一直窩在房間裡，不過最近已經沒有特別在意了。他們知道我每天晚餐後都有固定行程。

這回我在房間查了一小時左右登山需要的用品，然後再度換上運動服。接著我下樓到一樓，前往哥哥所在的客廳。

「我出去了。」

「嗯，小心不要被發現。」

我不理會他心不在焉的回應，到玄關穿上運動鞋，出門之後感到還是很冷。不過相較於前一陣子必須穿更多衣服才能在晚上出門，現在已經舒服多了。

我朝著傍晚跑過的方向再度踏出第一步。家人似乎以為我每天晚上都去空曠的地方慢跑，但其實不是那麼回事。自從我了解到我只要待在房間裡，就會被莫名其妙地操心與關注，為了躲避家人團聚的時間，我便開始花很長的時間在黑暗中走路。

跟傍晚不同的地方除了速度之外，還有一點：這回我會直接前往那個公車站。我不會穿過樹林，而是慢慢走在路燈稀疏的柏油路。

路上還有住家時，我可以不用想太多繼續走，但是當周遭逐漸變暗，只有間隔很遠的路燈與空屋，以及偶爾經過的自行車時，走路時就得稍微留意四周。為了避免被車撞到，我在手腕上戴了微微發光的手環，不過如果邊走邊發呆，就有可能自己掉入水田或旱田裡。即使想要求救，也不知道什麼時候會有人路過。

話說回來，我幾乎天天走在這條路上，因此今天也毫無問題地到達那座樹林。我在路燈俯視之下，走在漆黑的柏油路上，不久就看到公車站。

公車既然不來，大概也不需要亮光。公車站位於兩盞路燈之間的正中央一帶，剛好在最暗的地方，可是照亮公車站的卻只有月亮。打開候車亭的拉門，裡面有日光燈的開關，但是我從來沒有開過，因此甚至不知道它會不會亮。

候車亭裡可以擋風，所以冬天時的體感溫度會比外面來得高。我關上門，坐在幾乎看不見是否在眼前的長椅。

我盤起腿，取下手腕上的手環，放入口袋裡。手環的光在黑暗中很礙眼。

除了一片漆黑之外，很難找到其他形容詞來形容候車亭內。外面隱隱約約發亮，更讓我感覺這個地方和無趣的外面屬於不同的世界。

這裡是我唯一被容許幻想的地方，一天只有兩次、可以縱容自己無趣本性的時間。

為了等候有可能來迎接我的某樣特別事物，我靜靜地閉上眼睛。

※

已經失去用途的公車站之所以還留在這裡沒有撤除，其實是有理由的。原因在於這座鄉下小鎮流傳的奇妙傳說。不再使用的建築物，必須保留一陣子不能破壞。這是因為祖先可能會使用人跡罕至的這些地方。當祖先下凡到人間，有可能需要這些地方。也因此，我們的小鎮上零星分布著一棟棟外貌陰森的空屋。

傳說的起源以及流傳至今的理由都不重要。多虧這個愚蠢的童話故事，讓我每天能夠獨自一人得到心靈的休憩。

不過就算是為了讓心靈休憩，也未免太輕忽了。

我在候車亭裡不知不覺地睡著。

過去我也曾經昏昏欲睡，但今天大概是因為天氣變得暖和，再加上昨天睡得不好，總之當我醒來時，才驚訝地發現自己睡著了。我從口袋取出手機，又吃了一驚：我已經變成十六歲了！

母親大概已經從殯儀館回來，手機接到幾通電話和簡訊。簡訊內容摻雜著擔心與說教。我輸入回覆的內容，說了一半實話，告訴她我在公園長椅上休息時不小心睡著，現在馬上回去。輸入完我就傳送給她。

到了半夜，候車亭的寂靜與黑暗似乎更加濃密，讓我產生彷彿還在睡覺的錯覺，精神感覺很恍惚。

我感覺到呼吸好像稍微偏離了自己的身體，便試圖調整。我雖然說會馬上回去，但是要離開幻想的場所、回到外面的世界，需要做一些準備。我必須調適自己內心的節奏去配合外面才行。

我緩慢地呼吸，等待身體逐漸適應這個世界。

我站起來，踏出腳步，彷彿是要拂落纏繞在身上的黑暗孢子。接著我朝拉門的門把伸出手。

「你每天都要去哪裡？」

我聽到聲音。

放在門把上的手彈起來，讓門發出搖晃的聲音。

我急促地吸入空氣，肺部感到疼痛。

心跳變得劇烈。

我有一瞬間陷入恐慌，在黑暗中站不穩，伸手貼在牆壁上支撐身體。掌心感受到粗糙的觸感，不知是灰塵還是牆壁碎片紛紛灑落在地面。

冷靜點——我在腦中告訴自己。

我把氣吐盡之後，再次吸氣。

剛剛那是什麼？

我聽見聲音。

聲音從右邊傳來，應該是女人。

會不會是我聽錯了？有可能。也許我睡昏頭了。

我是不是應該直接出去？

就在我思考的時候——

「我今天才知道，原來你也會睡覺。」

這回我清楚地聽見了。這是有些沙啞的女性聲音。

我感到背上起了雞皮疙瘩，神經彷彿在沸騰。

這是什麼？

我一開始想到的是幽靈。聽過太多次的傳說故事也助長了這樣的想法。在這麼老舊的候車亭，又是在半夜，應該是幽靈出沒的最佳時機。不過我有疑問：為什麼之前沒有出現過，現在才突然跑出來？還有一點：就算是幽靈，像我這樣普通的人能聽到聲音嗎？

接著想到的可能性，就是在我睡著時，有人來到這裡。不過對方的目的是什麼？

我卯足心力控制變得凌亂的呼吸與心跳。

我思索著該不該回頭。現在這個時刻或許就是分水嶺。我會不會在回頭的瞬間遭受危害？

我感到恐懼、煩惱，但立刻就得到結論。

我是白痴嗎？

實在是太愚蠢了。

有什麼好煩惱的？

該做的事只有一個。

我想到每天自己都在想什麼。

我明明在等待。

每天晚上，我來到如此荒涼的公車站，一邊對無趣的自己感到噁心，一邊在等待某樣東西降臨。

而事情毫無預警地突然發生了。如此而已。

至少要確認發生什麼事才行。連確認都沒有確認就離開這裡，日後抱著後悔的心情活下去有什麼用？

我再度深深吸了一口氣，然後吐出同樣份量的空氣。

在此同時，我心中也充滿了恐怖的想像。老實說，我此刻雙腿發軟。我緩緩地、以避免被對方察覺到的慎重態度回頭。

黑暗中，沒有看到像是人類的東西。

也沒有像是動物的東西。

然而那裡的確有某樣東西存在，只是不知道那是什麼。

我凝神注視。

黑暗中飄浮著綻放淡綠色光芒的小小物體。

在這座候車亭裡，沒有照亮東西的光源。也就是說，某個會自己發光的東西飄浮在那裡。

長椅上方幾十公分的高度有兩個，比長椅座面稍微高一點的地方有十個，地面附近有九個……不，有兩個看起來像是重疊在一起，所以這邊也是十個。

上面兩個和其他二十個的形狀不同，動作也不同。上面那兩個是什麼？接近橢圓、類似杏仁形狀、並排在一起的那兩個東西，有時候會同時消失。其他的光點則稍小，呈圓形，看起來像規律的蟲子般蠕動。

剛剛說話的就是這些東西嗎？

這些小小的光點怎麼看都沒有要加害我的樣子。我鼓起勇氣接近它們。

「怎麼了？」

我又聽見同樣的聲音，全身起雞皮疙瘩。

我停下正要前進的腳步。聲音是從正面傳來，很明顯地是對我的行動發出的問題。

對方說的話具有意義。有辦法對話嗎？

我吞下口水，嘗試主動開口說話。

我猶豫著該說什麼。

「誰在說話？」

對於我發出的聲音，對方出現了反應。我聽見人類吸氣的聲音。接著二十個小圓形開始蠕動，上方的十個移到稍高的位置，並改變排列順序。位於高處的兩個發光體則變得比先前更大，從橢圓形變得接近圓形。

「為什麼？」

女人的聲音聽起來好像很驚訝。上面兩個發光體以紅綠燈閃爍的頻率反覆消失又出現。

我不理解這個問題的意義，只好沉默不語，再度聽見吸氣的聲音。

「你聽得見我的聲音？」

「……聽得見。」
上面兩個光點再度變大。較小的二十個光點當中，上方的十個有半數靠近上面的兩個，變成縱向排列。
「為什麼突然——」
隨著聲音，上面兩個再次閃爍了幾次。一閃一閃。
一閃一閃。
「你活著嗎？」
「我、我活著。妳呢？」
「我還活著。」
雙方可以對話。
她問我是不是活著，或許以為我是幽靈吧？另一方面，只憑光點無從得知說話者是不是生物，不過根據這個說法，對方似乎也活著。
我暫時假定對方是某種生命體，試著提問：
「妳在哪裡？」
「哪裡？——這裡。」
聲音回答。到底是哪裡？
「妳是……昆蟲之類的嗎？」
「昆蟲？我是人類。」
怎麼看都不像人類。一顆顆光點連結在一起搖晃。

「怎麼看都不像人類。」

我老實說出來，對方便沉默片刻。我以為這句話讓她感到不愉快，不過她似乎是在思考。

「在我眼中，你看起來像是人類。」

「我是人類。」

「在你眼中，我看起來是什麼樣子？」

我對她說明我看到的景象：在我胸口的高度有兩個橢圓形的光，在比長椅座面稍微高一點的地方有十個連在一起的小光點，接近地面的地方也有同樣的十個光點。

「原來如此。」

我原本無法預期會得到什麼樣的反應，不過對方的聲音聽起來好像能夠理解。上面的兩個光點同時縱向晃動。

「你看到的是我的眼睛和指甲。」

「眼睛和指甲？」

這個意想不到的回答讓我屏住氣息。

我再度凝神注視。

聽她這麼說之後再仔細看，上面兩個似乎在光芒當中也有層次，就像白眼球和黑眼球。

偶爾會消失，是因為眨眼睛？變大是因為睜大眼睛？

剛剛縱向晃動的動作，是在點頭嗎？

指甲各有十個，就是手和腳的位置？

假設是眼睛和指甲，那麼身體其他部位就是在黑暗中變得透明。以姿勢來說，應該是坐姿吧。

我想到會不會是隱形人。不過當我詢問，對方立刻回答「我是普通的人類」。哪裡普通了？基本上，我連對方是不是真的人類都不知道。

「沒想到你竟然能聽見我的聲音。」

對方並沒有說明為什麼只有眼睛和指甲能夠被看到，只是如此低語。我思索這句話中的意思。

「……妳一直聽得到我的聲音？」

「嗯。」

據說是眼睛的光點上下搖動。又點頭了嗎？

「咦？」

「昨天為止，只有我聽見你的聲音。不論我說什麼，你都沒有××。」

我沒有聽清楚話中的某個部分，感覺就像是被收音機沒對準頻道時產生的雜音干擾。

「結果到了今天，你突然××，讓我嚇了一跳。」

又來了，好像電視雜訊般的聲音。從前後文來推斷，應該是和先前同義的詞沒有聽清楚。

「我突然聽到妳的聲音……」

我老實這麼說，眼前的女人（應該是女人吧？聲音聽起來是女人，就姑且這麼稱呼）就提出「為什麼」這個自然的問題。

「你剛剛說我是隱形人，也就是說，我的外貌除了眼睛和指甲以外，沒有被××看見嗎？」

「除了發光的部分之外，都沒有看到。」

我指向發光的部位，上面的兩個光點便往下移動。「哦。」我聽見若有所悟的回應。由於不知道嘴巴在哪裡，因此聲音感覺突然傳來，必須聚精會神才能掌握意思。而且又有雜音干擾。

「在那些發光的部位之外，還有身體嗎？」

「那當然。」

我不知道能不能相信，不過姑且相信的話，就不難從所謂的眼睛和指甲想像出模糊的整體輪廓。從眼睛的位置來看，手腳的長度以人類而言並不會感覺不自然。

「在我眼中，你的身體看起來××。」

又來了。

「我沒有聽清楚妳說我的身體怎麼樣。」

「×、×。」

她似乎刻意放慢速度發音，但是我還是聽不清楚。這個雜音到底是什麼？

「如果我說『很清晰、很明確』，你聽得懂嗎？」

「哦，我聽懂了。妳的話當中，有些地方我沒辦法聽清楚。呃，也就是說，我雖然只能看到妳的眼睛和指甲，可是妳可以看到我的全身？」

「嗯。在你聽見我的聲音之前，我就看得到你了。我一直看著你出現在這裡、什麼都不做、然後消失，還以為你是死者。雖然你都不回答，可是我還是會對你說話，所以剛剛才會嚇到你。」

眼睛的光消失了稍久的時間。我現在可以理解對方比我冷靜的理由。

「為什麼我只能看到眼睛和指甲？」

如果相信對方的話，那麼太奇妙也太不公平了。

「……仔細想想，或許也很正常。在這麼暗的地方，沒有發光的部分當然看不見。反而是我能看到你的全身比較奇怪。」

「這麼暗……」

不對，不是這樣。在眼睛和指甲的後方，我可以依稀看到牆壁和長椅。很明顯地，她的身體此刻並不在這裡。

我試著提出建議：

「即使點燈也看不見嗎？」

「我們被禁止點燈。」

「禁止？被誰禁止？」

「當然是被國家。你不知道×××吧？」

她喃喃地說「我有好多事想要問你」，接著張大據說是眼睛的光點看著我。

「啊！」

原本一直很冷靜的她突然發出恐懼的聲音，緩緩地將發光的指甲下方的手放在眼睛旁邊，看起來似乎是在遮住耳朵。
「警鈴在響。我差不多該走了。」
我沒聽見警鈴。我把注意力轉移到外面，仍舊沒有聽見。
「再見。」
我聽見的是突如其來的道別。
「咦？」
「我該走了。因為我還活著。」
「等、等一下……」
突然的相逢，突然的離別。我什麼都還不知道、什麼都還沒有感覺到，但不知為何，我對於如此特別的時刻即將逝去感到即刻的恐懼。
「你不用離開嗎？」
她以冷靜的聲音問。
「我、我還不用。」
頂多會讓父母親感到擔心。
「我不知道你是從哪裡來、要去哪裡，不過如果還活著，我們應該可以在這裡重逢。」
真的嗎？特別的時刻會不會就到此結束，今後再也不會發生在我的人生當中？
我想像自己再度回到無趣的日常，只憑著預感一直活下去，不禁感到恐懼。
只有眼睛和指甲的她似乎完全沒有這種想法。從眼睛移動的方式看來，她似乎是站起來了。她在離別之前又說了一次「再見」。從指甲的動作看來，似乎是往和我所在的位置相反方向的牆壁走過去，然後在碰到牆壁之前消失。話說回來，單從眼睛和指甲的光消失，只能說她恐怕離開了。

「喂。」

我試著呼喚，但沒有得到回應。我再次同樣地呼喚，仍舊沒有回應。

她是離開了，或是不理會我？不論如何，看樣子已經無法再交流了。即使想要對她說話，也沒有任何意義。就當作是已經離開了吧。除此之外別無選擇。

候車亭內再度剩下我一人，就如原本應有的狀態。

在她離去之際，我得知（不，應該說是推測出）兩件事。

第一，從眼睛的位置判斷，她的個子應該和人類女性差不多，大約一百六十公分。

第二，雖然看不見身體其他部分，不過或許就像她說的確實存在。當她站起來改變身體方向時，有一隻眼睛變得看不到了；或許是因為頭部的存在，使得眼睛因為角度的關係而隱藏起來。除非她的額頭上方很長，那就不一定了。

在黑暗靜謐的公車站候車亭，我獨自一人被留在鐵皮屋中，內心感到慌張與興奮。我的心臟因為恐懼或運動以外的理由，毫不保留地高聲跳動。事情發生在僅僅幾秒鐘內。

剛剛那是什麼？

發生什麼事？

我處於呆滯狀態，有好一陣子無法動彈，只是在腦中反覆播放剛剛發生的事，並且再三思索是否真的發生過。我不知道。也許是在做夢。如果是的話，那就太慘了。不過在此同時我也想到：憑我無趣的想像力，有可能創造出外觀像那樣莫名其妙的生物嗎？只看得到眼睛指甲、類似人類女性的生物——

到底是什麼？那到底是什麼？在我眼前到底發生了什麼事？

我知道現在還不能盲目地感到高興。

我甚至不知道還有沒有下一次。她雖然說可以重逢，但是沒有任何憑據。如果就此結束，即使剛剛的相逢是真實的，也和做夢沒有太大的差別。

不論如何，我知道繼續待在這裡也無濟於事。如果她說得沒錯，那麼明天來到這裡，應該又會遇到新奇的事件。

如果這是一場夢，那麼我也必須醒來認清事實。我不能一直沉浸在特別的夢當中。我做出決斷，這下總算走出候車亭。

我抓住門把拉開門，走到外面。外面雖然吹著冷風，卻沒有把我吹醒。

我仍舊站在這個世界。還早——明明知道現在高興還太早了——

我帶著不能給任何人看到的表情，在那裡佇立幾秒鐘。

※

我不可能睡著。我在一夜未眠的狀態迎接早晨，前往客廳，遭受和昨天回家時同樣的斥責，同時也得到生日的祝福。

一如平常的早晨，我邊聽收音機邊吃早餐，換衣服之後騎腳踏車上學。我很久沒有通宵未眠，不過或許是平日鍛鍊體力的結果，我並沒有感到太難受。如果真的想睡，就在下課時間補眠就行了。

昨晚發生了特別的事。即便如此，日常生活仍舊沒有改變。我的心情似乎如實表現在臉上。我在從腳踏車停車場前往教室的途中遇到田中，在她看到我時立刻擺出漠不關心的表情，但她仍舊刻意對我打招呼，喊了聲「喲」。看來她並不吝於將自己無用的精力浪費在無趣的傢伙身上。

「嗯？」

「你為什麼擺出一副臭臉？」

「我沒有。」

這是謊言。我有。

「你有。臉那麼臭，不會有女生想要接近你。」

這樣正合我意，不過我當然不會說出來。

「沒關係。」

「人長得帥就是這麼任性。」

對於太過無意義的意見，我想不出該如何回答，結果田中不等我回應就離開。當我抵達教室，坐在我前面的田中正大聲嚷嚷，向同學炫耀自己養的狗的照片。

就座之後，平常的我只是瀏覽著無趣的景象打發時間，但今天卻不一樣。我可以想著在候車亭遇見的那個女人。她會不會真的是幽靈？畢竟鎮上也有類似的傳說。她之所以聲稱自己活著，也許是沒有發覺到自己已經死了。或者她也可能是外星人或未知生命體，不過在我讀過的故事或體驗談當中，沒有那種只有光芒的女人出現。

我試著憑自己的知識，對那個女人的真實身分做各種考察。雖然我甚至不知道還能不能見到她，不過反正在我的每一天當中，都沒有任何有意義的事情發生；花時間思考有可能非常特別的事件，並不算是無用的。「思考」這回事，在變成無用之前都不是無用的。

首先要思考的，就是如果能夠再見到她，要如何藉由這段相逢，讓我的人生變得特別。光是見到一次非人類的存在，並不能算是特別的人生。必須要更進一步——譬如得到她傳授絕無僅有的知識或資訊、設法利用在今後的人生，才會產生意義。我腦中閃過一個念頭：假如她是幽靈，不知道能不能請她帶我見識死後的世界。不過這樣的情節未免太天馬行空了。

不論如何，我都想要再見到她一面。

這一天我也像平常一樣上完課。放學後，我比齋藤先到，讓她等我換上鞋子。回到家之後，我又出門去跑步。能夠見到那個女人的行動就只有前往公車站，因此沒有必要採取異於平常生活的行動。

我依照訓練菜單跑到公車站。在那裡的當然是一如往常無人的公車站。柏油路將夕陽光線反射到候車亭裡，完全沒有幽靈出現的氣氛。我像平常一樣靜靜地在室內等候，但沒有發生任何事。果然還是要等到黑暗的夜晚才會出現嗎？或者她已經在這裡，只是因為太亮，使我無法看到她？我想到這裡，試圖對她說話，但沒有得到回應。既然沒有任何反應，我等到接近晚餐時間之後便決定回家。

家裡的人替我慶生，並送我可以測量心跳的跑步手錶。我之前慢跑時沒有特別留意，不過聽說跑步時維持一定的心跳速度有助於鍛鍊體力，因此決定好好加以利用。

吃過晚餐之後，我和平常一樣去健走。母親提醒我，今天不要在公園睡覺。我雖然點頭，不過出門時已經打算今天也要說類似的謊言。即使那個女人沒有出現在公車站，我也打算等到半夜十二點之後。因為我猜想，也許她出現的條件就是限定在深夜時段。

當我到達候車亭，裡面沒有人。我坐在跟平常一樣的位置，靜靜地等她。如果她願意出現，不知會以什麼模樣出現。昨天她應該是坐在候車亭最裡面、剛好在面對拉門的我右側一帶。那些光點會突然亮起來嗎？或者跟昨天消失時反方向，從某處走到這裡出現？

我雖然睡眠不足，卻一點都不想睡。我沒有打盹，靜靜地等她，終於等到十二點。雖然有些遺憾，不過我還是決定回家。我當然也累積了一整晚的恐懼，畢竟昨天發生的事是做夢的可能性，以及她再也不會出現在我面前的可能性增加了。

次日我也以同樣的節奏生活，次日的次日也一樣，然而她並沒有出現在我旁邊。

我感到焦慮。即使明知焦慮也無法改變什麼，但卻仍舊為了彷彿一直在搔癢全身的感覺而苦悶。周圍的人似乎也察覺到我比平常更加煩躁，這幾天田中等人都沒有來找我囉嗦。

我覺得這也類似某種疾病發作的狀態。即使想要改變心態來擺脫焦躁，在肌膚上蠕動的感覺卻相當明確，不會消失。我知道治癒的唯一手段，就是再次見到她。否則的話，我也許會一直懷著這樣的感覺，一輩子持續前往公車站。這是最糟糕的人生。

我一邊期待她今天能夠出現、一邊又有些放棄地猜想她今天大概也不會出現，度過了這一天；和平常一樣，到了晚上就出門前往公車站，打開候車亭的拉門又關上。

「我們又見面了。」

我聽到聲音，看到淡淡的光芒，全身的騷動突然增加刺激，然後像奇蹟般靜止了。如此戲劇化的治癒幾乎讓我落淚。

「見到你實在是太好了。」

我以為這句話是我說的，但卻是她的臺詞。

「我有幾件事情想要問你。」

「我也有些事情想要問妳，所以——很高興見到妳。」

我因為太興奮，邊坐下邊說出很陳腐的臺詞，結果為此感到動搖。她以依舊偏沙啞的聲音回答「嗯」。

「我以為妳只會在更晚的時間出現。」

我說完之後檢視手錶，時間才晚上八點半。

「不一定每次都在同樣的時間。而且×××也不只一個，所以我以為要更久之後才能再見面。」

我又聽到上次的雜音，確實體認到那一天不是做夢，而是與今天連結在一起。

「很抱歉，我沒有聽清楚什麼東西不只一個。」

「如果說『避難所』，你聽得懂嗎？」

「哦，這樣說我就知道了。」
「為什麼會有些詞無法傳達呢？會不會是知識不足的問題？」
這個說法感覺有些失禮。
「我不是指沒聽過那個詞，而是指聽不見。就好像被『沙沙沙沙』的雜音蓋掉了。」
「那就更奇怪了。」
她依舊只顯露眼睛和指甲，十片指甲橫向排列在以人類而言是下腹部左右的高度，前後移動，或許是用手在摩擦膝蓋。說到奇怪，能夠接受這種外觀的對象、甚至還想要進行對話的我，或許也很奇怪吧。不過如果為此猶豫，我的目的就永遠無法達成，因此我勉強自己接受眼睛看到的現象。
「首先，我想要確認基本事項。」
我決定先擱置對方是否實際存在於這個世界的問題，先從最簡單的問題問起。因為不知道有多少時間，因此必須趕快說出來才行。
「妳究竟是誰？」
雖然是很蠢的問題，不過她並沒有笑。
仔細想想，對某個人產生興趣、想要知道對方的資訊，是我已經遺忘許久的感覺。
「我？你想要得到什麼樣的資訊？」
「呃，比方說……既然是人類，性別是什麼？」
「我是女的。你是男人吧？」
看來「她」這個第三人稱是正確的。

「對。年齡呢？」
「你是指出生之後過了幾年的意思吧？」
「嗯。像我就是十六年。」
「我比較久一點，已經十八年了。」
也就是高中三年級，或是大學生吧。不過如果是幽靈，就只代表她生前的年齡，根本無從得知現在到底幾歲。
我考慮了零點一秒該不該使用敬語，不過還是決定算了，繼續向以這個年齡來說，聲音有些沙啞的對象提問：
「妳叫什麼名字？我叫鈴木香彌。」
「鈴木香彌。這個名字聽起來很特別。我叫××××××××。」
目前為止最長的雜音襲入我耳中。
「對不起，我沒有聽清楚妳的名字。」
我擔心她感到不高興，因此道歉，但她並沒有表現出不快的樣子。不過或許是呈現在看不見的鼻子、嘴巴或眉間。
「名字也聽不清楚？這樣也許有點不方便。」
是嗎？
「來決定名字吧。什麼名字都可以，就用你覺得很普遍的女生名字來稱呼我就行了。」
「普遍？」
「真的什麼都可以。」

不論是不是幽靈，她能夠以如此平淡的聲音宣稱自己取什麼名字都可以（如果是別人的名字就算了），或許思考迴路有些特別吧。

「對了，鈴木香彌是個人的名字嗎？沒有家族的名字嗎？」

「呃……鈴木是姓，依照妳的說法，就算是家族的名字吧。香彌是我個人的名字。」

「哦。香彌這個名字很簡短、很容易稱呼，不過也很特別。香彌，你是外國人嗎？」

被還沒有太多交流的對方直呼名字，讓我感覺好像心臟邊緣被撫摸一般。不，更重要的是——

「外國人？我是日本人。」

「日本？」

「日本。」

「日本？」

這樣的問答沒完沒了。

「呃，就是這個國家的名稱。」

我從沒想過，在日本還會遇到必須說明這個國家叫日本的一天。

不過她似乎絲毫不在乎我為罕見的經驗感到驚訝，一雙發光的眼睛睜到最大。

「這個國家的名稱？你是指，我們此刻所在的這裡叫什麼國家？」

她問了奇怪的問題。

「是啊。」

「這是怎麼回事？」

她邊說邊以眼睛與指甲的動作顯示正在思考中，然後張開看不見的嘴巴說：

「至少我所在的這個國家，名叫 ×××××。」

又沒聽清楚。

「你沒聽見？」

她或許是從我的表情猜到的。如果是的話，就表示即使在如此黑暗的環境當中，她也能清楚看見我。我老實點頭，她便同樣地點頭說「這樣啊」。我從她的眼睛移動來掌握點頭的動作。

「我們必須思考的事情有很多。」

「……什麼事？」

「香彌，首先我必須告訴你，我沒有聽過日本這個國家，而且在我生活的世界裡，恐怕沒有一個國家叫日本。」

「咦？」

沒有？我們此刻所在的這裡明明就是日本。

我認真思索她的奇怪言論，她卻突然有些大聲地「啊」了一聲。

「警鈴響了，我得走了。今天比較短。」

她上次也說了同樣的話。

「什麼警鈴？」

「上面結束了。」

我不禁抬起頭看上方。雖然因為很暗而看不清楚，不過上方只有生鏽而布滿灰塵的天花板。
「什麼結束了？」
「你果然連這個都不知道。是×××結束了。」
她雖然應該不是在嘲諷我，但是卻也能聽成這樣的意思。接著她似乎站起來了。
「喂，等一下。」
「『戰爭』這個說法，你聽得懂嗎？」
「咦？」
我停下毫無意義地準備要伸向虛空的手。
「下次見面時，我再跟你說明吧。現在我得走了。也許我們──」
她（到頭來還是沒有決定要如何稱呼她）這麼說，然後朝向牆壁的方向。
「──不在同一個世界。」
她說完就消失了。

※

我雖然再度感到焦躁，但這回的等待時間比上次來得輕鬆。因為我已經知道有重逢的可能性。
在等待的期間，我思索著她話中的含意。沒有日本這個國家、在戰爭中、生活在不同的世界──這些話是什麼意思？我完全無法理解，只能先憑自己淺陋的知識思考。她的話和最近不斷聽聞、甚至到囉嗦地步的那場戰爭有什麼關係嗎？

對了，還有那一再出現的雜音，究竟是什麼？就好像收音機突然沒有對準頻率一樣。

「鈴木，真難得。」

「啊？」

當我坐在教室的椅子，坐在隔壁座位的田中跟我搭訕。

「我是說，難得看到你在玩手機。你在幹什麼？」

「跟妳無關吧？」

我這輩子都不會想要和田中互留聯絡方式。

「……我又不是因為覺得有關才問的。」

無關的話就不要來煩我——我雖然這麼想，但說了也沒用，所以就不予理會。田中如果想要毫無意義地去管無關或沒興趣的事物、過著遭人嫌惡的人生，那也是她的自由。那才是跟我無關的事。

我之所以在使用手機，是因為想要調查事情。我想要姑且先調查一下「普遍的」女生名字。「普遍」是她的說法，簡單地說，就是常見的女生名字吧。我在調查的就是這個。雖然在調查，不過人氣名字每年都會變化，感覺上並沒有所謂「普遍的」名字。

如果是姓，大概就像高橋或佐藤。田中已經使用過了。不過基本上，要我去提議用什麼名字稱呼女生，感覺有些尷尬。既然她說什麼名字都可以，那麼乾脆就用佐藤就行了。

我一直思索著這種甚至不知道有沒有必要性的問題，不久後與她重逢的日子就來臨了。距離上次她出現在候車亭過了兩天。
「香彌，我在等你。」
我一進入室內，還沒看到淡淡的光就聽到聲音。
「我並不是每天都會到這個××避難所，所以中間會隔比較久的時間。」
「妳說的避難所是……？」
「接續上次的話題，我該從哪裡說明呢？」
幸虧她很快就進入正題。
我關上門，坐在跟平常一樣的位置。她大概是把雙手放在膝上，指甲整齊排列，只有一雙眼睛盯著我。
「我自己想過香彌到底是什麼人，也有一些想法。你願意聽我說嗎？」
「嗯。」
我沒有拒絕的理由。
「呃，首先，在我們沒有見面的期間，我利用×××調查——」
「抱歉，我沒聽清楚妳用什麼來調查。」
「這樣啊。」
她似乎理解了什麼，眼睛的位置上下移動。
「書本呢？」
「我知道。」
「我利用書本調查過，果然在我們的世界，沒有日本這個國家。不論過去或現在都沒有。」

從她的說法聽來，不是概念的問題，而是根本不存在的意思。如果相信她的說法，那麼她不太可能是幽靈。

「香彌住在不存在於這個世界的國家，不知道戰爭和警鈴的事，聽不清楚我說的一些單字，還有更重要的是——這是在我能夠和你說話之前，就一直在意的事情——」

五片指甲接近我，其中一片更往我這邊伸過來，讓我理解到她正指著我。

「你的眼睛和指甲沒有發光。」

她的言下之意，似乎對此感到相當不可思議。我盯著光點，然後想到那裡是對方的眼睛，感到有些難為情，因此別開視線。

「從這些線索，我首先想到的是，香彌其實是我想像中的人物，你說的話都是我想像出來的。」

事實上，我也稍微想過同樣的念頭。

「不過我無從確認這個可能性。就算我在這裡問你是不是想像中的人物、而你回答不是，那也有可能是我的想像。」

「嗯，從我的角度來看也一樣。」

「你能夠理解真是太好了。不過這一點也可能只是我的想像。」

雖然只藉由眼睛形狀很難判斷，也有可能是我的主觀想像，不過我總覺得她好像笑了。即使看不見，但面對首度感覺到的笑臉，我心想她也許真的是人。

「接著我想到，之前我也說過，你可能已經死了。你雖然說自己活著，可是有可能已經死了，因為某種理由，使得××停留在我的避難所。」

沒有聽到的部分，會不會是類似靈魂的意思？為了避免打斷話題，我打算晚點再詢問。

「不過這一來，就沒辦法解釋你為什麼會提到日本這個國名。所以和已經死了這個想法比較起來，從你之前給我的資訊，我找到了也許更接近正確的答案。」

原來如此，這個答案就是──

「就像妳之前說的，我們不在同一個世界？」

「沒錯。我認為這是最××的答案。」

「也就是說，妳從別的世界來到我所在的這個有日本的世界？」

我以為她在說的是來自異世界的航行者之類的，逃入這間候車亭，但她似乎在搖頭。

「我覺得這樣說並不準確。我現在所在的地方是我的避難所。我應該先問你這個問題：香彌，你現在在哪裡？」

在這裡──雖然大概猜得到她問的不是這麼理所當然的事，不過我還是不禁想要這樣回答。

「這裡是公車的候車亭。」

「公車？既然是候車亭，『公車』應該是交通工具吧？」

「公車當然是交通工具。」

「果然。」

什麼意思？

「香彌，我還想要再確認一件事。你可以把右手伸到這裡嗎？」

我沒有拒絕的理由，因此就照她的要求，將除了指甲還有明確實體的右手伸向她。

我非常隨意而粗心地伸出手，讓我自己也吃了一驚。

沒有任何心理準備就伸出去的右手，突然感覺接觸到冰冷的東西。

「哇！」

我不禁縮回手。

剛剛那是什麼？

我望向她，看到她的眼睛盯著我，應該是左手的一排指甲飄浮在我的手剛剛所在的位置。

「請你再伸過來一次。」

我聽她這麼說，便戰戰兢兢地再度伸出右手。我的手不知為何，很自然地形成握手的姿勢，不過先前碰觸到的冰冷物體並沒有握住我的手，只是像在確認質感般，撫摸手掌與手背的表面。

「我可以摸到。香彌，你有感覺到被摸嗎？」

「嗯。」

冰冷而纖細的東西，大概是手指吧。我的確感覺到那樣的東西爬過我的手部表面。這回我稍微冷靜下來，能夠用視覺確認，看到光點跟隨著被撫摸的感覺。我感覺到背上滲出汗水。

她確認了一陣子，結束之後光點離開我的手，但那觸感仍舊停留在我的手上。

「謝謝。在我想到的兩個可能性當中，有一個似乎比較接近正確答案。」

我正看著自己的手，這才發現自己心不在焉地聽她說話。

「啊，這樣啊。」

「我想到的可能性當中，大概是錯誤的那一個，就是我或香彌只有××飛到對方所在的地方，看起來好像真的在那裡，也聽得到聲音。不過這個想法並不正確。」

我為了避免聽漏她認真說明的想法，集中精神，推測這次的雜音大概也是類似靈魂的意思。我試著想像她想要表達的意思，大概是類似投影機那樣吧。不過就如她所說的，事情並非如此。

「因為我可以碰到香彌。」

「嗯，我知道妳摸到我。」

觸感仍舊留在我的手上。

「所以說，我想情況應該是這樣：因為某種理由，我所在的避難所和香彌所在的場所連結在一起。雖然說兩個地方連結在一起，不過彼此對於場所的認知卻不一樣。在你眼中，我是不是也好像在候車亭裡？」

「沒錯。」

雖然只有眼睛和指甲。

「在我眼中看起來，你和我都在地下避難所。」

「怎麼會……」

我並不是受到衝擊，只是很訝異竟然會有這種事。不過如果她說的是真的，那麼她之前說「上面結束了」，也是指另一個世界的情況吧。

「我認為這就是現階段最××的想法，你覺得怎麼樣？」

我覺得怎麼樣？我覺得很像虛構情節。她的想法簡直就像童話故事。

然而剛剛我的右手真的被某個看不見的東西觸摸，告訴我她是實際存在的。不過就如她說的，就連被觸摸到的感覺也可能只是我的想像。

「我想到的是——」

我不知道她的說法是對是錯，所以姑且先說出自己這幾天來的想法。她自己也想過幽靈或幻想的可能性，因此我在自己想到的其他種種假說當中，試著提出她會不會是活在日本這個名稱出現之前的人物這個想法。

「原來如此。我以為我們是在不同的世界，不過也可能是在同一個世界，只是時間差了一大截。比方說，也有可能是你的世界在更早的時代，後來發生了很大的災難之類的，導致日本這個國家消失。」

她提出驚人的假說。不過這一來就能說明她提到的戰爭了。

「在我的調查中，過去也沒有這樣的國家，有可能是因為對戰勝國不利，所以就從××抹去日本這個名稱。」

「抱歉，我沒有聽清楚妳說從什麼抹去。」

「如果說『歷史』，你聽得懂嗎？」

「嗯。」

「另外我也想過，為什麼有些單字你會聽不見。仔細想想，我們能夠像這樣用語言溝通，其實是很奇怪的。」

的確。如果我們屬於不同國家、不同時代，甚至如果真的屬於不同的世界，那麼我們能夠使用幾乎相同的語言毫無問題的對話，只有幾個聽不見的單字，實在是很不可思議。在現實中，光是地理上有一些距離，就會有完全不同的文化和語言，並且因此產生爭端。

「雖然只是假說，不過假設有無數個不同的世界，彼此存在於不同的時代或場所，也許我生活的世界和香彌生活的世界剛好形成相同的語言系統，因此才會重疊在一起。在我的國家有這樣的說法：『世界是從語言誕生的。』」

「……不是人類創造語言？」

「語言的力量或許強大到能夠連結不同的世界。」

她的聲音彷彿抱持著那樣的期待。我心想，她雖然聲音有點酷，但沒想到卻是個夢想家；接著我又為自己（即使只是一瞬間）竟無聊到相信從聲音能夠判斷性格而感到厭惡。

「話說回來，為什麼只有我會有聽不見的單字？」

「也許是因為你的世界沒有那些單字吧。目前為止，你說的話我完全都可以聽見，也許是因為你還沒有說出我聽不見的單字，或者也可能是因為來自你那裡的影響力比較大。像是剛剛你說的『公車』這種交通工具，我也不知道是什麼，可是卻聽得見聲音。你的名字香彌，我也聽得見。」

「啊，對了，妳上次提到普遍的名字。」

「你替我想到了嗎？我希望跟你一樣是兩個字，這樣也比較簡單。」
那就不能取佐藤（註2）了。我特地提起這個話題，卻打從一開始就遇到挫折。
「我查了一下……可是沒有找到適合的名字。」
「真的取什麼名字都可以。」
取什麼名字都可以——關於她，我只知道眼睛和指甲會發光、聲音有些沙啞、住在交戰中的國家、待在地下避難所、手很冰……等等資訊。
「琪卡……呢？」
「那是什麼意思？」
「因為妳在地下（註3）避難所？」
雖然感覺很蠢，不過人類的名字大概都是為了愚蠢的理由取的。她把眼睛閉上稍久的時間，然後點頭說：
「好。那麼在你的世界，我的名字就是琪卡。這是個××的好名字。」
「我沒聽清楚最後面的部分——就是在好名字的前面。」
「『簡潔』，你聽得懂嗎？」
「嗯。妳喜歡這個名字就好。」
雜音的部分也有可能是負面的詞，充滿諷刺的意味，不過如果不是的話，那就好了。
這一來稱呼用的名字就決定了。我並不打算把她（琪卡）的事告訴別人，所以也不確

2　香彌這個名字日文讀音為兩個音節的「かや（Kaya）」，而佐藤則讀為「さとう（Sato）」。
3　琪卡與地下，日文讀音都是「ちか（Chika）」。

定是否需要名字，不過琪卡感到開心，就算是有正面功效了。我既然想要聽她說話，總不能讓她不高興。

「香彌，你是為了搭那個叫『公車』的交通工具，才到這裡來嗎？」

黑暗中突然傳來問題。現在我明白平常對話時有多需要看到對方的嘴巴。如果不聚精會神，有時就會差點聽漏聲音。

「不是，這間候車亭已經沒有在使用。我是為了休息而來的。我每晚都會過來。」

「啊，該不會——」

「嗯？」

「我們的時間也不一樣。在這裡太陽還沒下山，只不過因為在地下，所以看不見。」

「咦？妳那裡還是白天？」

「是啊。我們不會用白天這個說法，不過意思是一樣的。」

我順便問她要怎麼說，她的聲音再度變成雜音，無法聽清楚。她告訴我，白天這個詞在她的世界並不是口語。

我想要確認兩邊差了幾個小時，但是琪卡的世界雖然有「一天」這個詞，但秒、分鐘、小時等計算方式卻和我們這裡有些不一樣。要理解她的說明，就得理解在各種雜音底下的單字，因此我放棄了。重要的是，我這裡是夜晚，她那裡是白天。

「時間的進展會不會也不一樣？」

琪卡這個問題讓我感到佩服。在兩人處於不同世界的假設之下，她似乎想到了各種可能性。

「比方說，在我們這邊太陽升起又落下一次的時間當中，在你的世界會不會已經升起落下幾十次了？我在書上看過這樣的故事。」

我好像也有。

「用這種說法的話，自從我上次見到妳之後，太陽升起又落下兩次。」

「嗯，這麼說，次數是一樣的。我這裡也落下又升起了兩次。戰爭也是在那之後的第二次。」

戰爭。

「妳上次也提起過的戰爭是——」

我把話題轉到這裡之後，才有些太遲地感到猶豫。對於戰爭這個話題，我到底該問什麼？

我現在才想到，自己居住的城市發生戰爭，意味著琪卡搞不好明天就會死去，或是今天就失去家人。

戰爭這個詞帶給我的想像、以及與之連結的死亡陰影，讓我說到一半不自然地停下來。

「我們這裡正在打仗。」

琪卡很直白地說。她的語氣感覺有些厭煩，卻又無可奈何。

「你的世界也有戰爭嗎？」

「現在沒有，不過馬上就要開始了。」

最近報紙和收音機都在報導這個議題。

「這樣啊。不管在哪個國家都很辛苦。」

「不過和妳那裡不一樣的是，彼此殺戮的行為不會發生在我住的地方，所以也不會有避難所。」

「是嗎？那也許是×××不一樣。」

「什麼？」

我看不見琪卡的表情，也看不見她腦袋裡想到什麼，只是看著她指甲的位置。她的左右手大概正放在大腿上，前後摩擦。這大概是她思考時的習慣動作。

「『規則』，你聽得懂嗎？」

「嗯。」

「也許是規則不一樣。香彌，在你們的世界裡，戰爭是怎麼進行的？」

「我也不是很清楚，不過——」

我告訴琪卡自己在課堂上學習到、在新聞當中看到、在書上讀到的，關於我們這個世界的戰爭相關知識。這些全都是聽來或讀來的半吊子知識，沒有親眼看過真實情況，所以當然也沒有真實感；不過琪卡在默默聽我說話時，似乎很痛苦地呼吸。

「在你們那個世界裡的戰爭，會有很多人死去嗎？」

「嗯。接下來不知道會怎麼樣，不過以前曾經有整座城市被消滅。」

「太慘了。」

「在妳的世界，戰爭不是這樣嗎？」

「在我的世界裡——」

在聽她說下去之前，我自然而然地在心中端正姿勢。

「有個叫×××的東西，就像我剛剛說的，是把規則明文規定下來，所以和你的世界裡的戰爭方式很不一樣。」

琪卡的語調和我不一樣，具有把戰爭當成日常事件的真實感。

「話說回來，在遠古時代，我們這個世界裡的戰爭似乎也跟你的世界一樣，會造成很大的傷亡。不過在規則定下來之後，像我們這種只是在生活的人，通常就不會因為戰爭而死。聽說這是在很久以前，大國之間談判之後決定的。不過這只是我學到的知識，所以也有可能是歷史被竄改過。總之，照目前的戰爭規則，我們幾乎不太可能會死掉。」

「那就好。」

我聽說現在仍處於戰爭中，很擔心琪卡的安危，不過既然不會死，那就能稍微放下心了。

「原來你在替我擔心。」

雖然只能再次從眼睛形狀想像琪卡的表情，不過我覺得她似乎笑了。我除了擔心琪卡的安危，也憂慮會失去與她見面的機會，因此感到有些愧疚，便問她：「規則是什麼？」

「有很多，不過要用你聽得見的方式說明會有點困難。最容易懂的，就是你也能看見的這雙眼睛和指甲。我剛剛說過，你的眼睛和指甲沒有發光，在我看來很不可思議。」

琪卡指著這些部位。

「在我們的世界，像這樣才是正常的。」

她說這是容易懂的規則之一，那麼應該就不是天生會發光。我姑且點頭，等候她繼續說明。

「簡單扼要地說，我們為了××，眼睛和指甲都被著色。」

「呃，為了什麼？」

「區別？判別？」

「喔，我懂了。」

也就是說，這是某種標識。

「依照規定，每個國家都要著上各自的顏色。為了區分敵我，所有國民一出生就會被著色。話說回來，這其實是國家之間彼此相鄰、不同國家的人雜處的時代留下來的，現在只是用來認出想要混入自己國家的士兵。太陽落下、四周變暗之後，也不會繼續打仗。」

原來如此。我試著想像琪卡所在之處的地圖。分隔各個國家的，有可能是荒野或海洋，或者是這個世界沒有的東西。

「妳提到士兵，也就是說有軍隊嗎？」

「沒錯。有專門以戰鬥為工作的人，由那些人決定××的日期和時間。」

「什麼日期？」

「呃，就是攻擊的日期和防守的日期。他們會輪流在對手的國家和自己的國家進行戰爭，所以要決定哪天是攻擊的日子、哪天是防守的日子。攻擊的日子只有他們離開，所以不會有事；不過在防守的日子，就得像這樣躲到避難所。」

「原來如此，所以妳才會有些日子在這裡、有些日子不在。」

琪卡的腳趾甲移動到長椅上。她此刻大概是抱膝坐在長椅上。

「這麼說，今天在地面上，你們國家的軍隊正在進行防守戰吧？」

「嗯，我想大概快要結束了。」

我因為琪卡即將離開而感到寂寞，另一方面也從她的聲音感受到，兩人對於戰爭這個詞的價值觀並不相同。

「啊，你也許在替我擔心，不過就連作戰的人也不太會死掉。雖然我不是很清楚，不過××方面也有經過研究，最近都不會進行造成雙方太多傷亡的行為。」

「哦，這樣啊。」

我心想雜音部分應該是類似戰術的意思，因此沒有詢問。

「不過如果不殺害對方，要怎麼決定戰爭勝負？」

「有一定的×××——嗯～就是目標物。那是一個又圓又大的東西。只要攻方把它搬到國外就贏了。如果在時間內沒有被搬出國，就是守方獲勝。」

這是什麼鬼方式？比我想像的更……怎麼說呢，就像是用遊戲決定勝負，讓我感到很驚訝。即使如此，照她的說法，有時仍舊會出現死者。

「雖然這麼說不太妥當，不過聽起來，好像是胡鬧的大人想出來的遊戲。」

「這就是胡鬧的大人想出來的遊戲。死者雖然不多，但是還是會有人死掉，受傷的人更多。屋子和其他東西都會被破壞，我們的生活也會受到干擾。在決定規則的時候，乾脆停止戰爭就好了。」

這是我第一次聽到琪卡充滿感情的聲音。平常這樣的聲音會伴隨表情，因此感覺很新鮮。這大概就是她憤怒的聲音。雖然只聽見聲音，但是憤怒卻帶有質感，宛如強硬地滲入心靈的墨水般。

「我曾經想過——」

琪卡聲音中的憤怒消失了。由於看不見表情，因此我也無法拿捏切換的時機與變化幅度。

「搞不好你在聽我描述戰爭規則之後，會引導你的世界避免造成大量死亡。也許是為了改變你的世界，我們才能夠在這裡對話。如果是這樣的話，那麼也許我的世界真的就是你的世界的未來。」

姑且不論時間軸，說我會成為指導者，未免太天馬行空了。我不認為自己有足夠的份量，可以去阻止人類愚行的累積導致的彼此殘殺。

不過如果這個假設有部分是真實的，那麼會產生一個問題。

「如果是這樣的話，現在已經達成目的，我們或許就無法再見面。」

我自認只是在表達可能性存在的事實，但琪卡卻回應：

「如果變成那樣，我也很遺憾。」

看來我的表情和聲音似乎表達出對於和琪卡離別由衷感到惋惜。我發覺到這一點，不禁感到羞愧。我當然是因為完全不認為自己的目的已經達成，才會做出那樣的反應，不過如果因此被誤認為親切友善的那種人，感覺就會被低估，讓我感到有些懊惱。不過知道琪卡也不討厭見到我，算是一件好事。

「啊，警鈴響了。」

琪卡突然捂住耳朵。她似乎很害怕這個聲音。如果是戰爭結束的聲音，不是應該很正面嗎？我聽不見這個聲音。

「那是什麼樣的聲音？」

「……原來你聽不見。真羨慕你。那是很討厭的聲音，好像會震動××一樣。」

「震動什麼？」

「呃，肚子裡面？」

她指的大概是內臟吧。或者也可能和內臟不太一樣，是某種我所不知道的認知人體內部的方式。

琪卡站起來，完全沒有因為目的達成之後有可能無法再見面而顯得猶豫，朝著牆壁踏出第一步。我從腳趾甲的移動得知她的動作。

「琪卡，下次見。小心不要被發現。」

我無法留下在另一個世界擁有自己日常生活的琪卡。我只能盡可能期待下次的重逢。出乎意料的是，她回頭看了我。兩人四目交接，她眼睛的光芒無疑變化為笑容的形狀。

「香彌，下次我想要聽你談談自己。」

原本就在黑暗中的她只留下聲音就消失了。我獨自被留下來，看看手錶，今天聊得比之前都來得久。雖然是聊戰爭之類不安穩的話題，不過能夠聽到琪卡談她所見所聞，是很大的收穫。當然我也還不能完全排除她在說謊，或這一切都是自己幻想的可能性。

不過我觸摸到她了。

我的確感覺到冰冷的指尖滑過我的手的觸感，被觸摸的痕跡彷彿還留在肌膚上。我緩緩地站起來，不想要讓這個感覺溜走。

我走出候車亭。外面的氧氣濃度比候車亭內高很多，讓我感到難以呼吸。我又回到了這裡。

我試著想像——如果就如琪卡說的，我們住在完全不同的世界，那麼她會回到什麼樣的地方？她說她那裡還是白天。她會進行戰爭之後的整理工作嗎？或者會覺得已經習慣了，毫不在意地繼續過自己的生活？在那個世界會下雨嗎？今天是冷還是熱？

我決定先回家，整理目前為止聽琪卡談起她的世界的話題。姑且不論我能不能改變這個世界的戰爭方式，也許我能夠找到讓我的人生變得特別的線索。

走在回家的路上，我自覺到一件事——我再一次發覺到自己的無趣。

我好久沒有在談話中感到興奮。還沒達成任何目標就感到興奮，可見我果然只是這點程度的傢伙。

※

進入三月之後過了十天，季節已經完全變成春天了。我對於四季變化並沒有特別的情感，不過感覺到明確的時間流逝，內心不免也感到焦急。

自從上次見面之後，我還沒有見到琪卡。也許只是剛好時機不對而沒有見到，不過我也擔心會不會真的是被當成已經達成目的了。

我知道擔心這種事也沒用，因此我姑且先來思考有意義的事情。

雖然還無法確定，不過琪卡描述的內容顯然不是我所知道的世界。琪卡說的當然有可能全都是謊言，但我也無從確認。即使我被騙了，現在也只能選擇相信。至少我不認為她談到戰爭時憤怒的聲音是假的。她或許真的活在和我們不同的空間。

我也想到，或許是因為戰爭結束，她才不再出現在作為避難所的那個地方。不過照這個想法，如果想要重逢，就等於是希望琪卡的世界發生戰爭。要是我能夠真心期待他人不幸、為此感到高興就算了，但是我知道憑自己無趣的個性，一定會半吊子地同情別人，因此決定不去思考這樣的可能性。

我不只是晚上、就連傍晚也會固定去公車站，但琪卡仍舊沒有出現。她說過太陽下山之後就沒有戰爭，也就是說她不會在晚上前往避難所，因此我在白天的公車站見到她的可能性很低；不過因為不知道兩地時差多少，所以也沒辦法很肯定地這麼說。

我每天依舊會去跑步。和以前不同的地方，就是我開始注意跑步時的最佳心跳速率，另外也改變前往那座公車站的跑步路徑。注意到心跳速率是因為獲贈手錶，改變路徑則沒有特別的理由。如果我有寫日記，拿去偷看的人一定會很快就感到厭倦。我就是過著這樣的每一天。

我今天也開始跑步，然後逐漸增加速度。戴在手腕上的手錶似乎會紀錄運動強度與心跳速率的關係，並且逐漸提升心肺功能。手錶已經輸入各項設定，如果跑得太快、心跳速率達到一定的數值就會響起，提醒我注意。

如果一直進行對心臟造成過度負擔仍繼續奔跑的訓練，會不會達到不同的境界？瀕臨生命危機的鍛鍊，是否能夠吹散潛藏在爽快感深處的無聊？

要不要試試看？我萌生這個念頭，正準備稍微加快速度，就看到前方有一張熟悉的面孔。雖然不想要被發現，但事與願違，對方舉起了手。我沒辦法選擇忽視，只好放慢速度，回了聲「嗨」。我當然打算直接跑過去，但是教室座位在我前方的田中卻問：「你在幹什麼？」她竟然想要跟正在跑步的人展開對話。我不禁停下腳步。

「幹什麼？妳看了還不知道嗎？我在跑步。」

或許是因為開始增高的心跳速率，我用比平常更快的速度回話。

「我當然知道你在跑步。我是在問你為了什麼目的在跑。」

「妳又沒這樣問。」

算了，繼續反駁也沒意義。

「我跑步的目的就是為了跑步。」

「你在說什麼？還有，既然是目的的話，就應該擺出更開心一點的表情嘛！我正在蹓狗。」

我又沒問，而且自己看就知道了。

雖然這麼想，不過我還是稍微瞥了一眼田中腳邊的狗，那隻狗就跟我對上視線湊過來。田中應該要好好把牽繩位置固定在手中，可是她卻配合狗的動作，把手臂往我這邊伸過來。

我觀望一陣子，這隻狗似乎也不打算離開我腳邊，因此我心想牠或許是在催促我，便摸了摸牠的頭，但牠並沒有因此滿足而回到田中身邊。

「這傢伙沒什麼忠誠度，跟誰都可以親近。」

應該是受到飼主薰陶吧？而且牠應該也沒有跟我親近。不過不論是田中或狗，我都不希望被親近。

「話說回來，鈴木，原來你都在這一帶跑步。」

我不久前才改變路徑，沒想到竟然會和田中的散步路徑重疊。

「我今天第一次到這一帶。」

我又沒問。不過聽她這麼說，大概沒有固定的路徑吧。

「前幾天不是有打雷嗎？當時閃電好像劈中一棵樹，所以我想要去看燒焦的樹。」

這種行為才令人懷疑目的何在吧？我知道就算問田中「看了要幹麼」，也不會得到有意義的答案，因此我沒有問她。

「鈴木，你要不要一起去？反正你很閒吧？」

「不去。我在跑步。」

「反正你是因為沒事做，所以才在跑步吧？」

我就說，妳不要想也沒想就提出觸及他人核心的問題！

「啊，對了。」

看到田中似乎還有話要說，就姑且等她繼續發言——這就是我半吊子的地方，實在很討厭。

「我看到和泉了。」

沒錯，很討厭。我真的很討厭說話毫無思慮的傢伙。

我不知道田中期待我出現什麼樣的反應，不過我決定不要認真回應。

「這樣啊。」

「你們還有聯絡嗎？」

「沒有，不過還活著就好了。」

「嗯，我也只是進行目擊報告而已。」

田中說完她想說的話，就牽著狗離開了。那隻狗特地被拉去看燒焦的樹，一定也感到很困擾吧?被他人擅自斷定「一定會有興趣」而被帶去看，就會產生反感。那隻狗如果因為產生反感而咬田中，那也是無可奈何的。

我想到掃興這個詞，然後又想到不對，基本上我本來就對跑步這件事沒什麼興趣。我只是因為和田中對話之後被削弱氣力，因此停止挑戰心跳速率。我打算照平常的方式跑步，前往公車站，然後像平常一樣回家。

和泉。

都是因為田中，使得這個平常不太注意的名字一直停留在視野中，非常礙眼，也妨礙到我跑步。不過也沒有太大的障礙。

我重新期待著今天一定要見到琪卡，前往夜晚的公車站，但今天在候車亭迎接我的，仍舊只有無可言喻的黑暗與寂靜。

※

琪卡在五天之後才出現。雖然沒有太大的關係，不過學校已經進入段考期間。我聽著母親一如往常的聲音在背後說「小心不要被發現」，今晚也前往公車站。我打開候車亭的門時，並沒有看到琪卡。我失望地重重坐在長椅上，立刻就看到視野角落閃了一下。我望過去，看到期待許久的光芒。

「香彌，我們又見面了。」

幸虧琪卡先發出平穩的聲音。如果是我先開口，或許會因為累積到現在的期待，發出破碎的聲音。

琪卡對於我的在場似乎沒有特別的感想，在長椅坐下。她照例坐在我右手邊的老位子。

「琪卡，妳現在坐在什麼上面？」

我為了隱藏自己的慌張及過度的喜悅，不小心問了無關緊要的問題，不過我的確很在意這個問題。我此刻坐在木製長椅上，不知道琪卡的情況如何。

「我坐在××上面。」

「抱歉，馬上就要問妳了。」

「呃，很長的椅子？」

「我知道了。那就跟我一樣。」

也許琪卡所在的避難所和這間候車亭的形狀很相似，因此以某種形式影響到兩人所見的世界重疊在一起。

「妳這麼久沒來，是因為沒有戰爭嗎？」

這回我總算問出事先準備的問題。如果琪卡說沒錯，那麼我可以預見自己會在心中某個角落期待戰爭，不過我還是必須知道琪卡出現在這裡的規則。

「不是。」

我鬆了一口氣。這一來我就不需要期待琪卡周遭發生不幸。我不用自覺到了解規則之後感到迷惘的自己無趣的個性。

「住在遠方的家人過世了，因為事發突然，我就過去幫忙處理雜務。在那裡的時候，我跟大家一起去大型避難所。」

「過世是因為戰爭嗎？」

「不是，是因為生病。她是我的××，不過我們沒有聊過多少話。」

「妳剛剛說你們的關係是什麼？」

「她是我爺爺的妹妹。我的家人當中，從事參與戰爭的職業的人只有我哥哥，所以有可能因為戰爭而死的，也只有我哥哥。」

面對冷靜分析並說明「因戰爭而死的可能性」的琪卡，吐槽說「妳怎麼說得這麼輕鬆」很簡單，不過未免太不尊重對方的心情了。不論是在同一個世界，或是不同的世界，人與人之間幾乎不可能真正產生共鳴。

「對了，我們上次道別的時候，我也說過，下次見面想要聽你談談自己。」

「嗯。」

這個附和雖然有些隨便，不過我也有同樣的打算。我並不是想要聊自己的事，而是想要答覆琪卡想要知道的任何問題，相對地也希望詢問有關她的事。這是平等交易。如果不是為了這樣的理由，我才沒有表現自己的癖好。

「首先——」

她想要問家庭組成分子，或是過去的經歷？這些都是了解彼此是什麼人物的資訊。

「香彌，你喜歡什麼東西？」

我原本已經做好心理準備要回答，這時卻說不出話來。

喜歡什麼東西？這個問題太過抽象，更何況我也無法理解一開始就問對方的喜好有什麼用處。

「喜歡的東西……是指喜歡的食物嗎？」

我試圖主動將問題變得更具體。

「香彌，你最喜歡的是吃東西嗎？」

不討厭，不過我並不是在主張——比方說興趣是吃美食，或者一天當中最期待的就是吃飯之類的，因此我搖搖頭。

「不是這樣的。如果是問興趣，勉強要說的話，我每天都會跑步。」

「跑步的時間，就是你在一天當中最重要的時間嗎？」

「不是……」

如果問是不是最重要，其實也不算是。我只是以為琪卡在問興趣，因此就回答除了食衣住行以外每天主動做的事情。

既然否定了琪卡的提問，我就應該要提出真正在一天當中最重要的時間，可是我卻想不出來。不論是什麼樣的時間，捫心自問是不是最重要，其實都不是那麼重要。事實上，我也不認為在自己這麼無聊的每一天當中，會有最重要的時間存在。

從某方面來看，其實來到這裡就是我最重要的時間，可是我沒有說出來。我不想要被當成覺得跟別人說話很重要的無趣的人。

「我一時想不到。琪卡，妳在一天當中，會很明顯地有最重要的時間嗎？」

如果她說是此刻在這裡的時間，彼此的目的就一致了——如果說我內心絲毫沒有這樣的期待，那就是謊言；但是另一方面，我也不希望琪卡會說出這種無趣的答案。

「我——」

我原本預期會不會又是我聽不見的單字，不過卻猜錯了。

「也許是睡覺之前，在自己的房間獨處的時間吧。」

我心想，這個回答還真像個普通的女孩子。真遺憾——我內心閃過這個太過自私的感想，立刻驅逐這個念頭。我還沒有聽她詳細說明。

「我可以問妳為什麼最珍惜那段時間嗎？」

「嗯，因為它完全屬於我。」

這個回答就好像出現在故事裡的世界統治者。

「我喜歡在我的房間和腦袋裡的東西。房間裡有重要的××、書本和音樂，還有過去寫的日記；腦袋裡有不會被任何人看到的想法和感情。沒有人會擅自進入我房間，或是窺探我的腦袋。表情也不會透露任何祕密。我喜歡可以只為自己存在的那段時間。我真正的世界就在那裡。」

琪卡體貼地問我，說了這麼多有沒有聽不清楚的單字，因此我便問她，房間裡除了書本、音樂和日記還有什麼。

「就是用氣味來感受故事的東西，要怎麼稱呼呢？」

「類似香水嗎？」

「不是，跟香水不一樣，是透過氣味聯想到風景和人物。組合好幾種氣味，可以讓人感受到故事。在你們的世界裡沒有這種東西嗎？」

應該沒有。即使有，我也沒有聽過。我盡可能想像那是什麼樣的東西，雖然不知道正不正確，不過還是姑且記下來。

話說回來，換個角度來想，琪卡的答案未免太過專注在自己的內心世界，感覺有些封閉。

不過我立刻想到：

「妳是因為自己居住的地方處於戰爭中，很少出門，所以喜歡自己的房間嗎？」

我猜想，也許是因為她活在特殊環境形成的文化當中。

然而我的推測錯了。

琪卡發出「唔～」的聲音，似乎在尋找適當的說法，接著她說：

「呃，應該跟戰爭關係不大。我喜歡房間的理由，是因為那裡沒有任何東西是我被迫要喜歡的，而且我也可以一直保持那樣。或許其中也有像洗腦般一直聽的音樂、××、剛剛說的像氣味的東西，不過即使相逢的理由有很多種，喜歡上的契機卻從來不是自己以外的任何人。所以才很重要。」

我大概能理解她想要說什麼，不過我們對於房間的價值觀卻大相逕庭。對我來說，自己的房間只是個箱子，可以躲雨、睡覺，而且好歹不會讓其他人看到自己。不過當我處在屬於自己的那個空間裡，就等於是被無趣的自己監視，讓我感到窒息。

「香彌，你想不出最重要的東西，是因為擁有一切，還是什麼都沒有？」

這段話照例因為看不見對方嘴巴而察覺不到開口的瞬間，只聽見聲音突然傳來，讓我的腦袋有些迷惑。這回我即使在腦中咀嚼聲音的意義，仍舊無法理解問話的用意。不過如果可以無視問話用意來回答，那麼答案早已決定了：

「應該是什麼都沒有。妳為什麼這樣問？」

「我猜想，你想不出重要的時間，或許是因為你的時間被某樣東西完全占據，要不是很充實，就是很空虛。原來你屬於什麼都沒有那一種。我可以問你『什麼都沒有』的意思嗎？」

我想到琪卡有可能是誤會了，為了避免不必要的同情，便加以說明：

「我不是指沒有家人或是沒有家的意思，也不是沒有朋友或情人很悲哀的意思。只不過在我的生活當中，沒有特別重要的東西。」

我也不打算胡亂去尋找。

「你這個人不會假裝吧？」

我聽不懂琪卡這句話的意思。

「妳說『不會假裝』是什麼意思？」

「嗯，在回答這個問題之前，我想問你，你怎麼感受到自己的生活當中沒什麼特別的？」

我只能老實回答：

「我打心底覺得很無趣。不過，我沒辦法用——比方說妳提到的書本或音樂來填補，所以我也不知道該怎麼辦。」

「你真的不會假裝。」

發光的眼睛彷彿忘了眨眼，凝視著我。我的腦袋開始慢慢理解琪卡所說的「不會假裝」是什麼意思。

「基本上，我們——我是指人類——雖然不知道跟你那個世界的人類是不是完全一樣，不過至少在我的世界，人們大概都會一邊假裝一邊生活。其中最大的假裝，就是假裝接受，以及假裝喜歡。」

「……哦，我懂。」

在產生同感的同時感到佩服，那就是自以為是了。我雖然明白這一點，卻感到驚訝：琪卡竟然將我平常想的事情化作語言，放在腦中。

「為了生活，『假裝』是必要的行為，不是好或壞的問題，不過我很驚訝你並沒有這麼做。在你的世界，大家都是這樣嗎？」

「不是，大家都假裝著生活。我也不是沒有假裝。」

我過去也曾經好幾次假裝。雖然沒有發覺到是假裝，但現在回想起來，應該就是假裝吧。正因為是假裝，最後才會覺得「原來只有這樣」。仔細想想，借用琪卡的話，我或許就是為了遇見畢生都不用假裝、也能感覺到特別的某樣東西而活著。

「或許假裝的時間比其他人短，不過我也在假裝。只是感覺上不是為了生活而做的。」

如果能夠為了生活做這種事，就不會被只想找理由欺凌他人的最低等的人類盯上了。這是我小學時的遭遇。

「我覺得我是為了找到可以不用假裝的東西而假裝。」

我自己說出口都覺得複雜。

「琪卡，妳的意思是，妳會覺得自己對於書本或音樂的喜好帶有假裝的意味嗎？」

「沒有，我是真的很喜歡。不過在房間以外，我也會假裝喜歡各種東西。正是因為房間裡只擺了不需要假裝的東西，所以我才喜歡房間。」

原來如此。我比剛剛更了解她說喜歡房間的意思了。不過喜歡房間裡的東西這樣的心情，應該也只是琪卡在假裝，只是她沒有發覺而已。人生的空白不可能藉由他人的創作品來填補。

「對了。」

只有眼睛和指甲的對象使用「對了」這種詞，仍舊讓我感到很奇妙。人的感情和心情，或許比想像中更受到視覺的支配。

「嗯。」

「我知道家人和朋友，不過什麼是情人？」

「咦？妳不知道嗎？該怎麼說呢……就是談戀愛的兩人吧。」

「我也不知道戀愛是什麼。」

從過去交談的印象，琪卡應該不至於沒有這方面的知識才對。這麼說，也許我應該使用別的方式說明。

戀愛要怎麼轉換成其他的日文？

「怎麼說呢……呃，真的該怎麼說呢？就是兩個人彼此喜歡並且交往。」

「跟朋友不一樣嗎？」

「不一樣。雖然我也不知道界線在哪裡，不過就詞意來說是不一樣的。」

我腦中浮現結婚、家人之類的詞，不過並不必然會連結在一起。我想到「對異性的感情」這樣的說明方式，不過應該也有不是異性的情況。

「跟朋友不一樣的地方在於，大多數情況是異性之間的關係，而且戀愛是帶有性欲的。」

「朋友之間應該也有性欲存在或不存在的情況。」

「的確……這個嘛，這樣啊。」

到底該怎麼說明才好？用日語說明日語，就好像在呈現自己平常如何理解這個概念，彷彿在被測試自己這個人的程度，讓我不禁擺出防禦架勢。

琪卡似乎知道朋友這個概念，也提出了喜歡、性欲等關鍵詞，所以如果她腦中存在著和戀愛相似的概念，只是用的詞不一樣，那麼她應該已經可以猜到才對。她應該能夠再度說出我聽不到的單字。

難不成，在琪卡的詞彙當中，沒有戀愛這樣的概念？

「琪卡，妳知道結婚嗎？」

「這個我知道。這是組成家庭的手段之一。」

「通往結婚的過程，在我們的世界通常是戀愛。」

「哦，那就跟我們不一樣了。我們是朋友之間彼此不討厭對方、而且剛好彼此都方便，就會結婚。」

「方便是指什麼？」

「譬如說工作，或是住處的距離。你們除了這些之外，還要加上戀愛這個理由嗎？那是什麼東西？你說的過程中要做什麼？」

「做什麼？」

「會做些不會和朋友做的事情嗎？」

我想起過去為了得到經驗而決定談戀愛、後來又立刻發覺到自己只是在假裝的時期。同時我腦中也閃過一個名字，不過現在先別管它。

我以前也有可以稱為朋友的對象，所以知道「不會和朋友做的事情」是什麼。我想到幾個，便在自己的常識範圍內，選擇可以在女生面前提起的話題。

「譬如彼此實際接觸之類的。」

「我上次碰到你的手，該不會在你們的世界，屬於不應該在這種關係之下做的行為？真抱歉。」

或許是琪卡在道歉時的習慣，眨眼的動作比平常拉得更久，光芒緩緩地明滅。我發現讓她誤會了，連忙否定：

「不是這樣的，朋友之間應該也會握手。我不是指那個，而是指親吻之類的。」

「什麼是親吻?」
光是說出「親吻」這個單字，我都覺得不好意思，沒想到還得說明這個行為。
「是指生孩子嗎?」
原來她也知道這回事。話說回來，在琪卡的世界，留下子孫的方式也一樣嗎?如果她說小孩子是從地面長出來的，我該如何反應?
「不是，是要彼此接觸，用嘴唇。」
我為什麼要用倒裝句來說?
「用嘴唇?」
「沒錯，用彼此的嘴唇。」
「這樣做有什麼意義嗎?是類似做記號嗎?」
「不是，並不是要留下印記之類的。」
說真的，到底有什麼意義?我不懂生物學上的意義，至於心理方面的意義，連戀愛意義都不懂的我當然無法說明。
「在這個世界的其他國家，似乎也有用在打招呼的時候，不過在我的國家，應該是用來表達愛情吧。琪卡，你們不會做這種事嗎?」
「不會。即使是對家人或朋友表達愛情，也不會這麼做。」
原來如此，她也知道愛的概念。她曾說朋友之間也有性欲存在，或許只是朋友的範圍認知比我們更寬廣。搞不好我們只是刻意用言語把人與人的關係分得太細，徒增麻煩。

「香彌，你有相當於情人的對象嗎？」

正當我在思考時，突然聽見琪卡的聲音。不過我之所以回了一聲「咦」，不是因為腦袋無法認知，而是因為感到慌張。我對於自己感到慌張的事實也感到慌張。我的心思被過去的記憶與前幾天田中所說的話拉走。

「沒、沒有。」

我回答得很不乾脆，不過至少在可以從眼睛和指甲辨識的範圍內，琪卡並沒有顯露出懷疑的樣子。

她只是接連提出問題，因此我便告訴她：情人通常是一對一的關係，同時有多個情人被認為是不好的行為，通常都會從朋友變成情人，而且也不是一輩子都不會改變。

「我以前也有過情人，只是分手了。」

我之所以主動提出來，是因為不想在被問到的時候感到心慌。

「不是情人之後，就會變成朋友嗎？」

「有時候會，有時候不會，都有可能吧。」

至少我沒有變成朋友。

我雖然覺得繼續聊我的戀愛經驗也沒有意義，但是琪卡卻似乎對她所不知道的戀愛這個概念很有興趣。

「這麼曖昧不明的關係，卻只能一對一，感覺好奇怪。」

「我也不知道，也許大家都希望自己是特別的。」

那些傢伙會激動地指控外遇，彷彿覺得自己是多麼特別的人物一般。

「身為一個人的情人，就表示很特別嗎？」

「大概很多人都這麼想。不只是情人，就算是朋友之類的人際關係也一樣。」

「原來如此。我不知道我跟香彌能不能稱為朋友，不過我在這裡的時候，眼中只看著你。」

她帶著開玩笑的口吻，或許是想要讓我高興。我接受她的好意，不過很遺憾地，我並不會因為被某人說是特別的，就覺得自己很特別。

「謝謝。」

我自己最近不論是睡覺或醒著，都想著琪卡的事，不過即使對方沒有戀愛的概念，我也很難啟齒。

今天在警鈴響起之前，我們有比平常更久的時間。我試著詢問琪卡一天的生活模式。這是我一直在意的問題。我聽著她偶爾摻雜聽不懂的單字說明，想像她的一天：

早上起來，在用餐前先去在這個世界稱為市場的地方買東西，回來之後和家人一起吃。即使她說明了我也不太懂的東西，做家事，如果是「守方的日子」，就會在事前得到聯絡的時間前往避難所。戰爭開始時間有可能是午餐前或午餐後。跟我見面的這個場所，據說是琪卡離家最近的個人避難所。這天的戰爭結束之後，如果屋子周邊被弄亂就要整理收拾，不過幸運的是琪卡的家距離重要地區很遠，所以很少會受害。戰爭結束之後、以及沒有戰爭的日子，她就會出門去幫忙負責管理書本的父親工作，回家之後就吃晚餐、睡覺。她也曾經去上過在這個世界稱為學校的地方，不過十六歲就畢業了。

琪卡對這樣的日常有什麼想法？

「我覺得無所謂。」

「無所謂？什麼意思？」

我無從判斷「無趣」和「無所謂」是不是同樣的意思。

「我只是為了要持續思考、感受才過生活。為了在腦中思考只屬於自己的想法、從書本和音樂感受到各種情感，必須要有身體和生命才行。這就是我生活的理由。身體是讓我可以繼續保有心靈的容器。每一天都只是為了讓身體活下去而過的，所以無所謂。」

這樣的說法和覺得日常很無趣不一樣。她既沒有虛構日常的重要性，也沒有感到悲觀，而是一開始就覺得無所謂。聽起來是這樣。

「妳是指，活著這件事本身沒有意義嗎？」

「如果死後也能思考或感受，那麼也許活著就沒有太大的意義吧。不過死了之後或許就不能打開書本，甚至連存在都有可能消失。既然不知道會怎麼樣，目前就只能活著。而且死後大概也沒有自己的房間。所以我討厭有一天也許會奪走我的思考和感受的戰爭或疾病。」

聽到前所未聞的人生觀，我不禁感到有些佩服。之所以不是打心底感到佩服，或許是因為我懷疑這種想法在琪卡居住的地方或許很普遍。也因此，她有可能只是在陳述一般常識而已。

「香彌，在你的世界，像我這種想法的人很奇怪嗎？」

「我雖然是第一次聽到這種想法，不過我可以了解妳的意思，所以不覺得奇怪。」

我討厭以怪人自居的傢伙。

「太好了。我很久以前曾經對××說過這樣的想法，結果被罵了。在我的世界，活著這件事本身就被當作是最重要的。能夠對了解我的意思的人說出來，雖然不會因此改變我的世界，不過還是很高興。」

琪卡眼睛的光芒變細。

「香彌，你有沒有什麼話是平常不會對其他人說的？如果你不介意，就告訴我吧。」

讓別人看見自己的內心，不會有任何好處。我明知這一點，對於琪卡的提議卻感到猶豫。我並不想要說出想法並得到共鳴，也不想要被稱讚很有趣。我之所以會有些猶豫，考慮要不要讓她看到平常絕對不想被看到的部分、該不該告訴她自己心中的想法，是因為這裡是公車站的候車亭。

「我一時想不起來。」

「這樣啊，那我就幫不上忙了。不過你跟我都應該記住，自己有可以傾訴內心話的對象。」

我並沒有表示贊成。我不想說謊。

我不能讓她說「幫不上忙」。我會給她某樣東西，也必須從她那裡收下某樣東西。但是我發覺到，當她斷言幫不上忙的時候，自己鬆了一口氣。為什麼？或許是不用負起責任讓我感到輕鬆吧。

「那就來談談在你的生活當中最近發生的事。不論是多瑣碎的事都可以。」

「好吧，不過真的沒什麼，頂多只能聊聊天氣。比方說前幾天附近的樹被雷劈中了。」

「真的啊？在距離我家可以走過去的地方，也有一棵樹被雷打中。那是我很小的時候就有的樹，所以我就去××了。」

「妳說去做什麼？」

「呃，就是分解之後，領取碎片拿到家裡的××焚燒。家附近的樹因為戰爭著火的時候，也會做同樣的事。這是從以前就留下來的莫名其妙的規定。」

我心想她大概不希望被打斷太多次，因此沒有問家裡的什麼東西。反正一定是類似暖爐的東西吧。我心想，到處都有些莫名其妙的傳統習俗。

「打雷的時候好像沒有下雨，不過明天大概會下雨。」

「我們這邊好像是晴天。」

「啊，對了。對不起，我無意中就覺得兩人好像待在同樣的地方。」

琪卡發出節制的笑聲。我不想要打破這樣的笑聲形成的祥和氣氛，但還是很在意這個問題：

「雨天也會打仗嗎？」

「雨天我們沒有閒功夫去躲到避難所，所以往往會取消。」

如果這麼體恤國民，一開始就不應該發動戰爭。我可以理解琪卡憤怒的心情。在我的世界，各家媒體也每天在談論面對戰爭該如何做好心理準備，實在是太愚蠢了。不要發動戰爭不就好了。

我不知道距離警鈴響起還有多久的時間。即使問琪卡，她也只說不一定。既然不知道還有多少時間，也不知道還有沒有下一次，我就必須從琪卡那裡吸收有益的資訊。不過我很難判斷什麼是有益的。

最後幾分鐘，我詢問琪卡先前提到的興趣——用氣味感受故事的遊戲。如果是這個世界沒有的東西，或許可以派上某種用場，我自己也可能會迷上那種遊戲；不過聽她用言語說明藉由個人感官來感受的娛樂，也很難光憑想像去理解。

「我下次帶來吧？」

「規定方面沒問題嗎？」

「應該沒關係。又不是氣味很強烈的東、西……」

說到一半，琪卡的指甲舉到臉的旁邊。警鈴響了。

「下次見。」

琪卡只留下簡短的幾個字，就照例消失了。

光憑這三個字，我們約定了重逢——明明不知道有沒有下一次；明明兩人有可能再也無法認知到彼此，只能在各自的場所繼續生活——也因此，或許說「不小心約定了」比較正確。約定是麻煩的累贅。我不小心讓琪卡承擔約定，自己也不小心承擔了。

不過即使擔心也無濟於事，因此現在只能期待重逢，以及或許能夠體驗異世界文化的未來。

我站起來，走到外面才想起一件事。

我開始覺得琪卡並不是幽靈或想像中的人物，而是活生生的生命。

此刻我還無從判斷這樣是好還是壞。

※

這個世界的戰爭也開始了。

無視於晴天的預報，外面正在下雨，不過這個世界的戰爭應該不會因此而取消。即使發生戰爭，國民的生活也沒有劇烈的變化。也因此，我沒有去思考戰爭，而是去思考突然下起這場雨的意義。

平庸的我心想，下雨、打雷，還有爺爺的妹妹，或許都……

我所在的地方和琪卡所在的地方之間，或許除了公車站以外，還有其他重疊的關聯性。

雖然不知道何時才能再見面，不過下次見到她的時候，我打算要確認各種問題。

在下雨的日子，原則上我不會出門慢跑，而會在家裡進行肌肉訓練，但是我不想錯過和琪卡見面的機會，因此即使只有晚上，我也必須要去那個公車站確認才行。

晴天的預報驟變為豪雨，再加上早上並沒有下雨，所以許多學生都慌慌張張地聯絡家人，或是決定在雨停之前守在學校不出去。我因為把折疊傘放在置物櫃裡，所以準備去拿那把傘迅速回家。那東西難得能夠發揮存在價值，應該也不枉生為一支雨傘吧。雨水能夠帶給雨傘存在價值，也能在琪卡的世界阻止戰爭。

我想到和泉很討厭「雨女」、「晴男」類的詞。和泉想要否定的，或許還包括人類企圖預測天候這麼具有影響力的東西、企圖揣測天意的愚行——不過這種想法或許太高估她了。畢竟我們都是平庸的人。

今天齋藤比我更早離開教室。我一如平常兩人之一會做的，追隨她的背影，安然無事地到達鞋櫃。

我等齋藤換上鞋子、離開鞋櫃，自己也換了鞋子，就跟平常的流程一樣；不過當我把室內鞋放入鞋櫃、轉向出口的方向，眼前卻發生和平常不一樣的現象。

齋藤不知為何停下腳步，呆站在出口前仰望天空。我還來不及思考發生了什麼事，她似乎就對自己停下腳步感到羞恥，打算直接踏入雨中。

「喂！」

因為是反射性地叫出來，所以聲音有些粗暴。看到眼前有人打算要淋成落湯雞，我不免會覺得置之不理幾乎等同於暴力。如果齋藤沒有停下腳步，那也就算了，我沒有義務要去追她。我只期待她稍微猜到我在叫她並回頭，不過當她實際回頭，我卻感到滿意外的。

「妳可以用這個。我還有另一支傘。」

我走過去遞出折疊傘。她似乎也為我的行動感到意外，睜大眼睛看著我的臉。

接著再度讓我感到意外的，就是齋藤以頗為清晰的發音說「謝謝」，接過傘打開，走入雨中。我還以為她會跟我推辭一陣子，或者完全忽視我。齋藤確實地和我溝通，讓我感到意外。除此之外，我感受到這段溝通的底層存在著「因為怕麻煩才接受」的氣氛，也讓我有些在意。那是我自己在平常生活中的行動原理之一。

話說回來，我說有另一支傘是騙人的。

在這天之後，過了整整一個星期，天氣才放晴。學校已經進入春假，過了假期，我就要升二年級了。

學年對我來說都無所謂，不過對於遇見琪卡之後過了一個月這件事，我則深入思考。起初我以為在一兩次的機會之後，一切就會結束，不過最近我開始覺得，我們之所以能夠見好幾次面，或許還是有某種意義。雖然不知道兩人的關係何時會結束，不過連結我們的某樣東西或許在等待必然會產生的「特別」……這個想法也很天馬行空。

天氣放晴後過了兩天，琪卡出現了。

「我把××帶來了。呃，就是有氣味的那個。」

她似乎無法找到適當的替代說明，從看不見的嘴巴位置傳來笑聲。從我們第一次見面以來，琪卡給我的印象也稍微改變了。

「哦，謝謝。」

「這個其實應該要沾在布上之類的，不過你應該看不見，所以我就沾在指尖給你聞，好嗎？」

「嗯，只要妳不介意。」

那東西大概是放在琪卡旁邊。我觀察她拿起那東西的動作，想像那是類似小瓶子的東西，不過光從指甲的動作很難猜到形狀。我明明凝神注視，卻只看出不久之後琪卡摩擦指尖的動作，這才理解到沾在手指上的動作不知何時結束了。

我站起來，稍微往右移動並重新坐下，把自己的鼻子湊到接近琪卡手指的位置。當我接近她，就感覺到有人存在的氣息變得濃郁。

「我選了下雨的場景。你聞聞看。」

發光的指甲排成一排伸向我。我小心避免被琪卡的手指戳到眼睛，把臉湊過去，小心翼翼地用鼻子吸氣，就聞到了氣味。

這是我不曾體驗過的氣味，讓我想到「難以形容」正是指這樣的情況。的確如琪卡說的，這不是很強烈的氣味，也不會令人感到不愉快，但是如果要問我好不好聞，我也無法回答。這個氣味既不是甜也不是酸，不是「雨」這個詞帶給我的想像。這到底是什麼味道？

「怎麼樣？」

琪卡問我，我便把臉從指甲移開。

「我第一次聞到這種味道。」

「你的雨天場景是什麼樣子？」

「沒什麼。」

琪卡把手縮回去。她的眼睛角度改變，或許是因為歪著頭。

「我沒有聯想到任何東西。我沒有像妳說的那樣，在腦中浮現景象。」

「也許我應該多沾一點。」

琪卡再度重複先前的動作，把指尖伸向我。我雖然多少可以想像到結果，不過還是有些希望自己猜錯，因此再度把臉湊向琪卡的手指。

「嗯，雖然是很奇妙的氣味，不過怎麼說呢……就好像不知道哪裡在癢一樣，我無法掌握這是什麼樣的氣味。感覺自己的腦袋沒辦法處理。」

「也許是你的世界沒辦法處理這個文化吧？」

「也有這個可能。」

我很遺憾自己無法感受到它。顯然我無法像琪卡那樣享受這個遊戲的樂趣，遑論會不會迷上它。不過能夠體驗到「無法感受」的感覺，也彌足珍貴。這件事似乎也提高了琪卡不存在於這個世界的可能性。

「順便問妳一下，妳從這個氣味感受到什麼樣的場景？」

琪卡無言地把自己的手指舉到眼睛下方的部位。實際上這是我首度知道她的鼻子在那裡。看來她的臉部外觀果然和人類相近。

「在森林裡。」

「嗯。」

「一個女生走在茂密的森林裡時，下起了毛毛雨。因為雨勢很弱，所以幾乎所有雨滴都在到達女生之前就被枝葉接住。可是過了一陣子，從某處傳來很大的聲音。因為聲音的震動，使得積在樹葉和樹枝上的雨水同時落下來，淋濕那個女生。這就是我想像到的場景。」

我試著去想像琪卡描述的場景。雖然能夠自己想像出這樣的場面，不過和琪卡想像的葉子顏色、女孩表情，還有雨量應該都不一樣。我想到這或許就是這個遊戲的本質。基本上，創作品總是會有一定程度的留白，交由接受者自行想像；這種從氣味感受故事的娛樂，想必比小說等具有更高度的自由。或者也可能是在琪卡的世界，人們能夠以我們無法想像的方式掌握氣味並感受樂趣。

「在妳的世界，大家都會從這樣的氣味聯想到下雨嗎？」

「大方向是一樣的，不過我會試圖感受故事的細節，在把想像化為文字的時候，我的內容也總是會比其他人的更長。所以說，我大概比一般人花更久的時間體會這項樂趣吧。」

就我至今所掌握的琪卡個性，我可以理解這個說法。

「這種氣味是怎麼做出來的？」

「有專門製作氣味的人，稱為××××，由他們花時間製作故事。這是很特別的工作。」

聽不見的部分大概是職業名稱，即使再聽一次大概也聽不出來，因此我便沒有追問。我忽然想到琪卡會不會也想從事這樣的工作，便開口詢問她。她大概把頭歪向一邊回答：

「這個嘛……比方說，如果沒有人能夠做出最適合我房間的氣味，那麼我也許會想要自己做，不過要當成工作的話，就得考慮到接受者會怎麼想，所以我覺得自己不適合。我只為自己思考、感受的事情生活。」

「原來如此。」

我喜歡琪卡這樣的想法——不，也許沒有到喜歡，不過我很感興趣。我發覺到琪卡和我的想法就某方面來說是重疊的。

不知為何，這時我想起一件事。

「對了，琪卡，我有一件事想要跟妳說。」

「嗯？什麼事？」

「是關於天氣，還有親戚的事情。」

我把在某個下雨天想到、並且一直在思索的事情告訴琪卡。

簡單地說，就是除了這座候車亭之外，我和琪卡所在的場所會不會還有其他重疊的部分。這一點也擴及到周遭發生的現象。我開始認為，搞不好兩個不同的世界就像鏡子一樣。因為太過天馬行空，所以我剛想到的時候覺得很丟臉，不過還是值得把這個可能性告訴琪卡。

就如我所預期的，琪卡完全沒有表現出鄙夷或不屑一顧的樣子——不過或許只是我沒看見而已。

「在我居住的地方，天空也烏雲密布，直到太陽下沉七次為止，所以或許有這個可能。另外像打雷那次也一樣。不過如果有多一點的證據就好了。最近你身邊有沒有發生什麼事？」

「學校開始放假了。」

「我這邊並沒有特別放什麼假。」

我想到之前她曾經說過，她已經從學校畢業了。既然如此，就得找已經沒有上學的琪卡有可能遇到的情況，才能進行比較。在我宛若剪貼複製的日常生活中，發生過什麼特別的事嗎？

「你有沒有做平常不會做的事？」

聽到這個問題，我第一個想到的是跟琪卡完全無關的事件，讓我不禁對自己感到莫名其妙。

「這個嘛……應該沒有。」

「這樣啊。唔～」

琪卡閉上眼睛，雙手在大腿一帶前後移動。我原本以為這是她的習慣，不過她該不會是覺得冷吧？不論如何，對話陷入停滯。我想了一下，覺得與其浪費時間，不如多挖掘新的可能性，因此就試著對琪卡說出剛剛想到的事件。

「妳知道雨傘是什麼嗎？」

「嗯，就是下雨天撐的那個。」

「雖然是無關緊要的話題——」

「你說的話絕對不會無關緊要。」

我有一瞬間說不出話來。

「這真的是微不足道的事情。上次跟妳見面的隔天下了大雨。我看到平常不太講話的同學沒有帶傘，就跟她說話，還把傘借給她。」

我內心想著：就是因為這樣。

基本上，我周遭的世界不會背叛我無趣的預期。

然而或許因為這裡是公車站的候車亭，或許因為對方是琪卡，我在黑暗中聽到跟我的預期完全不同的回應。

「看吧，這不是無關緊要的話題。」

這個聲音聽起來像是在壓抑驚訝、裝出微笑。她的眼睛變得圓滾滾地看著我。

「我那一天剛好也遇到在戰爭中戰鬥的人。平常我絕對不會跟那種人說話，不過因為下起了雨，我就把傘借給他。」

「這——」

就這樣說兩個世界產生共同點，未免言之過早。這種事仍舊有很大的可能性是偶然，不過也不用立刻否定。

「妳為什麼平常不會跟他們說話？」

我自己問了也覺得這個問題本質上是不需要的。我之所以在意這一點，是因為不希望她的行動理由是基於歧視。既然如此，不問的話就能保持和平，不過如果想要認同某人並與之交往，除了不放棄的機會之外，也必須要有放棄的機會。

「我猜自己大概是害怕彼此沾染到對方意識的氣味。」

「意識的氣味？」

「嗯，氣味。譬如我只為自己的想法而活的意識——類似粒子的東西——要是沾附到他們身上，我擔心當他們真的遇到生命危險的時候，那個氣味會妨礙他們為某人活下去的意識；另一方面，我也害怕他們為他人戰鬥、活下去的意識會把雜質帶入我的房間或腦中。雖然很任性，不過我就是為了這個理由，平常都不跟他們說話。」

「那為什麼妳還要——」

我不需要說出「跟那個人說話？」的部分。

「因為他身上只有下雨的氣味。」

聽到這個聲音，我首度因為無法有效得到資訊以外的理由，強烈地惋惜此刻看不見琪卡的表情。

聲音傳遞的資訊量，遠超出我所知道的。

我想要知道瞇起來的眼睛周圍呈現什麼樣的動作。我想要知道琪卡如何以表情摻合辯解、懺悔、溫柔與快樂。

或者正因為看不見，才能讓聽者感受到語言中帶有那麼多的感情吧。

雖然我也無法確定，不過總之——

我想要看到她的臉。

「香彌，你借出傘的對象是什麼樣的人？」

「呃，這個……該怎麼說呢？我們雖然每天在同樣的場所見面，不過我沒有跟她說過話，也不打算跟她說話。她總是默默地低著頭，除了必要事項以外不打算開口，所以我也不清楚她是什麼樣的人。」

我邊說邊覺得，這樣的描述簡直在表明她跟我是同類型的人，因此連忙想要撤回，不過琪卡卻先插嘴：

「跟你完全不一樣，感覺比較像是我借出傘的那個人。」

「這樣啊。嗯。」

我一方面覺得齋藤跟自己當然不一樣，另一方面卻感到不安，想要知道琪卡究竟覺得我是什麼樣的人。畢竟我原本以為就如前座的田中所說的，在外人眼中，我跟本班的齋藤是同類型的人。

「不過即使我跟琪卡所在的場所彼此產生關聯，有可能連這麼瑣碎的事情也會互相影響嗎？」

「比方說，如果是以我和香彌為出發點，那麼我們兩人之間發生的瑣碎的一致性，或許就會在漸行漸遠當中成為巨大的一致性。」

如果這個說法是真的，就有必要了解所謂「瑣碎的一致性」會波及到哪些事物。譬如是否只包括偶然發生的事件，或者能夠刻意造成影響。也就是說，是剛好兩人都借了傘，或者是因為其中一人借了傘，另一人才會借傘。如果是後者，彼此的行動就會逐一產生意義。

不過即使有某樣東西使雙方的世界產生關聯，我也不贊同琪卡認為那就是我們兩人的意見。像這種有可能撼動這個世界的契機，不可能是像我這麼無趣的人物。

所以即使是事實，起點也應該不是我們，而是這間候車亭以及琪卡的避難所。這兩個地方因為某種理由，聯繫了兩個世界——這種想法還比較有可能。場地沒有無趣與否的問題，所以即使平等地被選中，也不會感到奇怪。

「下次見面之前，我們各自做些平常不會做的事吧。」

「也好。找幾個簡單易懂的行動吧。」

就這樣，我發現自己又承諾要維繫不知何時會結束的這段關係。人與人之間的關係，是建立在有一天會遭到背叛的原則——也許是現在，也許是幾十年後。也因此，即使我想要盡可能常常見面，我的意志也無法改變有一天會來臨的離別。

比方說，我不知道這段關係會在何時何地、被不相干的現象或人物破壞。

那一刻會在我根本沒有準備好的時候來臨。

我聽到「喀啦喀啦」的聲音，一開始不知道那是什麼聲音。愚蠢的我完全捨棄了這個可能性。
也因此，當接下來的聲音傳到我耳中與腦中，我才察覺到這項危機。
「你在這種地方做什麼？」
我受到強烈的心理衝擊，屁股幾乎要從椅子浮起來，還來不及想到要掩藏琪卡，就先反射性地去看聲音傳來的方向。奇妙的是，在我沒有注意的時候，竟如此簡單地容許外人闖入；但是在發覺到之後，神經就變得敏銳，一切都感覺像是慢動作。在看見打開門呼喚我的傢伙臉孔之前，我對於對手身分思考了種種可能性。
當我們啞口無言地彼此對視，對方似乎也顯得有些尷尬，彷彿自問自答般地以否定詞的「沒有啦」作為開端，繼續說：
「媽媽說你最近很晚回家，讓她很擔心，所以我雖然覺得過意不去，還是跟著你過來，結果你進入這種地方一直不出來，我就擔心你是不是在嗑藥，不過看樣子好像不是。嗯，那就好。」
哥哥——孝順母親的哥哥——似乎一方面真心感到抱歉，另一方面看到弟弟待在這種地方又覺得很奇怪，臉上露出靦腆的笑容。
我也不禁用「沒有啦」這個詞開啟對話，是因為我們果然還是兄弟嗎？我死都不肯承認這種事。並不是對哥哥有什麼不滿，而是拒絕讓ＤＮＡ決定各種事物。
「我只是在休息。」
這就是我絞盡腦汁想出的回答。
我裝出平常心，努力避免透露絲毫真實的心情給哥哥。

在此同時，我也拚命祈禱。

希望哥哥不要發覺到琪卡的眼睛和指甲。還有，希望琪卡不要說話。

哥哥和我不一樣。他如果察覺到琪卡的存在，一定會立刻斷定為靈異事件奪門而出，並且警告我再也不要接近這裡。他也一定會到處宣傳這裡的事。這是最麻煩的情況。所以現在只能等哥哥什麼都沒發現就離開。

「我每次都在這裡，或是更遠一點的公園休息。」

「可是你為什麼要在這麼暗的地方跑步？我還以為你在跟壞人見面。」

還以為在見面——這就表示他沒有發覺。

「我在想事情，所以沒有人比較理想。而且我都會被家人跟蹤了，要是做壞事的話，一定馬上就被抓到。」

「說得也對。」

為了不給哥哥發覺到琪卡的任何機會，我連瞥都不瞥琪卡一眼。即使我什麼都沒說，她也保持沉默，或許是對突來的訪客感到警戒吧。她應該能夠顧慮到這種事。

「現在時間也晚了，要不要回去？」

我假裝想了一下，然後搖頭。

「不要。我晚一點再回去。要是一起回去的話，看起來就好像你被我矇騙過去了。你先回去，告訴媽媽我是無辜的。」

這是邏輯完全不通的理由，不過哥哥卻點頭說「這樣啊，我知道了」，然後體貼地說「不要待太晚。小心不要被發現」，然後走出候車亭。幸虧哥哥不像琪卡那樣思慮周到。

我想到哥哥有可能折返一次，因此沒有立刻說話，閉著眼睛一動也不動，調整自己的心情。我差點想要埋怨哥哥，不過問題在於我自己沒有預先準備這種情況。我必須隨時繃緊神經。

過了一陣子，哥哥似乎沒有回來的跡象，因此我便站起來，關上敞開的門。接著我總算回頭看琪卡的方向。

但是——

琪卡的眼睛和指甲已經不在那裡了。

「琪卡。」

沒有回應。

「琪卡，妳不在嗎？」

還是沒有光點。到處都沒有。

我瞬間想到三個可能性。最期待的可能性，就是琪卡臨機應變，閉上眼睛並用身體其他部分藏起指甲。但是她沒有反應。

第二期待的可能性，就是在我和哥哥談話的時候，警鈴有可能響了。如果說連我都沒有發覺到琪卡悄悄離開座位，哥哥當然也不可能會發覺到。雖然很遺憾今天不能繼續談話，不過只要等下次機會就行了。

然而我腦中也浮現最糟糕的一個可能性。

外人的介入，有可能切斷這間候車亭與琪卡所在的地下室之間的連結。

如果聯繫這裡與那裡的條件，與這間候車亭、琪卡的避難所以及我和琪卡有關，而外人的介入要是斷絕了這樣的重疊……

我感到全身冰冷，一陣暈眩。

「琪卡。」

我知道她大概已經不在這裡，但還是忍不住呼喚。

她當然沒有回應。

目前還不能確定發生什麼狀況。也許我想到的可能性都不是正確的。

但不論是什麼理由，如果再也見不到她怎麼辦？

為了這種事——

光是想像，我就感到眼前一片黑暗。

我還不知道連結我們的是什麼。也許一開始就沒有那種東西。

我無計可施，只能在離開前祈禱。

我只能這麼做。

明明還沒有達成任何目標——

※

「香彌。」

光是被呼喚名字，就感到如釋重負——這輩子當中，我不知還會不會再遇到這種情況。至少在這個瞬間以前沒有發生過。

自從哥哥闖入公車站的候車亭之後，過了兩個星期，我已經升上二年級。

我打心底擔心再也無法見到琪卡，甚至差點幼稚地遷怒周圍的人。

也因此，如果我能夠見到琪卡，我預定要明白告訴她自己的喜悅與憂慮，說明當時這裡發生了什麼事，詢問琪卡突然消失的理由，不過最重要的是要慶祝重逢。我甚至連做夢都會夢見。

然而當我被呼喚名字時，脫口而出的卻是完全沒有預期的句子。

「琪卡，那是什麼？」

琪卡在坐下之前，沒有去看我指的那個部位——比她的腳趾甲稍微高一點、之前沒有看到散發強光的部位——只是把手放上去。

「原來你看得見。」

我看得見。看得很清楚。

那東西的形狀不像眼睛、指甲那麼均勻，位在以人類來說是小腿的部位，重疊著大大小小的條狀隆起，散發著比眼睛和指甲更強烈的光芒，彷彿在宣揚生命力。

「我受傷了。我被沒有繫牽繩的××咬了。」

沒有繫牽繩，大概是類似狗的生物吧。一定沒錯。

「傷勢不要緊嗎？」

「嗯，這點傷不用擔心，應該馬上就會癒合。」

「那就好。可是……」

我聽到琪卡受傷，真心替她感到擔憂，不過更想問的是——

「為什麼會發光？」

我想到幾種可能性，譬如那隻像狗的生物牙齒上有某種毒性，或者那是藥物的顏色等等，不過我都猜錯了。

「香彌，你的血不會發光嗎？」

我搖頭。

我一邊搖頭一邊屏住氣。

這時我總算理解到，琪卡和我是不同的生物。

不只是時間或場所這些枝微末節的差別，而是真正不同世界的存在。

先前聽琪卡談起的資訊與假說，在我心中形成清晰的輪廓。

我當然不會因為她是異世界的未知生物，就因此而歧視她。

琪卡的血液會發光。我必須確實接受這個事實，理解到不能用自己的常識來思考。

即便如此，我仍注意到另一件值得驚訝的事。

我像個平凡的小鬼一樣，想要立刻向琪卡報告這項驚人事實。雖然很遺憾，但我就是個平凡的小鬼。

「我們的血沒有發光。」

「這樣啊。果然是不同世界的——」

「妳看。」

我打斷琪卡的話，把身上牛仔褲的褲管拉起來，讓琪卡看自己的腳。琪卡受傷的是另一隻腳，也就是右腳。

「你那裡是受傷了嗎？」

因為室內太暗，我原本以為她會看不見，不過琪卡似乎確實看到了我的傷口。

「這就是我們的血。」

和琪卡不同，是人類凝固的血。

「怎麼了？你被××攻擊了嗎？」

「不是，我是在跑步的時候摔了一下。」

這是謊言。事實上，我明知很無聊、明知沒有意義，仍舊因為遷怒而踢開掉在路邊的木材，結果撞到小腿。那裡剛好釘了一根釘子。

「受傷的理由不重要。我只是很驚訝，沒想到連妳都受傷了。」

「竟然連這種地方都會彼此影響。」

「這一來，為了避免讓妳受到傷害，我搞不好連打針都得小心了。」

生活在異世界的兩人，以及彼此的世界互相影響——我為了如此特別的狀況而亢奮，不禁說出玩笑話。我立刻感到不好意思，為了掩飾心情，將褲管拉回原位。

就連自己一直站著這一點，都讓我覺得好像興奮過頭了，感覺有些羞恥。我在平常的位置坐下，裝出鎮定的樣子望向琪卡。

這時琪卡也看著我。我想到自己該不會說了什麼無禮的話，內心感到焦慮。

「啊，我不是討厭兩人一起受傷這件事。如果讓妳誤會，真的很抱歉。」

我不禁在琪卡開口之前先辯解。

「我不是在想那種事。」

琪卡瞇起眼睛。這是她在微笑時唯一透露的線索——大概吧。

「那妳在想什麼？」

琪卡的視線從我的臉部稍微往下移動。我有充分的時間思考這是什麼樣的反應。我想起自己把視線朝下的場合，猜測她大概是在思索適當的語句。不久之後，她的視線回到我的眼睛高度。

「香彌，我很高興能夠見到你。」

「啊，對呀。我也很高興可以再次見面。」

她率直的句子讓我感到害羞，而我的回應夾帶著這樣的害羞，也讓我覺得難堪。為了順應話題和掩飾害羞，我用「對了」作為開頭，說出在見面之前就打算要談的話題：

「上次很抱歉，突然有人闖進來。」

「果然有人來了。」

「嗯，那是我哥哥。」

在那之後，我很努力地以平常心面對哥哥。如果對哥哥擺出不高興的態度，或許會被懷疑我不希望被發現自己待在候車亭裡。即使好不容易與琪卡重逢，也有可能會再度遭到干擾。為了避免那樣的情況發生，目前我必須和哥哥保持跟以前一樣不即不離的關係。

「這樣啊。真想看看他是什麼樣的人。」

這麼說，琪卡當時沒時間好好看一眼就離開了嗎？

「我不希望被發現到妳在這裡，所以那段時間都不敢看妳，結果妳好像就先走了。當時妳是怎麼離開的？」

「警鈴響了。我知道你好像在跟某個人說話，為了不要打擾你們，我就不告而別了。對不起。」

「這一點妳完全不用道歉。」

我雖然一直很擔心，不過現在已經沒關係了。為了預防下次再發生這種狀況，必須事先準備對策，不過我不希望因為草率的動作，而讓侵入者發現到琪卡的存在。

「警鈴被視為神聖的，必須絕對服從。所以如果又發生你那邊有人、而警鈴響起的情況，我應該會採取同樣的行動。」

「沒關係。就結果來看，我哥哥沒有發現到妳，所以沒有問題。當然如果能準備對策的話，那會更好。」

我邊說邊發覺到，琪卡以前似乎毫無猶豫或留戀地離開，現在卻為了不告而別感到歉疚，並且向我道歉。我對於琪卡這樣的心意感到單純地開心。有真正的友好關係，才方便達成各種目的。

琪卡在黑暗中發出「嗯～」的聲音，就好像我們人類在思考時會發出的聲音。她該不會已經想到對策了吧？

「關於這件事，我在想，你哥哥有可能看到我嗎？」

「什麼意思？」

「因為我沒有看到你哥哥。」

「咦？」

我思索著琪卡這句話的意思，聰明的她便體貼地說「我來解釋吧」，然後說：

「我之所以知道有人來到你身旁，是因為你朝著別的方向說話，不是因為我看到你說話的對象。」

「這……」

「香彌，你在自言自語的時候，不會那麼多話吧？」

她的聲音中摻雜著友善、共享祕密以及一絲嘲弄的意味。我思索其中的理由，立刻想到她曾看過我獨自在這間候車亭沉思的模樣。不過現在不是為了這種事感到害臊的時候。

「妳的意思是，妳看不見他，他也有可能看不見妳？」

「嗯。而且搞不好即使有別人進入我這裡的避難所，你也看不見，就像我看不見你哥哥進入你那邊的候車亭一樣。」

「只能看到妳？」

「我在這裡只看到你一個人。先前談到心情的時候，也提到過類似的話，不過透過你哥哥的事件，我就覺得也許這是真的。」

連結在一起的不是場所，而是兩人。

只有我們。

聽到這樣的想法，我一方面感受到背脊一陣緊張，另一方面也不確定該不該感到高興。

對於向我表示友好的琪卡，我有些難以啟齒，但還是得告訴她：

「如果是這樣的話，妳的存在是我幻想出來的可能性也會提高。」

「嗯，的確。」

想到琪卡的個性，這個回答並不意外，不過看到她如此理所當然地點頭，我的確感到出乎意料。

「對我來說，你也一樣。我們無從證明這一點。不過即使你的存在只是我的幻想，我也不在乎。我會珍惜我心中的香彌。」

這個回答也和先前聽到琪卡談起關於房間與生活的想法相通，一脈相承。我可以理解。

不過對我來說，卻無法接受這種可能性。如果琪卡只是自己幻想中的生物，琪卡的存在就不會超越我的內涵。這樣不行。這樣沒有相逢的意義。而且搞不好甚至沒有相逢的事實。不行。

「真的沒有證明的方式嗎？」我問她。

「應該沒有。我無法確定有多少是幻想、有多少是只發生在自己腦內的。譬如假設我拿刀刺你——」

雖然是很危險的念頭，不過我也想過和琪卡說的相同的手段。但現在既然知道如果我受傷、琪卡也有可能會受傷，就得放棄這個手段了。

「——你還是無法證明我存在吧？覺得被刺中的是你，也許是你自己刺的，只是忘記了。這樣思考的話沒完沒了。這個世界或許也只是我的想像，搞不好其實不存在。」

這個想法或許也不算太天馬行空。如果說平凡無趣的我，以及動不動就發生互相殺戮的世界，都只是我腦中創造出的幻想，我也無法完全否定。我們都做著看似現實的夢。從出生到現在，或許就是一場不會醒來的夢。不過，原來如此——

「如果直到死亡都不會醒來，那麼即使知道那是一場夢，也沒有什麼意義。」

「嗯，我也覺得。對了，香彌，你把手伸過來。」

我跟之前一樣，乖乖地把手遞給琪卡。

琪卡冰冷的手握住我的指尖。我的手照例擺出握手的姿勢。這一切有可能全都是夢。就算能夠理解、有一天也能夠接受，感覺還是太悲慘了。

「也許沒有意義，不過我還是要再說一次。」

她突然換上嚴肅的口吻，不知道要說什麼。

她是要說，無法證明這是一場夢嗎？

「即使是在夢中，我也很高興能夠見到你。對我來說，這樣就夠了。」

琪卡的聲音溫柔而沙啞。

聲音彷彿輕飄飄地傳入我耳中，然後滲透到全身上下。

每當聲音滲入身體的各個部位，那個部位的肌膚彷彿就會浮起來，微麻的感覺宛若波浪般流到全身。

不久之後，當這個感覺到達琪卡接觸的指尖，我主動把手縮回來。

「這、這是道別的臺詞嗎？」

我知道這句話不是此刻真正想說的話，但不知為何仍舊脫口而出。

琪卡吐出空氣，稍稍笑了。

「不是。不過在故事裡，道別的時候的確常常說這種話。」

沒錯，就是這樣。我雖然這樣想而說出來，但那不是我想要說的話。那麼我剛剛真正想要說的是什麼？即使捫心自問，答案也像先前盪漾在全身的那股奇妙感覺，已經消失得無影無蹤。

「如果是故事，應該就會在這個時候從夢中醒來。」

我猜我剛剛大概是想要說些讓琪卡開心的話，因此盡可能貼近自己先前的意思來回應。

「的確。不過如果沒有醒來，或許就可以稍微提高這不是夢的可能性。我們只能像這樣，提高對我們而言的真實濃度。」

真實濃度——證明我們在這裡的黏度。和戰爭、他人、常識無關，只屬於我們、而不是其他任何人的真實。將這個世界從夢改變為現實的方法。只有我知道的、琪卡這樣的真實。

對了，我想起來了。

「上次跟妳提起的那件事，我真的去嘗試了。我不是說過，為了確認會不會影響到妳的世界，要去做平常不會做的事嗎？我做了幾件，只是不知道會不會比這個傷口有更明顯的影響。」

「我也嘗試過了。你可以先說說看嗎？」

「當然。」

新學期開始之後已經過了一星期。我一邊替琪卡擔心，一邊做自己該做的事。或許是因為我自己明白，如果沒有明確的事情可做，就會被不安壓垮。總之，我做了該做的事。

「唔，首先……」

我刻意去做的平常不會做的事有三件。

第一是對人的行動。這個很簡單，我開始打招呼。聽到上次琪卡提起她和軍人的事情，我想像兩人身邊或許會有相對應的人物，便嘗試對特定的人採取行動。

「早安。」

第一次被忽視，因此我更大聲地又說了一次。

「早安。」

「咦？」

在不會換班的本校，一年級坐在我前面的田中這次坐在我旁邊，一臉詫異地看著我。平常我們之間只有田中三天會來惹我一次，而我卻突然要破壞這樣的關係，怪不得她會出現那種表情。不過田中只有起初兩三天覺得詭異，到了第四天就從打招呼展開對話，第五天還拿出自稱是早上拍的狗狗照片向我炫耀。我並沒有期待這麼多，不過也沒關係。

第二是對物品的行動。我把家裡所有的鞋子都刷得亮晶晶的。我之所以選擇這項行動，是因為想到我總是看得見琪卡的腳趾甲。琪卡的世界有鞋子嗎？如果沒有，我很想知道我的舉動會造成什麼樣的影響。

最後一個行動，我打算針對場所，不過關於這一點，我有些猶豫。作為實驗場地，最簡便的就是家裡，但是我不希望自己的行動影響到琪卡珍惜的房間。到頭來，雖然有可能和第一個行動有些重複，不過我決定在學校採取行動。我採取的行動，就是在放學後在學校待一個小時左右。對於我除了打招呼之外的另一個不自然舉動，坐在旁邊的田中顯得很詫異，不過不久之後我們越來越常在這段時間聊天，最後也會確實問候彼此「小心不要被發現」再道別。齋藤則一如往常，一下課就匆匆離開教室。

姑且不管齋藤，當我告訴琪卡這段期間的行動，她低聲說「這樣啊」，然後陷入沉思。這個動作可以從眼睛和指甲判別。

「我們也會穿鞋子，只是不在這裡穿。外面會有被戰爭破壞的東西，必須要避免踩到危險物品。不過我沒有刷鞋子。還有，我雖然有機會去平常不會去的地方，不過跟學校沒有關係。」

「妳去哪裡？」

「×××。你大概聽不見吧？」

「嗯。為什麼？」

「因為那裡是跟戰爭有關的場所。有一個地方是用來播放警鈴聲、確認傷者和難得出現的死者人數的。我們採值班制去報告受害情形。你說你做了平常不會做的打招呼，我在那裡是跟一起值班的很多陌生人打招呼，所以不知道有什麼關聯。」

「這樣啊。」

也就是說，她向眾多陌生人打了招呼。

琪卡又說：「我有想過，會不會只有生病或受傷會造成影響。」

「借傘的例子呢？」

「彼此影響的或許不是借傘這件事，而是淋雨。也許我們在不知不覺中身體狀況變差了。不過因為有打雷的例子，所以大概還是不對。」

我也覺得不對。不過原來還有這樣的思考方式。

我沒有想到要觀察行動以外的前因後果。在我面前的人物擁有我所沒有的想法，讓我感到可靠，同時也對於自己沒有想到而感到懊惱。

我也想要提供琪卡有益的想法。這應該是不用跨越世界、也能帶給彼此良好影響的最佳方式。不過我無法輕易想到，心中很焦躁，不禁嘆了一口氣。

「如果能夠找到妳的世界和我的世界之間的關聯性法則，應該就能對彼此派上各種用場了。」

比方說，當對方的世界有東西阻礙道路，無法去拿很重要的東西，可以藉由移動自己的世界中相對應的東西，讓對方能夠去拿——就算是這種程度也可以。以前玩過的遊戲當中，也有使用這種機制過關的，像是移動另一個世界的牆壁，就能讓這個世界的障礙物消失，可以拿到藏寶箱。

「對呀。如果我變幸福可以讓你也幸福，那就太好了。」

說得沒錯。我們可以成為讓彼此踏上滿意人生的助力。不過我當然不打算單方面讓琪卡實現我的願望。

我暫且保留對於法則的想像。首先必須收集思考用的材料，因此接下來就由琪卡來談她這一週採取的特別行動。

「第一個是飲食。」

「飲食？」

「嗯。我想到如果彼此之間的影響包括生存所需的事物，那就很嚴重了，所以想要確認看看。具體來說，我嘗試一整天不喝水。」

「什麼？除了水之外，妳有喝其他東西嗎？」

「沒有。我完全沒有攝取水分。你有碰到這樣的日子嗎？」

「沒、沒有。」

「這樣啊。那就好，至少我們可以自由選擇飲食。」

琪卡若無其事地說。我對於琪卡驗證的精神感到佩服，但也替她擔心。

「妳不需要去做那種危害身體健康的事。」

「你在替我擔心嗎？我完全沒問題。而且聽說人類就算不喝水，也能看到三十次的日出。」

「真的假的？」

我之所以這樣問，當然不是因為首度聽說人類可以不喝水生存一個月。就我所知，人類沒辦法不喝水活那麼久。我再度體認到自己與琪卡是不同的生物，才會產生這樣的反應。

「你們不是這樣嗎？」

「嗯，沒辦法生存那麼久。」

「就像血液的例子一樣，我們兩個果然是不太一樣的生物。」

琪卡的聲音與言語都很平靜。她該不會原本就沒有太多驚訝的感情吧?就像她說無法理解戀愛這種價值觀一樣。

「另一件事就不會讓你擔心了。」

琪卡體貼地在宣布之前告訴我，讓我懷疑自己是不是看起來很容易杞人憂天。受到和實際的自己不同的評價，就會讓人害怕。

我忽然想起不必要的回憶。畢竟前天發生了那樣的事。不過那件事跟眼前無關。

「我去見了很久以前吵架之後就沒有見面的朋友。」

琪卡把視線移到天花板，立刻又回到我身上。

「上次你不是談起情人的話題嗎?那時候我就想到原本很特別卻變得疏遠、今後也還不確定會變成什麼關係的人。我希望能夠再度成為朋友。不過經過一段時間，彼此的想法都完全沒變，最後是我拒絕恢復朋友的關係。我並不後悔自己的決定，可是想到兩人的關係有可能就這樣結束，對於封閉的未來就感到有些害怕。」

琪卡過去也曾經幾度表達她的恐懼。我想這是因為她很勇敢。

「呃……琪卡。」

當我開口，琪卡就瞇著眼睛等我說下去。

「這個也許有影響。」

琪卡稍稍張大眼睛。我的眼睛則因為驚訝而張到最大。原本以為無關的事件，瞬間轉變為重要事件。

「事實上，我也做了相同的事。」
「你是指，你去見了以前是朋友的對象？」
如果是主動的行為，我早就說出來了。也就是說，事情並非如此。
「我沒有去見對方，而是接到電話。不知道妳的世界有沒有電話這種東西。這是用來和遠方的人交談的工具。」
「就是指×××吧。」
我沒有聽清楚，不過既然她了解意思，那就行了。
「嗯。我接到電話。」
這句話應該足以讓琪卡了解我沒聽見那個詞吧。
我原本想要立刻說下去，但是卻出現一瞬間的猶豫。琪卡在這個空檔插嘴問我：「是誰打來的？」
我差點說出名字，然後想到不對，她問的是對方與我的關係。
「一個女生。她曾經是我的情人。」
我並不感到尷尬，只是覺得在這裡談到她是不對的。不過既然終究要說出來，那麼抱持罪惡感也只是半吊子的自我主義。
「我說我跟妳做了同樣的事情，是因為我自己封閉了修復兩人關係的未來。」
「這樣啊。」
「嗯。」
「你害怕嗎？」

這個問題彷彿是在聲音與內心之間狹窄的縫隙插入一根頭髮。

「我並不害怕封閉我跟對方的未來。她不應該跟我扯上關係，我也不應該跟她扯上關係。」

重點不是這個。

「如果說會害怕什麼——」

繼續談下去，就會涉及我無趣的人格特質。我沒有揭露自己內在的癖好，也擔心會讓琪卡感到失望。

不過既然連這種與內心有關的現象，也會和琪卡彼此影響，那麼總有一天也會被她知道吧。

「如果說會害怕什麼，就是今後因為我留在對方心中的某樣東西，害她不幸或死去。我害怕當我得到噩耗時，明明什麼都沒做卻感到自責。」

這不是想像，而是已經體驗過、因此才能預期的恐懼。

事情發生在稍早前。

我和她成為情侶關係，是在國三時的短短三個月。她雖然說只有短短三個月，可是當時的我（現在也一樣）卻覺得自己花了三個月在琪卡所說的「假裝」上面。仔細想想，我應該老實說出這一點。我半吊子地假裝顧慮到對方，營造分手的氣氛，從對方口中引出道別的話，自己則表現出很懂事的態度，表面上好像雙方理解並接受之後才分道揚鑣。後來她就試圖結束自己的生命。

對這方面很熟的同學跟我說，那是不會死的做法。我自己調查，似乎真的是如此。

我思索她到底知不知道那樣不會死。即使是不會死的做法，如果本人不知道不會死，那麼應該就算是有明確尋死的念頭吧。

我無法原諒不負責任地道歉並擔心的自己。後來我就不需要白費時間在人際關係上了。國中時在學校願意接近我的怪胎變得極少。

「雖然我不認為連感情都會被影響到，不過我的行動和妳採取的行動應該很像。」

「你說了什麼？」

我不知道琪卡這個問題是要辨別影響程度，或是想要知道我個人的資訊。

我為了封閉跟和泉之間的未來，說了什麼？

「沒什麼特別的。」

我沒說出什麼特別的句子，只是說了非常普遍、能夠套用在任何人身上的話。

我說：和泉，我們真的很無聊。

「這句話……應該滿特別的。」

「……沒有。」

一點都不特別。我們所有人都是無聊到噁心地步的存在。我只是說出這個事實。

無聊。沉浸在過去的戀愛、無法走出來、受到傷害、念念不忘——這一切都是自我正當化的藉口，誤認為自己是特別的人，但其實這些都是全世界的人做過的事。但是不知道戀愛這個概念的琪卡或許無法理解吧。

「一點都不特別。」

「我不知道戀愛的情況怎麼樣，不過如果那是朋友的延伸，那麼你能夠像那樣說出理所當然、可是沒有人會說出來的話，對那個人來說應該就是很特別的。」

那當然。

我注視琪卡的眼睛，想要讀取她的用意。

但我還沒有讀取到，聲音就先到了。

「我不知道對那個人來說是好是壞。可是在我們這些活著的人當中，大部分的人都無法成為特別的人就死了。雖然這是很正常的，但是至少在我的周圍，大多數人都沒有發覺到這一點。而且如果說出那種話，就會被責難說瞧不起人。」

「沒錯，沒錯。」

「可是這是不對的。」

我原本想要聽到最後，可是不小心就插嘴了。我在內心反省，緊緊閉上嘴巴。琪卡似乎從我的動作猜到我的想法，瞇起眼睛。

「只有發覺到的人，才能真正地活著，並且努力去成為特別的人。」

「……對。」

我總是想著這一點在生活。

「所以你能夠說出自己和對方很無聊，想要以這裡作為起點，對那個人來說，應該就是很特別的。」

「作為……起點？」

我無法想像我跟和泉之間會繼續前進。

「你希望做出某種改變吧？」

「……沒錯。」

原來如此。沒錯。

在點頭的瞬間，我腦中亮起一盞燈。

意念與語言會有吻合的瞬間。在我心中無法形容的某個花紋，此刻由琪卡為我命名。

原來我想要的是改變。

這正是我對和泉的想法。我總算看見了。

我希望自己（即使只是假裝）喜歡過的她能夠改變。

我絕對不是傲慢地希望她成為符合我期望的人。

我只是希望她能夠脫離無聊的我，以及為無聊的昔日戀情浪費人生的場所。

即使只是巧合的累積，我們也曾經想要彼此認同。至少和泉曾經認真地想要成為特別的人。只有這一點跟我有點像。當跟我有點像的她悲慘地掙扎、想要成為特別的人，我無法坐視不管。

然而事與願違，她再度受傷了。

琪卡說：「如果你感到害怕，覺得那是罪惡，那麼我也會背負同樣的罪惡。」

「……妳也對那個疏遠的朋友做了同樣的事嗎？」

琪卡既沒有肯定也沒有否定。

她只是深深吸了一口氣，有幾秒鐘不讓我看到眼睛的光芒。

「找到犯下同樣罪行的人，就像跟某個人牽手一樣。」

琪卡的聲音沙啞而溫柔。

生物的身體應該不會發生這種現象——
但是我確實感受到，心臟很強烈地（恐怕是我這輩子當中最強烈地）跳了僅僅一次，下一個瞬間又恢復平常。
對於再度發生的奇妙感覺，我一方面因為不知道那是什麼而不安，另一方面腦中也浮現憑空幻想的解釋：
心臟的跳動是在告訴我，我和琪卡牽起了心靈的手。
這一切也許都只是我的想像，但是剛剛一瞬間的強烈心跳，提升了我相信它是真實的程度。

※

唉，實在是太噁心了。什麼「牽起心靈的手」？光是跟琪卡增進友誼有什麼用？如果是為了目的而接近的友誼就算了，可是除此之外的單純友誼有什麼用？我什麼都還沒做。即使只是在內心角落，也不應該感到充實。
我當然也明白這個道理。
在那之後，直到警鈴響起之前，我和琪卡討論了幾個接下來的日常生活方式。
第一個前提是要小心避免重傷。琪卡雖然用玩笑的口吻說，不過受傷或許有可能造成雙方的生命危機。如果遭受同樣的傷害，當某一方處於半死狀態時，較沒體力的另一方甚至有可能會死掉。

除了對於受傷的警戒之外，我們也決定了具體方針。

上次是雙方各自去做平常不太會做的事，這次則只有琪卡積極從事特別的行動，而我則盡可能過著跟平常一樣的生活。這是基於琪卡提出的假說：就如語言，行動的影響力也可能雙方各不相同。關於和泉的事，我只是接到電話，而琪卡卻親自去見疏遠的朋友。姑且不論下雨、打雷和死亡，如果說行動與結果的關係是由主動者造成影響，那麼上次就等於是因為我的遷怒，害得琪卡受傷。知道這點之後，對於已經發生的事也只能道歉。不過如果說主動性會對彼此造成影響，那麼應該算是好事。既然能夠刻意造成影響，雙方能夠為彼此利益做的事也會多很多。

我要做的，就是盡可能調查即時的國內氣象資訊與事件資訊，以及受到矚目的國際情勢。不過這一點琪卡應該也在做，所以是為了確認彼此世界的相互作用。我只要一有空，不論在學校或家裡，都會一直拿著手機搜尋新聞。

就結果而言，我沒有必要再主動說話，因此便恢復以前的態度。坐在旁邊的田中對此再度露出不解的表情。她跟我打招呼時我會回應，她談起狗的話題時我也會做出反應，不過我已經不再主動跟她說話。即使她抱怨「你怎麼搞的」，我也只是回到過去而已。我這幾個星期從田中得到的新資訊，就只有她的狗叫「阿魯米」這一點。

我又回到過去的生活──在沒有琪卡的這個世界、只有無趣的我及無聊的他人的生活。

自從見到琪卡以來，和她在一起的那幾十分鐘，就成了我的生活重心。

如果我能夠斷定那個時間才是真實的、這裡的生活都是夢境或幻影，或許還能自認過著特別的日子，不過事情並非如此。我必須在自己的世界找到「特別」才行。

也因此，光是和琪卡見面是沒有意義的。這種事我當然也知道。

當我為了幸運地和琪卡重逢而雀躍，也只是因為自己又多了一次機會，可以找到某樣特別的東西。

「雖然沒辦法確認，不過如果香彌跟我誕生的世界相反，兩人的想法和生活方式應該也會不一樣吧。」

根據雙方報告的結果，關於琪卡的行動如何影響我的世界，調查之後沒有得到任何結果。雖然遺憾，但也無可奈何。資訊仍舊太少了。

於是我姑且把這個問題放一邊，詢問琪卡在她的世界裡，一般人的生涯是什麼樣子，她便突然說出這句話。

我不認為我就是我，不論出生在哪裡都不會改變。無趣的我一定是受到出生地點、生活環境與人際關係影響而形成人格。如果生長在其他地方，大概會成為另一種無趣的人；如果生長在敵國，現在大概就會以日本為敵。

「我雖然也這麼想，不過我以為妳會相信自己的靈魂和堅定的個性。」

「不論在哪裡，自己內部應該都會有不會改變的東西，不過那和想法、生活方式或喜好是不同的。如果我在你的世界，就會連外表和聲音都不一樣，大概沒辦法立刻看出那個人是我。如果你在我的世界，應該也一樣。」

基本上，我只知道琪卡眼睛和指甲的形狀，就算在這個世界看到她，一定也不會認出來。

「差這麼多的話，就等於是不同的人物了。」

「表面上是這樣，不過在我們無法選擇的深層部分，或許有不會改變的東西吧。」

我會認為既然連性格、外表和聲音都不一樣，就已經百分之百不是自己了；不過相信自己內部有某種無法改變的東西，或許就是琪卡在她的世界才會產生的想法，和我這個世界的想法不同。

「妳說不會改變的東西，比方說有什麼？」

我自己也覺得這是很難回答的問題。也因此，我原本準備要花一點時間等她的回答，但是卻沒有這個必要。

「我即使出生在你的世界，也一定會遇見你。」

「……就像命運之類的嗎？」

「命運」根本就是「放棄」的同義詞。

「應該不是命運。更貼切的說法，就是在我內部不變的那個部分，會知道見面的方式。」

琪卡的想法依舊太過天馬行空。

不過其實和我最近毫無意義的夢想也有相近之處。

我當然不會在生活中做這種夢想，只有在琪卡沒有出現在候車亭的夜晚才會去想。

我想的是比琪卡的想法更遠的情況：如果琪卡是這個世界的居民，並且遇到了我，會變成什麼樣子？

雖然說談論假設的情況也沒有意義，不過我還是很在意。如果她跟我是同樣的生物，在這個世界過著普通的日子，我們會察覺到彼此的存在嗎？

或者也許我們會因為某個巧合而相逢，即使很短暫，仍舊以某種形式彼此認同，建立起兩人之間的關係？即使琪卡不是異世界居民，我仍舊有可能覺得跟她交流很愉快嗎？

這是沒有意義的想像。就如先前提過的，如果琪卡生長在這個世界，就會擁有和現在不同的價值觀。

生活在異世界的琪卡，遇見生活在這個世界的我——就是這樣才有意義，而且必須由此成就某種目標，否則就失去意義。這就是現實，因此去想像毫無可能性的「如果」也沒有意義。我自己也知道，去想這種問題不符合我的個性。

然而我明明理解，卻仍舊無法避免去想。因為我開始羨慕只有琪卡身邊的人才擁有的某種資格。

我也知道，那種資格本身沒有意義。

然而在日常中感到無聊、飢渴的我，卻無法不去羨慕——

能夠隨時待在琪卡這個特別的人物身邊。

不需要在無趣的日常中等待。

「警鈴響了。香彌，下次見。」

「嗯，下次見。」

道別之後，回到日常生活，我的心思就會立刻被一個念頭支配：

我想要早點見到琪卡。

不知為何，我總是不自覺地想起琪卡塗在手上的雨天場景的氣味。

※

只有在公車站候車亭的時間會轉眼間就流逝。

「喂，鈴木。」

午休時間到了嗎？沒錯，現在已經是午休時間。旁邊座位的田中不死心地又跟我說話。自從上次我主動打招呼的那幾天以來，這傢伙就擺出有些親暱的態度。早知道，我就應該想個比較沒有害處的方法。

「那傢伙是不是在嗑藥？」

我轉頭，看到田中指著座位距離我們稍遠的齋藤。

不要以為每個人都能輕鬆拿到毒品。

「不知道。」

「還是去信教了？」

「這我更不知道。」

「為什麼信教比嗑藥更不知道？」

「毒品有實體，可是宗教是想法，所以看不到。」

「哦！」

看到田中似乎有些欽佩地點頭，我開始覺得認真回答很蠢。不管齋藤在嗑藥或迷信宗教，都跟我無關。如果她真的在做那些事，就讓她繼續被暫時性的夢境欺騙吧。

我想起之前跟琪卡談過的話。假如永遠不會醒來，就沒有必要察覺到自己是在做夢了。如果真是如此，不論是毒品或宗教，至少對本人都是有意義的嗎？

才沒有！光是有一瞬間想到這種事，也已經夠蠢了。

琪卡侵入了這個世界的無聊日常。

我的信念開始動搖。

「不過那傢伙——」

我明明沒有問，田中卻打算繼續對話。要是打斷她的話，發生糾紛也很麻煩，所以我就讓她繼續說下去。

「——最近很奇怪吧？」

對於田中的問題，我盡可能不牽動嘴巴肌肉回答：「誰知道。」這個回答是要表示我對齋藤沒興趣，可是我內心對於田中的問題卻不得不點頭。

我並不是對齋藤有興趣，不過如果我有回答的意願，就會很明確地說：沒錯，最近的齋藤很奇怪。

在和泉打電話來之後，過了兩個月，制服換季成為夏季制服，季節則進入梅雨季。報紙和收音機告訴國民，前線的戰況不斷變化；網路上則照例有搖著思想大旗的傢伙，用難聽的字眼彼此謾罵。為了實驗以前曾提出的假說——我會改變這個世界的戰爭方式——我在各種社群媒體提出琪卡的世界的戰爭方式，試圖予以擴散，可是要不是被忽略，就是被感覺比我更閒的傢伙批判。在如此無關緊要的日子當中，我是在一個星期前發現到齋藤的變化。
「明、明天……」
我沒有聽清楚逐漸減弱的這句話結尾，不過她大概是在說「明天見」吧。我雖然知道，但是卻不小心發出「蛤？」的聲音，是因為我完全沒有預期到，放學後一如往常匆匆離開教室前往鞋櫃、比我先換好鞋子的齋藤，竟然會回頭跟我說出類似打招呼的話。對方跟我打招呼，這樣的回應感覺很失禮，不過因為事發突然，我也無法應對。原來如此——我現在可以稍微理解田中聽到我打招呼時的心情。不知是幸或不幸，齋藤說完就匆匆走掉了，因此應該沒有聽見我的問號。
到底是什麼意思？我對她詭異的行動感到驚訝，結果第二天又遇到同樣的場面。
「明、明天見。」
這一天我確實聽到最後一個字，再加上預先有做準備，因此只回應「嗯，小心不要被發現」。我知道這句話有確實傳達給她，是因為我首度看到齋藤只抬起一邊嘴角的奇特笑容。
我原本懷疑她有話想對我說，內心祈禱不要扯上麻煩，不過看樣子是我太自以為是了。在那之後過了一個星期的現在，發覺到齋藤變化的似乎不只我一個人。我不認為她開始嗑藥或信教，或許只是有人建議她舉止要開朗一點。昨天齋藤也對我打了招呼。
田中似乎打從一開始就不在乎我的回答，繼續說：
「她跟以前不一樣，動不動就會跟別人說話。因為以前都沒有這樣的情況，所以有人就問她發生什麼事了，你猜她怎麼回答？」

這種問題就跟猜血型或星座一樣，沒有相關資訊就不會知道答案。我討厭提出這種問題還自認有趣的傢伙，而且這種傢伙最後都會自己說出答案。

「她說她遇見了。」

這是什麼意思？的確很像宗教會使用的說法，不過也可能單純意味著開始和某人交往，因此變得比較能夠與人交際。後者的可能性更高，但是齋藤那樣的說法太糟了，至於那個沒有當場問「遇見什麼」的傢伙又比齋藤更糟糕。

不過基本上，齋藤遇見什麼跟我無關。雖然說能夠改變態度的相逢讓我有些在意，不過應該也不至於填補我的心情。我有比齋藤更重要的事情要去考慮。

自從我談起和泉的事之後，已經過了兩個多月，我在那間候車亭和琪卡又見了五次面，談論各式各樣的話題，卻仍舊無法推理出彼此世界之間的關聯；只知道在這兩個世界，至少在我居住的區域和琪卡居住的區域，天氣是一樣的。這裡是晴天，那裡也是晴天；這裡是雨天，那裡也在下雨。我原本以為搞不好兩個世界相對應的地區天氣完全相同，不過琪卡的世界和我的世界的地圖似乎完全不一樣，而且我們也沒時間去考證「哪個國家對應哪個國家」這種格外耗費心力的研究。

至於琪卡提出的假說——我們兩人各自影響對方——是否正確，也還很難說。我們持續嘗試做些平常不會做的事，但是有反映出來的只有其中幾件；在大多數情況，兩人都過著完全不同的生活，無法找出造成影響的規則。

以前想到的「只有主動行為會影響對方」的假說，看樣子也不正確。不論是故意穿反左右腳的鞋子去上學、大量購買平常不會買的零食，或是擅自餵田中家的狗，都沒有意義。不過也有很微妙的一致性：在我的襪子破掉的第二天遇見琪卡，她剛好在同一天買了新的室外鞋。到底是怎樣？

也就是說，目前什麼都還不知道。我們在毫無作為當中度過了這兩個月。

毫無作為——沒錯，我必須想成是毫無作為地度過。

千萬不能覺得「即使沒有任何進展，反正過得快樂就好了」。絕對不能採取半玩樂的心態。

一時的「快樂」這種情感一點意義都沒有，必須予以否定才行。

我開始覺得，差不多該把自己的目的和真心話告訴琪卡了。我希望藉由與琪卡的相逢，得到讓自己的人生變得特別、不再無聊的東西；所以我沒時間在那裡增進情感，而是希望她能夠幫助我，在兩人無法再見面之前找到那種東西。如果我這樣告訴琪卡，她也許會全面幫助我。譬如琪卡可以介紹她的世界裡的各種文化。從極度樂觀的角度來想，或許能夠立刻找到對我來說很特別的東西。

這個選項最近一直縈繞在我腦中。之所以做不到的理由……

我寧願相信，不是因為單純的懦弱。

我寧願相信，不只是因為害怕琪卡會感到失望。

我寧願相信——可是此刻的我無法否定，我是因為害怕她知道我懷有特定目的之後會嫌棄我，因此無法說出來。

我只是害怕失去這位聰明而富有想像力的異世界友人——我無法忽視自己就是這麼無趣的人。

結果我們只是繼續拖拖拉拉地進行考察，探索「兩人為什麼相逢」這種等同於交誼的議題。

「怎麼了？我眼睛裡面有什麼東西？」

琪卡這樣問，我才發現自己一直盯著她的眼睛。我心想，這時急忙移開視線也很沒禮貌，或許也是為了守護自己無聊的自尊心，我緩緩地把視線移到布滿灰塵的地板。

「抱歉，不是這樣。我只是在想事情。」

「在你的世界，一直看著別人眼睛是沒有禮貌的行為嗎？」

她只是在問我道德相關的問題，但我卻像是被揭發惡行般，背上冒出汗水。

「雖然不是很明確的失禮，不過如果一直看著，就會像妳說的那樣，讓對方以為有什麼問題，所以最好不要一直看。這就是我道歉的理由。在妳的世界呢？」

「在我的世界也一樣。如果有想要告訴對方的話、可是又不敢說出來，有時就會一直看著對方眼睛。你剛剛在想什麼？」

「我在想，有沒有什麼方法可以吃出味道。」

「的確。如果我因為某個陰錯陽差被拉到你的世界，必須在那裡生活，就得一直吃沒有味道的食物了。」

從琪卡瞇起眼睛的樣子，我知道她是在開玩笑。眼睛的光芒漸層比平常更鮮明，讓我不禁想像她的表情。不過我也只能想像而已，不論如何凝神注視，都看不到鼻子或嘴巴。

我們今晚比平常近了兩個身體的距離，坐在各自空間的椅子上。理由是為了實驗讓彼此吃另一個世界的食物。如果只是這樣，應該可以坐在平常的位置交換食物，但是當我要把能量棒交給琪卡時，問題發生了：能量棒穿過她的掌心，掉在長椅上。同樣地，我也沒辦法用手接住琪卡帶來的隱形防災食品。然而奇特的是，當我湊過去，讓琪卡直接把食物送進我的嘴裡，我就能吃到她的世界的食物。雖然不知道這個法則的意義，不過我還是姑且咀嚼口中的食物。

當我試圖品味，就喚起曾經體驗過的感覺——即使我咀嚼並吞下食物，還是不知道那是什麼味道；就好像在玩那個氣味遊戲，大腦無法接收味道。口感則感覺得到，似乎在哪裡吃過。是什麼呢？好像是夏威夷豆。我把這個感想告訴琪卡，接著輪到她吃我手中的能量棒。由於我看不到琪卡的臉，為了避免撞到，我就把手固定在她的臉旁邊，等待她的嘴巴靠過來。琪卡的眼睛逐漸接近我，等到我的手指感受到她冰冷的呼氣，能量棒便開始變短。她有牙齒這一點，我事前就知道了。

「妳吃得出味道嗎？」

雖然看不到她咀嚼的模樣，不過看來她的嘴巴位置應該和人類相同。

「吃不出來。不過跟你說的感覺不一樣。真的完全沒有味道，也聞不到氣味。」

感受方式雖然不太一樣，不過不論如何，既然沒辦法吃出味道，分享食物似乎就沒有意義了。

氣味也不行，味覺也不行；在難以交流彼此文化的這個狀況，我們到底能夠做什麼？就在我沉思的時候，不小心就呆呆地盯著琪卡的眼睛。

「琪卡，妳剛剛說，如果妳來到我的世界……我當然知道妳是在開玩笑，可是我們會不會真的有可能前往彼此的世界？」

由於我只能看到琪卡的眼睛和指甲，因此原本已經放棄彼此待在同一個地點的可能性了。

「應該不能說完全不可能。雖然不知道方法，不過就像我們能夠產生連結，或許因為某個契機，就能夠到另一個世界了。」

如果成真的話，那就太好了。要是能夠得到前往異世界的特別體驗，在那裡得到的發現，絕對不是從琪卡聽來的資訊能夠比得上的。只要能去，我一定要去。不是「想去看」，而是「要去」。我的願望如此強烈，即使回不來也沒關係。而且琪卡也在那裡。

「香彌，你希望是哪一種？」

「咦？」

「你到我這裡，還是我去你那裡？」

「這個嘛……」

答案早就決定了，當然是——

「我想要去妳那裡。這裡實在是太無聊了。」

只有一瞬間，真正的想法在遠處隱約浮現，但即使只有一瞬間，我也不能原諒自己產生那樣的想法。

有一瞬間，我不小心想到：我去那邊和琪卡來我這邊，都沒有太大的差別。

琪卡笑了一下。我以為她看穿了愚蠢的我。

「這裡或許也很無聊喔。」

不知為什麼，我沒有想過如此理所當然的可能性。大概是因為資訊太少，以至於無法想像。

琪卡又說：「我覺得哪一種都可以。不論是我去你那邊、或是你來我這邊都可以。只要有自己的房間——」

琪卡瞇起眼睛。在如此接近的距離，我可以清楚地看到她眼中的瞳孔。

「還有香彌跟我在一起。」

琪卡或許是看著我心中錯誤的心情在說話。要不然的話，明明已經封住的那傢伙，不可能也聽得這麼清楚。

「不過到你的世界，食物沒有味道，問題就很嚴重了。」

「如果可以慢慢吃得出味道就好了。」

「也許就像剛剛出生那樣。適應對方的世界之後，或許就能感覺到味道了。那一天會來臨嗎？」

「我也不知道。」

「可能性是無窮盡的，所以或許在我們的世界之間沒辦法適應，可是在其他的世界之間，搞不好就能夠適應。」

像這樣談論實現可能性很低的未來，只是在浪費時間。我應該要在談話中就想到這一點，可是我卻事後才發覺而懊悔。

到頭來，除了確認味覺以外，我沒有做任何有意義的事情就和琪卡道別，再度迎接沒有變化的次日。

「打工好累。」

「因為那是勞動。」

我今天照例和坐在旁邊的田中進行無意義的對話，接受齋藤依舊怯生生的道別，回到家之後當然又去跑步。

跟平常一樣。

跟平常一樣跟平常一樣跟平常一樣。每一天都反覆著跟平常一樣的日常，我內心的焦慮也日漸增加。

異世界的食物並沒有讓我的味覺進化。

照這樣下去，和琪卡的相逢就會失去意義。我最害怕的，就是明明得到這麼大的機會，卻因為我的平庸而無所作為。

不對，我想到有一點是跟以前不一樣的。我不在乎田中打工累不累，不過因為她在一個月之前開始打工，導致我改變了慢跑路徑。以前作為折返點的便利商店正是田中打工的地點。我為了避免見到她，所以才改變路徑。

雖然我死也不肯稱呼這是緣分，不過當我前幾天在新的路徑上跑時，看到似曾相識的面孔——不是人類，而是狗。當我跑過一處看似老舊日式建築的後院，發現那隻大概跟誰都會親近的狗盯著我。我不知不覺停下腳步，那隻狗就把項圈上的牽繩拉到極限接近我，沒有吠，而是在我腳邊跳來跳去，像以前那樣催促我趕快摸牠的頭。我繞到前門，確認門外的名牌，果然是此刻應該在打工的田中住處。

因為當時得知她家在那裡，我才能在和琪卡聯手的實驗中，擅自去餵這隻狗。我曾聽說田中的雙親都在上班，也有利於我採取行動。

那麼容易親近人的狗獨自被留在家裡，讓人擔心會不會被綁架，不過至少目前還沒有人想要綁走那隻狗——我之所以知道，是因為幾乎每天都在跑這條隨便選的路徑。

今天我也綁緊運動鞋的鞋帶，往同樣的方向開始跑。

我最近在跑步的時候，會更具體地去思考：該怎麼做，才能從琪卡那裡得到讓我覺得自己的人生很特別的東西。我幾乎是把它當成強迫自己面對的課題。

要藉由味覺或嗅覺體驗另一邊的文化很困難，至於視覺，基本上連看都看不到。剩下的只有觸覺與聽覺，不過光是觸摸到某樣東西，不太可能會受到感動。這一來就只剩下用耳朵去聽言語或想法了。我想知道琪卡的世界有什麼樣的宗教教義。我無法想像自己去信教，不過或許會因為了解新的宗教想法，而徹底改變自己的人生價值觀或世界。

不，就像以前說過的「改變戰爭方式」，高中生能做的事有其極限；要去實現，必須要有大量時間和能力。把全數賭注押在這上面，未免太危險了。

如果能夠一直問琪卡問題並得到答案，或許會很有效率，可是我卻做不到。我無法破壞快樂的時間。

認同對方是有價值的人，實在是很不方便的情感。

在遇見琪卡之前的生活中，我會為了目的而忽視「不想被討厭」的情感。或許我也曾經那樣想過，不過我之所以在發覺自己只是「假裝」時跟和泉分手，也是因為能夠忽視情感；國中時當大家都不再跟我說話，我卻覺得剛剛好，也是因為完全以目的為優先。進入高中之後，人際關係又改變了，不過每個人都同樣地無趣，所以我可以不在乎別人怎麼想，只為了自己的目的生活。

然而現在，事情卻不一樣了。

把對人的關係當成目的，實在是太蠢了，然而我內心確實害怕被琪卡拋棄。

明知對方是異世界的居民，卻還抱持這樣的情感，實在是很蠢。

既然知道很蠢，就應該消除所有的恐懼。

我雖然努力要用達成目的的意志設法壓抑，但目前還沒有成功。

「咳。」

當我邊跑邊思考時，很快就到達正在打工的田中家。我一打招呼，那隻叫阿魯米的狗又跑到我的腳邊。我一隻腳踏入後院，伸長手摸牠的頭。為了狗的健康著想，我不會再擅自餵食，不過從那次之後，我就會自然而然地招呼阿魯米。

我蹲下來跟牠握手。我不討厭狗。雖然我覺得，因為養寵物而誤以為自己人生有意義而特別的傢伙很無聊，不過這跟我喜歡狗應該沒有矛盾。

關於琪卡，如果我也能分開來想就好了，不過我卻無法像那樣思考。

像那樣……

「嗯？」

像那樣？

「像那樣」是什麼意思？

我握著後腳站立的阿魯米前腳，僵直不動。

我感到剛剛有某種可怕的念頭橫越心頭。

我吸入空氣又吐出來，追逐橫越心頭的某物。

姑且不論我的主張或目的，我覺得阿魯米很可愛。

就好像即使對吃沒興趣，也會覺得甜甜圈很好吃。

即使不喜歡跑步這件事本身，也會伴隨著爽快感。

和目的、成為特別的人、想達成的目標、想要如何度過自己的人生、為什麼相逢、能否用意志壓抑……等等都無關。

我思念著琪卡。

思念。

「啊！」

我不禁發出叫聲。

阿魯米似乎很驚訝，首度在我面前輕輕叫了一聲，我才發現自己把牠的手握太緊了。

「抱歉……」

這是對阿魯米說的，可是這聲道歉卻深深刺中至今為止的自己。

我的全身上下冒出和運動無關的汗水。

體溫開始上升。

我為了無處可以宣洩的情感而想要吶喊，不過還是忍下來。

我拚命挖掘腦中的記憶，重新思考、逆向思考。

為什麼？

從什麼時候？到底是從哪裡？

我在依序確認並丟開的過程中，想起來了。

跟琪卡談起和泉時的那個感覺。

當時的心跳，還有浮躁的感覺。

那就是、那正是、這種、這個、這樣的心情。

無法以意志或目的壓抑的感情開始萌芽。

「該不會——」

沒有人能夠回答我。

內心深處除了無聊以外的情感發出嗡嗡聲，彷彿是要催生巨大的新情感，幾乎刺破我的身體。我全身用力，避免被那股情感占據身體。我感覺到腦部的血液都這樣的努力奪走。

這種感覺——

不，不對，不可能。

這種感情，正是我早已失去興趣的東西。

也因此，這應該不是針對琪卡個人。

應該只是針對異世界人物、針對特別人物產生的無關緊要的情感。

一定沒錯。

可是……

如果……

比方說，如果……真的是那樣，那就糟了。

我自己會成為我的阻礙。
太糟了。
……不，其實有一點可以說是不幸中的大幸。
我還有得救的機會。
即使這份感情真的是對琪卡個人萌生的——
琪卡也不會知道。
就算費盡唇舌去解釋，也無法傳達給她。
琪卡不會看到也許會在我心中繼續成長的這個感情的真面目。
這一點實在是太好了。

※

我得默默地處理。
不論持有多麼危險的思想，只要不被發現並且救了人，就會受到感謝；同樣地，不論我心中懷有什麼樣的感情，只要在行動上不被察覺出來就沒問題了。應該吧。
不過很奇怪。
我在背脊上感受到和過去明顯不一樣的緊張，耳朵深處彷彿有電流通過般疼痛。
我不知道第幾次詛咒自己半吊子的個性。不，我甚至已經受夠了詛咒自己，或是對自己失望。

「香彌，怎麼了？」

琪卡在呼吸。琪卡坐在我旁邊。琪卡的眼睛看著我。

我忘了回應她，也無從掩飾。我因為琪卡在場而緊張。

「對不起，我在想事情。」

「想什麼事情？」

我在想琪卡，以及面對這份情感的愚蠢的自己。

「想琪卡的事。」

我試著在這樣的心情之下說出真話，像是在做實驗，又像是在測試自己。

「什麼樣的事？」

其實我可以直接吐露自己在想的事，反正對方也不會了解。我之所以決定採用不同的選項，是因為如果老實說的話，今天的對話恐怕就會往那個方向走，白白浪費時間。我沒有必要告訴她無法理解的話題。

話說回來，我也不想撒謊。我把自己在想的事情稍微加工。

「我在想，和琪卡見面的這段時間有沒有『很愉快』以外的意義——譬如說改變彼此人生的某種意義。」

「原來你是在追求。」

「追求？」

「嗯。我在這裡遇見你、共度這段時光，不太會追求除此之外的意義。我會去驗證彼此世界的影響，也是因為做這種事很有趣才做的，可是你卻想要從中找出另外的意義。」

「妳該不會覺得我很多事吧？」
「沒有，我不是在批評你。這世界一定是藉由追求者的雙手在帶動。也許你會帶動我的世界和你的世界。」
「也不需要到那麼誇張的地步，不過……嗯，我再重複一遍，我也覺得遇見琪卡這件事本身，對我來說就是很重要的事。」
我真的這麼想。
遇到琪卡是很特別的，和琪卡共度的時間也很特別。這場相逢有可能會改變我的人生。但是我不知道自己希望會有什麼樣的發展。奇妙的感情蒙蔽我的視野。
我也曾想過，如果琪卡的存在本身能夠讓我遠離乏味的日常，那也很好。如果這樣的相逢能夠永遠持續下去，那麼只有這樣或許也沒關係。
但是應該沒這麼簡單。人與人之間的關係，很難預料什麼時候會結束。
我追求的是不會中斷的「特別」、永遠的狂熱。
也因此，如果今天發覺到的感情萌芽，有一天會成長為對琪卡個人的強烈感情，那也不是幸福。我必須找到超越相逢的某樣東西——即使她消失了也沒關係的某樣東西。
對人的感情只是一時的安慰，甚至會阻礙種種決斷。我不能輕易接受這樣的感情。
「香彌，你找到這段時間的意義了嗎？」
「我們還不知道彼此世界的影響力，所以目前只能直接傳達訊息給對方；不過因為無法傳達氣味或味覺，只能用聲音來傳達——就如妳說過的，世界是由言語創造——所以應該有某種需要用言語來互相傳達的東西吧。」

必須傳達的言語，不是溫柔、熱情等沒有形狀而任意的東西，而是深入彼此價值觀、提升整個人生的東西。目前雖然還不知道那是什麼，不過只要能夠鎖定語言與資訊進行談話，或許就能找到達成目標的捷徑。

我等待琪卡的反應，看到她把一片指甲（從排列位置來看應該是食指）放在應該是臉頰的地方。

「聲音能夠傳達的東西……也許像是故事之類的，不過得花上一些時間。」

「的確。如果是童話故事就很快了。」

「比如說呢？」

我想找個經典故事，就告訴她桃太郎的故事。說完之後，琪卡開始思考桃太郎的意義。

「這個故事的寓意是說，有人要幫忙時就應該接受嗎？」

「也許是說，即使是動物也聊勝於無吧？」

這是什麼樣的故事？

接著由琪卡來說她的世界的童話故事。我請她說一個經典的故事，她便說了在水邊某座城鎮、有人想要賣水賺大錢的故事。這個故事的寓意似乎是說，要成功就得想出好方法。雖然比桃太郎的故事好一點，不過我也沒有得到特別新的東西。類似的故事在這個世界也多到快要爛掉。

「那就先把故事放一邊，還有什麼可以傳達的東西？」

我正想著應該是歷史或宗教，一旁的琪卡就發出「啊」的聲音，似乎想到了什麼。

「也許是歌曲吧。」
「歌曲？」
「嗯，雖然用氣味或味覺沒辦法傳達文化，不過歌曲就能傳達了。」
「唔～」
以前我曾經以為，遇到自己熱愛的音樂或許就能夠改變人生，因此聽了很多歌曲。這段時期剛好跟看很多書的時期前後接續。那時的我還對於他人的創作品抱持期待。結果我當然只覺得：原來只有這樣。
「你討厭歌曲嗎？」
不過仔細想想，歌曲這個詞的意思本身，在琪卡的世界和我的世界或許就不一樣了。如果馬上否定琪卡提出的想法，感覺也很奇怪。
「我以前常聽，可是很快就失去興趣。不過我很想聽妳的世界的歌曲。」
我邊說邊想到，這樣等於是在催促她唱歌，不禁有些不好意思。
「那我就來唱唱看吧。」
我純粹期待著聽到異世界的歌曲。
「你可以再靠過來一點嗎？我們被禁止大聲唱歌。」
她的意思是要我靠近一點，才能聽到她小聲唱歌。不知是不是心中萌生的芽生了根，和先前做出同樣動作的時候相比，我感覺自己的體重好像有兩個身體的份量。即使如此，我仍堅持想要撐住顏面，不想被她看到不知所措的難堪模樣，便依照琪卡的指示移向右方。

琪卡也朝著我縮短同樣的距離。

我的右手臂感覺到有人移動的跡象。平常的我並沒有敏銳到能夠察覺這種跡象，但此刻我甚至覺得她活動時產生的氣流飄到我這裡。

我為了避免太在意琪卡靠過來的跡象，刻意不看她而看著正面，然而這是錯誤的決定。

「我要唱囉。」

在這個距離之下，她的聲帶震動直接震動我的耳膜。

我忍住想要尖叫的衝動，從琪卡所在的那一側退開，把臉轉向她。她的眼睛就在我的耳朵先前所在的位置。

「怎麼了？」

琪卡詫異地把頭歪向一邊。我為了避免被察覺到內心緊張，用嘴角緩緩地深呼吸。

「因為比我想像的還要近，所以我嚇了一跳。」

從指甲的位置可以知道，她坐在目前為止最接近我的地方。

「原來是這樣。對不起，我怕我會越唱越大聲，所以想要靠近你小聲唱。我不會咬你，你放心回來吧。」

我把視線從琪卡瞇起的眼睛移開，緩緩把身體挪回原來的位置。我轉動眼珠瞥了一下旁邊，看到琪卡在離我很近的地方。唯一顯示琪卡表情的部位飄浮在那裡。

看不見的部分，不知正呈現出什麼樣的感情。

「那我要開始唱了。」

我聽見吸入一口氣的聲音，接著就有氣息吹拂到我的臉頰。

在空虛的世界
填補空虛的心靈
共同承擔的罪惡重量
描繪愛情的輪廓

與其說是歌聲、更像是喃喃細語的聲音，沁入我的身體。我原本擔心歌詞會因為那個世界獨特的說法而變成雜音，不過沒有這個問題；然而旋律卻不知該如何形容，就好像聽到耳朵和大腦沒有預期的東西，有種粗糙的感覺。如果要我現在同樣哼一遍，即使旋律在腦中響起，我也無法哼出來。

不過這首歌感覺很舒服，也讓我感受到琪卡聲音的另一面。

琪卡唱完歌之後，我感覺到包覆她表面（應該也不能稱為體溫）的存在之膜從我身旁遠離。我謹慎地轉向旁邊，看到她的眼睛就在我面前。

「我不知道唱得好不好。」

琪卡謙虛地說，我便一五一十地說出剛剛的感受。

「原來你聽起來是那樣的感覺。」

「嗯。妳剛剛唱的歌在你們的世界是什麼樣的歌？比方說，是小孩子唱的歌，或是知名歌星唱的歌？」

「這是我最近走在屋子外面常常聽見的歌。因為聽了好幾次，我就記起來了。」

我原本以為琪卡會選擇童謠或老歌，沒想到她卻選了偶然聽到的歌曲，讓我感到驚訝。不過仔細想想，琪卡原本就對於出生地、甚至自己的生活沒有太大的興趣，所以她沒有依循「從小熟悉」的理由挑選事物，也沒什麼好奇怪的。

「香彌，你也可以唱你們世界的歌嗎？」

「嗯，好啊。」

因為早有預期，所以我很自然地同意了。我沒有理由拒絕互惠交易。

「用剛剛那種方式就可以嗎？」

「嗯，最好不要太大聲。不過我想你應該不會有問題的。」

我的聲音的確在平常講話時也沒有很大聲。

「妳可以指一下自己的耳朵嗎？」

「在這裡。」

琪卡眼睛的光消失了，只有看似食指的指甲在移動，然後停在比我坐著的視線高度稍微低一點的地方。她大概是為了讓我看清楚指甲的位置，所以才閉上眼睛。

我心想，此時猶豫不決對我沒有好處，應該要在遭到內心反噬、導致身體無法動彈之前結束。我剛剛因為琪卡距離比我想像的更近而感到驚訝，不過要用跟她一樣的聲量讓她聽見，就得接近到同樣的距離才行。我把臉湊向她的耳朵所在的位置。

我在黑暗中朝著唯一的標識慎重接近。為了避免她感到不愉快，我刻意減少呼吸的空氣量。

差不多是這裡——我的判斷遲了一瞬間。
我的鼻尖碰到柔軟的東西。
我連忙把臉縮回去，琪卡便稍稍睜大眼睛看著我。
「抱歉！」
「怎麼了？」
「沒有，我只是沒有拿捏好距離，碰到妳的……是耳朵嗎？真的對不起。」
「在你們的世界，碰到別人的耳朵是那麼失禮的事情嗎？」
「與其說是失禮，倒不如說我擔心妳會感到討厭。」
「如果是突然被碰到，我會感到很驚訝，不過我已經知道你要靠過來，可以想像到這種情況。而且你也不是陌生人或討厭的人，所以沒關係。」
琪卡說完，再度回到先前的姿勢。
「如果很難掌握距離，可以先用手指確認我的耳朵在哪裡。」
聽到她的建議，我猶豫了整整兩秒，然後戰戰兢兢地朝著琪卡指的地方伸出手。我小心避免讓指甲刺到她，不久之後指尖就摸到熟悉的觸感。我一方面擔心會不會失禮，另一方面因為不知道那是耳朵的哪個部位，便用手指去摸索輪廓。我把手指往下移動，摸到冰冷柔軟的部位，大概就是耳垂——那麼剛剛那裡就是耳朵上方的軟骨部位——這樣看來，她的耳朵大概跟人類是同樣的形狀。
為了避免弄痛琪卡，我盡可能用最微弱的力量夾起耳垂。雖然是透明的，不過我相信琪卡的身體確實在這裡。沒有摸到頭髮，或許代表她留著短髮，或是綁成馬尾之類的。或者她也可能沒有頭髮。如果突然去摸她的頭確認，至少在這裡的世界算是很失禮的行為，所以我決定有機會時再問她。

琪卡已經把指著自己耳朵的手放下來。

我以自己的手為標識，這回更小心地把嘴巴湊過去，避免撞到琪卡的耳朵。

「那我要唱了。」

說話聲音變成悄悄話是很正常的，可是羞恥心卻哽在我的喉嚨。我轉向旁邊咳了一下，然後放開抓著琪卡耳垂的手指。

我只有在音樂課、或是在國中嘗試積極交朋友的時期被帶去KTV，才會在別人面前唱歌。我從來沒有想過自己有一天為某一個人唱歌。

如果可以的話，我也想要和琪卡一樣，唱我最近常聽的歌，但是我聽的音樂只有當成背景音樂的廣播而已。話說回來，如果唱童謠之類的，感覺也有違公平互惠的原則，所以我就唱了以前假裝喜歡音樂時記住的歌。唱得太長大概也會讓她感到無聊，所以我就只唱副歌的部分。

唱完之後，我立即把嘴巴從琪卡耳邊移開，她便緩緩張開眼睛。如果主動詢問感想，感覺好像在要求她對我的歌聲做出評價，所以我便等待琪卡開口說話。

我心中某個角落也在想，不知道琪卡對我的聲音有什麼樣的感想。

「你的聲音感覺透明而堅強，好像要很確實地把心意傳達給對方。」

雖然我的心並沒有真的穿過兩人身體傳遞給琪卡，可是我還是心跳加速。

「聽起來就像你說的，歌詞雖然完全能夠理解，可是音樂聽起來卻很奇妙。我比平常更能強烈感受到你的聲音質感。」
「啊，我也一樣。」
這樣太卑鄙了。先前我唯獨沒有說出對琪卡聲音的感想。如果談到琪卡本身擁有的特質，感覺就會把我注視著琪卡本人的事實變得更明顯，因此我不敢說出來；結果現在我卻依附著琪卡的評語來說。我不知道自己的聲音是什麼樣子，不過我的意志絕對不透明，也不堅強。
「聽了你的世界的歌，我覺得語言排列很美，不過並不是在我的世界找不到的形式，所以比較有意義的應該是音樂。就像你說的，旋律感覺很奇妙，即使我現在想唱，大概也很難正確地發出聲音。」
「沒錯。所以歌曲似乎也沒什麼意義。」
「嗯，不過因為很愉快，所以對我來說是有意義的。」
如果我說「我也一樣」，或許現在可以跟琪卡相視而笑，不過只有這一點我絕對不能說出口。
「總之，不論是什麼東西，試試看都不會吃虧。」
沒錯。嘗試之後知道無法理解音樂，那麼音樂就沒有意義。譬如在彼此的世界中，如果有歌詞很重要的歌曲，在告訴彼此的時候，只要說出歌詞就行了，不需要再唱給對方聽。這一來，這就是我最後一次聽琪卡唱歌。對此我感到有些遺憾。
「香彌，你會不會想要改變你周遭的某件事？」
我們仍保持唱歌的距離，旁邊的琪卡突然問了這個問題。我想到今後大概也不會坐得這麼近了，不過在想到的同時立刻揮去這個念頭。

「我不太會想要改變周遭。我覺得大家隨便怎麼樣都沒關係。」

雖然覺得那些人很無聊，不過只要別跟我扯上關係，大家可以儘管照自己喜歡的樣子生活。至於是生是死，只要別造成我的麻煩，我也不在乎。

「妳為什麼要問這種問題？」

「就像我剛剛說的，我覺得你好像在追求某種目的。我不知道彼此的世界會如何造成影響，不過如果能夠在這個世界替你做些事情就好了。」

「……呃，謝謝。」

琪卡很溫柔。我當然也知道，溫柔並不能成為減輕一個人無趣程度的要素。

「琪卡，妳呢？妳會想要改變周遭的某件事嗎？」

「唔～」

我發覺到，在這個距離，就連猶豫的神色都會傳遞到心臟。

「我也跟你一樣，覺得大家各過各的就行了。只要避免造成彼此過度的困擾。所以如果要提的話，就只有××吧。」

最近我覺得琪卡說的話當中，聽不見的單字變少了。或許是她刻意避免使用我可能不知道的單字。

「對不起，我沒有聽見最後的單字。」

「那是一種動物，上次咬了我的腳。牠住在附近，有時候會對我叫或追過來，所以我希望牠可以到別的地方去。」

我有一瞬間覺得這是很可愛的煩惱，不過這是因為我沒有立即發揮想像力。不知道那隻動物的大小及凶暴程度，就不能妄自做出這樣的推測。琪卡說話時雖然沒有顯露出特別的情感，不過也可能內心害怕到極點。

如果可以的話，我希望能夠為溫柔的琪卡做點事情。這是身為人類很正常的情感。

「不過大概就只有這樣吧。除此之外，只要有自己的房間，還有和香彌跟其他朋友見面的時間，我就不會想要任何改變。」

琪卡處在戰火中，內心一定很希望戰爭能夠消失；不過不論我能夠給予什麼樣的影響，應該也沒辦法做出這麼大規模的改變吧。也因此，她沒有提出這項要求，或許讓我鬆了一口氣。因為我不想要體認到自己的無力。太卑鄙了。從剛剛開始，我到底在幹什麼？

「關於那隻動物，我會想想看能不能做點什麼。希望能夠稍微改善妳周遭的環境。」

我沒有想到任何點子，卻刻意這麼說——

「謝謝。不過我希望你明白，即使你什麼都不做，光是待在這裡，對我來說就很有意義了。」

——一定是因為知道她會這樣回答。

我自己都不知道還能隱藏這份感情多久。

※

我想了一整晚，第二天立刻準備去為琪卡採取行動。有可能對應到讓琪卡感到困擾的動物、而且又跟我有關聯的，就只有阿魯米。雖然之前擅自餵牠的時候，並沒有影響到琪卡的世界，不過反正我完全不知道兩個世界之間的影響法則，所以試試看也無妨。

我知道飼主田中今天放學後也要去打工，因此立刻決定去見阿魯米。今天的目的不是摸阿魯米的頭，而是要調查阿魯米的項圈及牽繩，還有牠會在什麼樣的時候叫。

這是綁架的準備。

雖然我自己腦中浮現這麼強烈的詞，不過也沒有那麼誇張。因為不知道會不會造成影響，因此我只是要把阿魯米綁在某個地方待一、兩晚，實驗看看能不能把那隻動物從琪卡身邊趕走。一旦知道阿魯米會跑出去，田中家應該也會在後院入口打造柵欄。如果能夠影響到琪卡的世界，讓那隻動物也受到應有的管理，那就太完美了。

阿魯米每次聽到我的腳步聲，就會從圍牆陰影探出鼻尖等我到達。我在阿魯米面前停下腳步，摸牠的頭作為重逢的問候，同時觀察附近的狗屋和從項圈延伸的牽繩。可以的話，我希望能夠設計成好像是阿魯米自己逃跑的。

我觀察項圈。這個項圈就好像是把人類的皮帶直接縮小，套得很鬆。這一來只要把項圈拆下，重新釦起來，看起來或許就像阿魯米自己掙脫項圈。

我一邊想著該怎麼帶走牠，一邊把手插入牠的肚子，試著抱起牠。幸好阿魯米不是大型犬。我原本預期牠會大叫，可是牠卻沒有叫，只是默默地讓我抱起牠。雖然輪不到我來擔心，但是這傢伙真的能盡到看門狗的職責嗎？

我試著鬆開項圈，阿魯米也沒有特別掙扎的樣子。事情出乎意料地簡單。這一來，我應該能夠毫無問題地帶走阿魯米，再把牠送回來。當我替牠重新戴上項圈時，牠也只是把鼻子湊近我的手臂，發出「哼哼」的氣息，沒有要咬我的意思。我真想告訴牠，應該要多警戒一點。

剩下的就等到晚上再過來這裡，確認田中家熄燈的時間。

視這家的生活習慣，搞不好今晚就能把阿魯米帶走。我必須認真想好要綁住阿魯米的地方才行。

就這樣，我決定展開計畫，這一天、第二天、第三天，每一晚都延後一小時，在從公車站回家的路上繞到田中家，卻都沒有看到田中家的電燈完全熄滅的樣子。在最晚的時間前往時，只有二樓的電燈是亮的。我不知道那裡是不是她的房間，不過內心不免蠻橫地咒罵：平常上課都在打瞌睡，怎麼還不趕快上床睡覺！

看來只有先回家，然後等到半夜再偷偷溜出家門。要是家裡的人醒來就麻煩了。

琪卡沒有出現的日子連續到第四天，我在平常的時間到校，看到齋藤和田中等人在教室角落笑嘻嘻地聊天。我雖然沒興趣，但是罕見的光景還是不免引起我的注意。

我在座位坐下，盯著桌子。平常我總是像這樣專注於自己的內心，但是今天我卻豎起耳朵，聽隔壁座位的田中講話。如果能夠聽到對於帶走阿魯米有用的情報，那就賺到了。

然而隔壁座位的田中不可能會依照我的希望行動，害我從早上就白白浪費了專注力。

「哈哈哈哈哈！阿魯米超可愛的！」

午休時間，我像平常一樣默默等待時間流逝，田中那幫人則在我旁邊嬉鬧。

隔壁座位的田中似乎正在炫耀阿魯米的影片。我心中抱怨「去別的地方看」，不過因為這三天她都沒有去打工，害我無法去檢視阿魯米的狀況，因此便斜眼偷看，結果和她對上了視線。

「幹什麼？你想要看阿魯米嗎？」

「……我是因為覺得太吵才看你們那裡。要吵去別的地方吵。」

「啊？現在是午休時間，你想要安靜，怎麼不去圖書館？」

田中的口氣雖然讓我惱火，不過她說的也不無道理。我正準備在雙腿施力站起來，手機畫面就朝我這邊伸過來。

「看，我家寶貝很可愛吧？」

我不禁注視畫面，看到手機裡的阿魯米裹著舊浴巾打滾，飼主田中的笑聲像背景音樂般傳來。這麼有精神，我就放心了——我指的當然是阿魯米。

「很可愛吧？」

其實我可以點頭，不過這一來當然會感到不甘心，所以我就站起來。離開時我聽到背後的田中質問「你這人怎麼搞的」，同時也聽見隔壁座位以外的聲音說：「鈴木那個人，不管誰跟他講話，都是那個樣子。」

接下來有好一陣子，都找不到可以帶走阿魯米的時機，也沒有見到琪卡，每天過著跟平常一樣的生活。梅雨季節快要過去了。我想到之前的新聞曾經報導，在梅雨季結束之前，戰爭應該已經結束了，不過現在卻看到憂慮戰火會擴及日本的報導。

在向琪卡誇下海口的兩星期後，我得到對自己很有幫助的情報。我聽說隔壁座位的田中下星期六要去住在朋友家。只要她不在，那一家完全熄燈的時間或許也會提早；而且這個情報不是直接聽她本人說的，而是聽「田中們」說的，因此事後我應該也不會遭到懷疑。

執行計畫的夜晚，吹著和平常沒有太大差異的風。今天我騎腳踏車出門。之前購買的項圈、牽繩，還有裝阿魯米飼料和水的盤子，都放在公車站的候車亭。我打算現在就去公車站等待時間來臨，或是（雖然機率很低）和琪卡聊天之後，十二點前再到田中家。

幸虧今天沒有下雨。這一來阿魯米就不會淋濕，而且要是遇上雨天，阿魯米有可能早就被放進屋子裡。

我在黑暗中到達候車亭，停下腳踏車，像平常一樣打開拉門。琪卡不在這裡。如果她在的話，我就要告訴她今天的計畫，並且要她留意附近那隻凶暴的動物有什麼變化；不過這些事可以等到下次再說。

我在長椅坐下。仔細想想，這次的計畫是我首度為了琪卡而危害到這個世界。我當然不是在擔心田中那傢伙，而是在擔心阿魯米。雖然只有兩天左右，不過沒做錯事卻被帶離熟悉的環境，或許會造成牠的壓力。我是不是應該多買些點心之類的？等到成功帶走牠，再想想看吧。

我最近發現到，如果過了十一點半左右，琪卡還是沒有出現，這天她大概就不會出現了。當我獨自度過靜謐的時間之後看手錶，發現已經過了十一點半，就會感到很遺憾。不過老實說，最近我反而會稍微鬆一口氣。我並不想看到自己被奇妙的感情攪亂。

今天也過了十一點半。我拿起行李走出候車亭。

這是我首度慶幸自己住在鄉下地方。如果在人來人往的街上帶走狗，一定會立刻被報警。我之前聽琪卡說，她住的地方是人很多的城鎮，因此雙方的地理環境似乎並沒有關聯。

我騎著腳踏車，奔馳在起伏不定的路上。這樣的坡度剛好適合進行鍛鍊。騎腳踏車下坡時，迎面來的風很舒服。

半路上，我在孤零零佇立在路旁的自動販賣機買了水，接著一邊在腦中模擬帶走阿魯米的過程，一邊疾速騎腳踏車，立刻就到達目的地。

周圍沒有人。我把腳踏車停在稍遠的地方，盡可能不發出腳步聲地接近日式建築。乍看之下，一樓和二樓似乎都沒有開燈。我緩緩地繞了屋子一圈，從正面偷窺裡面，果然是漆黑一片。話說回來，我也不能因此就安心。屋外停了兩輛白天沒有看到的汽車，應該是田中雙親的車。如果阿魯米發出叫聲，我就得立刻逃跑才行。

我前往後門，看到阿魯米以優雅的姿勢趴著仰望天空。今天是滿月。

我還沒發出聲音，阿魯米就抽搐一下鼻子，發現到我並起身。屋外雖然沒有燈，不過滿月讓我看到阿魯米的表情。看牠很有精神的樣子，我就放心了。

接下來才是問題。白天雖然稍微練習過，但是在半夜試圖拆下項圈的話，即使被阿魯米當成可疑人物也不奇怪。事實上，我的確是可疑人物，因此即使阿魯米對我叫，我也不能抱怨。

不過我的擔心是多慮了。阿魯米乖乖地等我拆下牠的項圈，然後在我重新釦上項圈、假裝牠是自行逃脫的時候，牠也用「坐下」的姿勢等我。看牠這副模樣，我不禁要為別的理由而擔心了。

話說回來，要達成計畫，沒有比現在更好的機會。我抱起阿魯米，悄悄離開飼主田中的家，走到停腳踏車的地方，緩緩地將阿魯米放進籃子裡。籃子雖然看起來很小，不過阿魯米自己巧妙地折起腳安頓下來。為了避免牠亂動，我給牠可以咬很久的飼料。阿魯米看起來很滿足，我便替牠戴上預先準備的項圈，綁在籃子上，然後跨上腳踏車開始騎。

綁架過程出乎意料地簡單。我選擇騎在比去程更少人走的路，前往目的地。我原本想要把牠帶到遠方，不過目前只是要調查對琪卡的世界會造成什麼影響，因此決定選擇近處作為藏匿地點。話說回來，如果離我家太近，有可能會遭到懷疑，因此我選了慢跑途中可以繞過去的地點。

我進入白天呈現鮮綠、此刻卻一片漆黑的山裡。阿魯米面對應該是第一次來的道路，似乎終於感到不安，抬頭看著我小聲地叫。不過牠的聲音不像是在責難我，比較像是在問「你想要幹什麼」，或許以為我們兩個是一起逃跑的夥伴吧——我又在想這種幻想情節。

我來到陡坡，站起來一口氣騎上去，到達一個公車站。這個公車站很破舊，附設一間看起來快要倒塌的候車亭，周圍非常暗。環境雖然很像，不過這裡並不是我和琪卡見面的候車亭，而是我最近為了尋找藏匿阿魯米的地方，到處慢跑時找到的。就如另一個公車站，這裡已經失去公車站的機能。我曾經在傍晚慢跑時來過幾次，發現這裡跟那個公車站前的道路一樣，都沒有行人或汽車經過，非常適合藏匿阿魯米。

我打開和平常不一樣的候車亭的門，把阿魯米搬進裡面。阿魯米在這裡也乖乖地等我把項圈繫在長椅上。

「只要待一下下。對不起。」

我把點心倒入便利商店買來的有些深度的塑膠盤，然後從寶特瓶倒水在另一個同樣的盤子，放在阿魯米面前。

這一來目的就達成了。我走出候車亭，關上門要跨上腳踏車時，再度聽到阿魯米的聲音。我立刻踩下腳踏車的踏板，奔馳在回家的路上。我原本打算讓阿魯米在那裡待兩晚，不過我想起狗感受到的時間流逝速度和人類不一樣，所以或許還是應該讓牠明天回家比較好。我決定考慮變更計畫。

我回到家睡覺，天亮之後就是星期天。

田中回到家了嗎？如果她已經回到家，發現阿魯米不在，一定會大驚小怪。我並不打算要讓班上同學不必要地操心，不過為了琪卡的安全，我也只能這麼做。

我在星期六、日會從上午就去慢跑，因此不需要特別改變平常的固定習慣，就可以去看阿魯米。我只帶飼料和水出門，跑了二十分鐘左右。當我打開阿魯米從昨天就待著的候車亭門，迎面而來的空氣和戶外沒有太大差異，我便感到安心。候車亭上方覆蓋著厚厚的樹葉，屋頂不會被太陽烤熱，也是我選擇這裡作為阿魯米住宿地點的理由之一。

阿魯米看到我，就從趴著的狀態起身。我蹲下來摸牠的頭，看到牠肚子上的毛沾滿灰塵。我把飼料放在盤子裡，替牠補給水。阿魯米並沒有對我抱怨，開心地吃吃喝喝。

我想要讓牠稍微做一點運動，便站起來。現在是星期日上午，這種地方應該很少人會經過。即使被開車的人看到，也只會被當成是在蹓狗。我解開綁在長椅上的牽繩，和阿魯米一起出門。我原本猜想阿魯米會往自己家的方向跑，不過牠並沒有這麼做。我牽著牠在公車站周圍稍微走了一下，再度把牠帶回候車亭。

今天晚上再來看牠，然後根據牠當時的狀況再判斷要不要繼續待一晚吧。我決定之後，離開公車站。

到了晚上，我騎腳踏車前往第一個公車站。

「香彌，晚安。」

我並不了解規則，因此當然也無從預測，不過我原本以為琪卡今晚不會出現在公車站的候車亭。

我一見面就告訴琪卡這一點，她便認真開始思考其中的意義。

「老實說，今天我本來是要去別的避難所，可是因為突然有必須做的事，臨時回到家附近，所以才會到這裡。也許跟這件事有關吧。」

「妳是說，妳原本的預定影響到我的意識？會有這麼細微的影響嗎？」

即使有，大概也沒辦法派上用場。基本上，預感原本就有可能是在事實揭曉之後，由腦筋捏造出來的虛偽記憶。

「即使是這樣，大概也沒辦法派上用場。不過如果我在意識深層也跟你聯繫在一起，一方面會感到很可靠，另一方面也會覺得滿可怕的。」

我可以理解琪卡說的感受。

和某人的意識相連，感覺很可怕。這一點和我對琪卡的情感無關，而是因為自己不完全屬於自己而感到可怕。在此同時，當她不再是完全獨立的個人，也會降低「真實」

的濃度。
不論如何，如果只是意識和預定的問題，應該更有可能純屬巧合吧。討論更有意義的話題會比較明智。
「對了，琪卡，妳上次不是提到那隻可怕的動物嗎？我想要調查該如何影響牠，所以就嘗試移動我附近的動物。有沒有對妳的世界造成什麼影響？」
「啊！」
琪卡低調地發出介於理解與驚訝的聲音，眼睛的光變大。
「我就覺得最近好像沒有看到牠，也許是你的行動造成的影響吧。」
「嗯？可是妳說最近，是指這幾天嗎？我是昨天才行動的。」
這麼說，也許是琪卡的世界中發生的現象，驅使我決定要綁架阿魯米嗎？我再度面對動搖自己獨立性的話題，感到毛骨悚然。
「受到影響的是我？」
「我覺得目前還很難說較晚發生的一定是受到影響的一方。就算兩邊的天氣一樣，也不知道你的世界的某一天相當於我的世界的哪一天，而且也無從調查。」
如果是原本以為較晚發生的事影響到較早發生的事，那就很像科幻小說了。
「而且我還是想要相信人類的意志，所以我相信是因為你的努力，才讓我能夠免於恐懼。謝謝你。」
「嗯，那就好。」
我並不需要獲得感謝，不過如果琪卡能夠更安心地生活，那就太好了。

「那麼為了確認影響結果，我會試著把這裡的動物帶回原來的地方。也許又會讓妳面臨恐懼……」

「沒關係，反正只是恢復原狀，我不會覺得難受。」

「這樣啊。」

真的是這樣嗎？

我試著思考。其實也不用思考。

如果恢復原狀，我會感到很難受。想到無法和琪卡見面的生活，想到「特別」離開自己身邊的瞬間，我就會產生心臟缺血般的感覺。也因此，我才會想要自己找到能夠滿足自己人生、讓自己心動的某樣東西，否則我就會害怕到受不了。

即使那樣的時刻來臨，琪卡也會用她的聲音對我說「不會感到難受」嗎？

「香彌，最近你身邊有沒有發生什麼好事？」

「沒有。妳替我做了什麼事嗎？」

我以為她想要驗證結果，可是她的眼睛卻移向旁邊。

「不是，我不是為了調查影響力才問你的。我只是希望你為我採取行動之後，在另一個世界也能夠遇到更多好事。」

她說的不是她的世界對我的世界的影響，而是我的世界對我的世界的影響。

我的行動不需要帶給琪卡良好影響，只要帶給我良好影響就行了。由我自己、而不是其他人，讓我得到幸福——這就是琪卡的意思。

對於琪卡這樣的想法，我其實可以坦率地感到高興並接受。

但是我並沒有這樣的反應。
或許有些矛盾，不過琪卡的話把我拉回「自己的世界」這樣的現實。
我覺得她似乎是在告訴我，不能沉浸在與她的相逢。
「謝謝。」
我覺得好像有一個也許早已發覺的可能性從掌心浮現，因此握緊了手。
也許——
在琪卡這樣的存在中尋求意義、對琪卡開始產生特殊的感情，都是我在逃避我自己。
到頭來，在過去這段時間裡，都無法得知琪卡和我為什麼會相逢。
之所以無法得知，會不會是因為原本就沒有該理解的意義？
琪卡或許是只要在我身旁就能讓我得到幸福的存在。我是不是試圖在迴避這樣的可能性？
如果繼續調查彼此的影響力而虛度時間，等到有一天無法見面之後，體會到在一起度過的時間帶來的失落感，理解到在一起度過的時間被白白浪費——然後到時候，如果我無法從無聊當中拯救我自己——那就沒有意義了。
這是我應該告訴琪卡的重要的話。這是表明我自己意志的非常重要的話。
可是在琪卡聽到警鈴聲回去之前，我還是無法說出：也許我們的相逢沒有意義。
我獨自留在候車亭。
我的腦袋開始思考「和琪卡的相逢沒有意義」這樣的可能性。
在此同時，我的情感痛斥我，不要去想這麼蠢的念頭。無法壓下的巨大聲音在我耳朵深處響起。

我知道自己無法再忽視心中如此清晰的聲音。

我不禁嘆了一口氣。

我現在還有別的事要做。我得先去接阿魯米，把牠送回飼主身邊才行。幸好琪卡過去不曾連續兩天出現過，所以距離下次見到她還有時間，就當作是還有時間思考今後該怎麼做吧。現在必須要離開這裡才行。

我站起來打開門又關上，跨上腳踏車，前往另一個公車站。

我感到風有點冷。氣象預報說過明天是雨天。這也是我考慮今晚就把阿魯米帶回去的理由之一。

我一邊騎腳踏車一邊想：如果壓抑自己的感情、再也不和琪卡見面，至少也要知道威脅她的那隻動物最後的結局。我知道自己的腦袋和內心感到高興：至少在那之前，我可以不用去想和琪卡分開的可能性。但這只是暫時的喜悅而已。

不去想複雜的問題，就會很輕鬆；拖泥帶水地任憑感情驅使，只顧著呼吸，就不用煩惱任何事情，也不需要耗費煩惱的能量。

但是這樣不能算是活著。

必須要抱持疑問才行。就連自己的感情、想法與存在，都不是確實的。

我在腦中如此想著，以站姿一口氣騎上通往藏匿阿魯米的公車站的最後斜坡。不知是因為突然的運動讓身體受到驚嚇，或是位在肺部附近、思念著琪卡的心臟妨礙氧氣供應，手錶發出一聲電子音。

我停下腳踏車，靜靜地把空氣吸入肺部。除了隨風搖曳的樹木發出的聲音之外，什麼都聽不見。下腳踏車的聲音、把腳踏車立起來的聲音，聽起來格外誇張。候車亭裡並沒有傳來阿魯米的聲音。看來牠似乎很安靜地過著自己的時間，真是太好了。

我不知道包括阿魯米在內的狗還有其他動物，實際上擁有多少智能與感情。雖然不知道是誰斷定牠們比人類還要低等，不過牠們搞不好只是在人類面前裝笨而已。人類面對他們覺得比自己更笨的對象，就會說很可愛。

我之所以不認為周圍的人可愛，或許是因為知道自己跟他們也是同類吧。我再度感到自我厭惡，打開候車亭的拉門。

阿魯米不在這裡。

我的心跳加快，產生跟之前某一次同樣種類的暈眩。

我有好幾秒鐘無法動彈，僵立在原地。

不過我立刻恢復清醒，理解到在這裡吃驚也沒有用。

阿魯米不在這裡。候車亭有我替阿魯米戴上的項圈和牽繩，還有吃到一半的飼料跟水。

事情很明顯：牠逃走了。我想到牠也許縮在黑暗的候車亭角落，便走進裡面，但是沒有找到。

我把項圈戴得太鬆了嗎？還是太小看阿魯米的力氣？這些都不重要。總之，我得先找到牠才行。

我來到外面，毫不猶豫地大叫：

「阿魯米！」

我心想那隻狗那麼親人，聽到不是飼主的我呼喚，也很有可能會有所反應。即使牠沒有回來，只要發出叫聲回應，我就打算立刻跑過去。

可是不論等多久，我都沒有看到阿魯米的身影，也沒有聽到牠的聲音。

我進入林子裡，開始尋找周圍。我凝神注視，希望即使不能找到阿魯米，也能找到牠留下的某種線索。我打開手機的手電筒，但是能照射到的範圍有限。

「阿魯米！」

我再度大喊，仍舊沒有得到回應。

怎麼辦？我該做什麼？

正當我的腦袋快要被壓垮時，忽然浮現一個想法。

牠會不會回家了？

聽說狗有歸巢本能。阿魯米被不是飼主的傢伙帶到這種地方，一定很想回家，或許因此而掙脫了項圈。

如果是這樣就好了。傷害人類或狗都不是我的本意。我真的不希望這種事發生。

拜託，回到那個家吧。然後一臉悠閒地在自己的小屋睡覺。我一邊祈禱一邊跨上腳踏車，騎車飛奔到田中家。

平日不想理會任何事物或任何人、只為自己生活的我，此刻竟然在祈禱，實在是太愚蠢了。

我到達目的地。

阿魯米並不在家。
二樓的燈是亮的。
雖然是太過樂觀的想像，不過也可能是田中在尋找阿魯米時，在公車站找到牠，把牠帶回家。這種事並非不可能發生。話說回來，也許根本沒有不可能發生的事。
或許因為牠失蹤了一陣子，所以被帶進家裡面，現在搞不好正在跟飼主玩得很開心。或者也可能是阿魯米掙脫項圈之後，跑到很遠的地方。即使沒有跑到遠方，也可能繞遠路慢慢回到家。牠可能躲到某處的空屋裡，也可能是被別人帶走了。
每一種假設都並非不可能發生，不過也只是「並非不可能」而已。
我姑且騎腳踏車在田中家附近巡邏，但是阿魯米並沒有走在路上或坐在路邊。
這樣下去也不是辦法。繼續思考也沒有用，只有焦躁的情緒翻攪著胃。這種時候能夠得到的成果很有限，還是等到明天天亮之後再來找，一定會更有效率。
可是我還是遲遲無法回家。到頭來，我莫名其妙地在田中家和公車站之間來回好幾趟。我說「莫名其妙」，就是指毫無成果。
最後我終於放棄（我應該更早放棄的），回到自己的家，回到房間，跟平常一樣努力想要睡著。
星期一，我跟家人說要進行早餐前的訓練，走出家門。外面還沒有下雨。我騎腳踏車前往田中的家，但阿魯米沒有回來。我很想乾脆按電鈴詢問阿魯米的安危，可是如果那樣做，就會被當成可疑人物。晚一點去學校再問就行了。
我沒有別的事可做，只能和昨天一樣到處跑。雖然看到幾隻跟飼主散步的狗，可是當然都不是阿魯米。我也再度前往藏匿阿魯米的公車站，可是沒有看到牠。為了保險起見，我把牽繩和項圈放入事先準備的塑膠袋帶回去。

阿魯米去哪裡了？牠在哪裡做什麼？如果牠就這樣一去不回怎麼辦？像這樣一直想著某個對象的經驗，就我記憶所及，最近就只有對琪卡而已。

我無可奈何地回到家，吃了早餐準備上學。到了學校，飼主田中會坐在我的旁邊，應該可以知道阿魯米的現況才對。上學途中，我思考著該如何不被懷疑地問出阿魯米的情況。

可是即使到了學校，也沒有人坐在我的右邊。即使早晨的上課鈴聲響了，即使老師來了，即使第一堂課開始了，還是沒有人出現。

這種日子請什麼假！我內心感到焦躁，不過我也告訴自己，她也有可能正因為是這種日子才請假。

不過我立刻就無法逃避。

到了午休時間，我在學校餐廳吃了午餐。今天我吃的仍舊不是自己真正想吃的東西。我回到教室，盯著書桌，聽到有人在說話。說悄悄話的聲音有時比單純降低音量的聲音容易聽清楚——多虧連這種事都不知道的傢伙，我才聽到以下對話。

「你聽說了嗎？」

「聽說什麼？」

「阿魯米好像死掉了。」

這時教室內所有聲音突然都消失了。這是因為我彈起右膝，踢到桌子。我並沒有惡意。
也許有人看著我，想要知道發生什麼事了。
但是我並沒有看任何人。
我只盯著桌上的木紋。
……喂。
搞什麼？
怎麼會這樣？
原來如此……
阿魯米死掉了。
我只想著這件事。
只有這件事。
我沒有想起牠。
我不想喚起任何回憶。
我沒有想起阿魯米毫無警戒地接近第一次看到的我。
我沒有想起被我摸頭的阿魯米。
我沒有想起從我手中得到祕密飼料、狼吞虎嚥的阿魯米。
我沒有想起聽到我的腳步聲抬起頭的阿魯米。
我沒有想起聞我手臂味道的阿魯米。
我沒有想起相信我而乖乖讓我抱起來的阿魯米。

因為沒有想起，所以我一直在學校待到放學時間。我沒有摀住耳朵，所以聽到死因是車禍的傳聞。

放學後，我跟平常一樣，宛若複製貼上般，前往鞋櫃。

然而最近總是笨拙地跟我道別的齋藤一看到我，就露出詫異的表情，跟以前一樣默默回去了。

我也默默地回到家，然後再度出門。因為沒有必要，所以我沒有換衣服，身上仍穿著制服。

外面下起了雨。

也就是說，琪卡的世界或許也在下雨。我不知道對那裡會有什麼樣的影響，因此乖乖撐起傘，並且打算採取正式的步驟。

我打算按門鈴，如果有其他家人也會打招呼。

不過我不需要特地找她出來。

我為了保險起見，先到後院去觀察，看到阿魯米的飼主田中撐著傘在後院，默默盯著空的狗屋。

我走近後院入口。明明有腳步聲，田中卻沒有回頭，只是默默地看著低於自己膝蓋的地方。她背對著我，因此我看不到她的表情。

我正確地呼喚她的名字，但她卻沒有反應，因此我又呼喚了一次。

田中緩緩地轉動脖子跟腰部回頭，表情幾乎跟琪卡的聲音一樣，讓我感受到層層的感情。

「幹麼?」

怎麼了?你為什麼在這裡?為什麼要對我說話?

為什麼阿魯米死了,你卻還活著?

這些我全都聽見了。

我要早點達成目的。

「我來是有話要跟妳說。」

阿魯米的飼主田中沒有顯示出任何反應,連表情都沒有變化。

我自顧自地說下去。

「阿魯米是我殺的。」

田中沒有任何反應,只是默默地看著我。

「我在半夜到這裡,把阿魯米帶走。我把牠綁在別的地方,可是因為管理太粗糙,被牠掙脫項圈逃走了。所以牠才會死掉。」

「啊?」

這個聲音細微到幾乎被雨聲掩蓋。

「妳可以報警。」

「你怎麼搞的?」

她的嘴巴以外的部分完全沒有動。

「妳不用原諒我。」

「怎麼……」

聲音從田中喉嚨深處吐出來。

我注視她的臉。我看著半開的嘴脣從靜止狀態開始發抖，不久之後顫抖擴散到整張臉。

「你是怎麼搞的？」

我看著她。

「你到底在搞什麼？」

田中把手中的傘丟向我，但是打開的傘受到空氣阻力，在我眼前掉落到地上。

在此同時，阿魯米的飼主田中像是崩潰般蹲在原地，開始哭泣。大顆的雨點打在田中黃色的T恤上，形成一顆顆圓形的水漬。

放任明知會淋濕的人，感覺就像暴力。

我不打算、也不需要繼續對哭泣的田中說話，因此就這樣離開偌大的日式建築後院。

※

回到家，我做了肌力訓練，吃了母親做的晚餐。回到房間，從窗戶往外看，雨已經停了。雖然知道可能性很低，不過我還是決定前往公車站——我指的當然不是藏匿阿魯米的公車站。

來這裡已經成為一種習慣，所以我也不是說今天特別想要見到琪卡。話說回來，阿魯米不見了，琪卡的世界當然也可能發生某種變化，因此我打算下次見面時跟她確認這一點——當我打開候車亭的門時，心裡其實多少已經排除今天見面的可能性。
也因此，我原本以為如果看到發光的眼睛和指甲會驚訝，然而實際上內心卻非如此。
這是我第一次連續兩天見到琪卡。
「琪卡，是妳。」
「嗯。那個……」
我以為琪卡的回應很短，是因為我的問候很短，不過琪卡接下來的話，讓我明白自己的誤解。
「你身邊有人死了嗎？」
朝著我的兩隻眼睛之間，發出擔憂的聲音。
我努力避免透露出內心的衝擊，回答她「沒有人死掉」，然後先坐下來。
「妳為什麼這樣問？」
琪卡用我沒有必要聽到的音量「咻」的一聲吸氣，然後說：
「我家附近死了幾個人。我不知道詳細情況，只知道附近發生戰鬥，在那裡從事戰爭工作的幾個人死了，由我們埋起來。我猜想也許會影響到你的世界，所以才過來。」
琪卡說到這裡停頓一下，慢慢眨了一下眼睛。
「而且你現在的表情很悲傷。」
她說的不是「好像很悲傷」，而是「表情很悲傷」。
她的意思是，我無法隱藏情感，表情中顯露出足以讓她斷言的神色？或者是我的表情明顯到讓她看了也感到悲傷？不論是哪一種都很沒用。

「發生什麼事了嗎？」

我思索片刻有沒有必要說出來。

接著我想到，如果是為了調查影響而說出來，就是有意義的。

「有一隻狗死了。」

「『狗』是指和人類一起生活的動物吧。」

「我有說明過嗎？沒錯，是我殺的。」

「這樣啊。」

琪卡並沒有露出悲傷或責難的表情。

她只是補問一句：「牠對你做了什麼嗎？」

原來如此，看樣子她以為死的是凶暴到死有餘辜的動物，如果不是那種動物，我也不可能會下手。

「沒有。牠是個好孩子。」

我糾正琪卡的誤解。

「狗當然也有野生的，不過在我的國家，基本上就跟妳說的一樣，狗和人類住在一起，被當成家人或朋友對待。我殺死了住在我認識的人家裡的狗。牠一點都不凶暴，跟誰都很親近，是一隻完全無害的動物。牠也會很高興地從我手上吃飼料。」

「你為什麼要這樣？」

「我把牠帶走，在我離開的時候，牠就發生車禍死掉了。」

「啊，抱歉，我問的是——」

「我把牠帶走的理由，是因為我自己想要調查兩個世界彼此影響的規則。被牠逃掉，是因為我不夠小心。」

我在說明時，盡可能避免讓琪卡以為是她的責任，另一方面也要避免和已經說出來的內容互相牴觸。

「這樣啊。就是你昨天說的——」

琪卡點了點頭，然後又搖頭。

「不過我問『為什麼』，不是要問你對那隻狗做了什麼，或是這個行動的理由。」

「那——」

那是要問什麼？

我沒有說出來，只是帶著疑問注視琪卡的眼睛。眼睛的光沒有移動，只有聲音傳遞到我的感官。

「你為什麼要跟我說讓我同情那隻狗的話？」

沒有聲音。無聲沒有質感或質量。

然而琪卡在這個問題之後的沉默，卻讓我覺得好像被用力抓住頭髮。

我覺得心臟彷彿從身體裡面被拉出去。不可能會有這種事。這是幻想，是虛構情節。

我在搞什麼？

「我並不是希望妳同情我。我只是陳述事實。」

因為不是謊言，所以我才直視琪卡的眼睛說話。她緩緩地眨了眼睛，然後垂下視線。

「你一定很難過吧。」

「……啊？」

不對。

「沒有。」

「你看起來很難過。」

「沒有。難過的不是我，是阿魯米，還有失去家人的那些人。是我奪走牠的。」

即使說「阿魯米」，琪卡也聽不懂。

「那些人應該也會很難過。」

「難過的只有他們。」

我並不難過。

「我沒辦法理解這樣的痛苦。」

那當然了。琪卡什麼都不知道。

「可是我覺得，或許跟那隻狗、還有牠的家人程度不一樣，但是你一定也很難過。」

「沒有。我不難過。」

「你看起來很難過。」

「我就說沒有了！」

不是這樣。

「是我殺了牠的。」

錯的是我。

我怎麼可以感到難過。

絲毫不理解阿魯米的痛苦、飼主的煎熬的我，不應該感受到一絲絲的難過。

了解自己所作所為的我的腦中，對於琪卡乍聽之下溫柔的話語、替我辯解的話語，感到很煩、很煩。

「琪卡，妳什麼都不知道！」

沒錯，她什麼都不知道。

因為她連阿魯米都不認識。

我現在不需要這樣的人無意義的安慰。

「別說了。」

這是我真心的願望。

「香彌，我覺得你在朝不好的方向前進。」

「沒錯，因為是我不好。」

「你沒有必要因此就自己前往更痛苦的地方。」

「別說了。」

我並不想聽她說這些話。

事實上，應該有更應該對我說的話、對我怒吼的聲音、對我衝撞的情感才對。除此之外的東西，不應該傳遞到我的內心。

我不應該接受傳遞過來的東西。

「你可以待在這裡。」

「我殺死了阿魯米！」

我是壞人。
我不是那種可以讓人投以溫柔言語、伸出救援之手的人。
我自己也知道。
所以別說了。
「不管你在那個世界變成多麼惡劣的人，在這裡的你就是你。」
「為什麼？」
我有自知之明。
我知道自己是壞人，應該接受審判。
同時我也知道——
自己是無趣、脆弱到噁心地步的人。
所以才不行。
即使是真心覺得自己應該受罰，脆弱的人只要被伸出援手，就會去看那裡，窩囊地渴望著能夠稍微輕鬆一點。
所以別說了。要不然——
卑劣的我，會情不自禁地去看伸向我的援手。
我會想要立刻依靠過去。
我會想要握住從琪卡內心伸出的、看不見的那隻手。
我知道如果握住那隻手，就有很多重要的東西會結束。
我的內心在提出警告，不可以去看、不可以握住那隻手。

宛若刺耳的警鈴般，要我捂住耳朵。

可是，即使如此，我卻——

我卻——

感覺快要窒息了。

我的行動原理，就是切割掉喜歡、討厭、有興趣、沒興趣、對自己有利、對自己無利……等等價值觀，只要是跟生命活動有關的事，就不吝惜採取行動。

就如用餐、睡覺、跑步、呼吸——

脆弱無比的我，不禁望向琪卡的手。

「阿魯米……」

最後終於握住她的手。

我理解自己的可悲，但卻無法停止說下去。

「阿魯米是個好孩子！」

「牠走了你很傷心嗎？」

我搖頭。

「沒有飼主傷心。」

「可是如果你也很傷心，最好還是說出來。」

我的言語已經失去意志，只是從嘴巴掉落出來。

「我很傷心。沒錯，我很傷心。那傢伙竟然相信我這種人。牠應該要對我叫。牠應該要求救。可是牠卻沒有，所以才被我殺掉。」

「你沒辦法原諒自己吧。」
「沒錯。」
「那我來原諒你。」
只看到眼睛和指甲、大我兩歲的女孩遞給我這句話。
雖然只看到眼睛和指甲，但是不知為何我卻知道，放在我倆之間的這句話柔軟而甜蜜。
「也許對你來說是沒有意義的，可是我會原諒你。」
「我不應該被原諒。我不需要那樣的溫柔。」
「香彌。」
琪卡就如平常道歉時的習慣，緩緩地眨眼。
「這不是溫柔。」
兩道光刺穿我。
「我想要原諒你。我也對為我們的生活工作的人見死不救。越是認真面對自己，越是不知道該如何理解自己這樣的存在。所以我至少想要做自己能做的事。我想要原諒你。」
她的聲音宛若在撫摸很悲傷、很美的東西。
我無法忽視如此纖弱的聲音，沒有仔細思考放在兩人之間的那句甜蜜而柔軟的句子，就立刻放入嘴裡。
「那麼……」
然後吞下去。

「……我來原諒琪卡。」
也不知道這句話會停留在自己體內，永遠不願脫離。
不，或許我知道。我一定是在這個瞬間覺得無所謂。
「我也想要原諒琪卡。」
「你又會背負同樣的罪。」
「……沒關係。」
雖然只看到眼睛，但是我覺得琪卡似乎沒有在高興也沒有在悲傷。
「我想要這麼做。」
我只能用聲音來傳達。
對於彼此世界的情況與價值觀，我們知道的很少。
生活在不同世界的我們，自作主張地為對方赦免。
原諒——就只是這樣。
然而奇妙的是，我覺得呼吸好像稍微變輕鬆了。
「如果你願意的話，就這麼做吧。」
聽到這個聲音，我突然發覺到一件事。
我似乎總算了解——
也許琪卡不能改變我的日常。
也許她只是為了懦弱的我而存在的。
為了讓我能夠繼續當我自己，在這個世界達成目的，她才會出現在這裡原諒我。

如果沒有琪卡，我就不再是我自己了。
身為普通無趣的人，我會被罪惡感等等壓垮，感到窒息及害怕。
回顧過去，琪卡不會指導、勸說或是鼓舞激勵我。
她只是出現在那裡，只為自己而陳述自己的想法。
所以她才會原諒我，說我不需要改變。
光是這樣，或許就是有意義的事。
琪卡確實存在的事實，或許就成為我的力量。
一定沒錯。
發覺之後就很簡單了。
我像第一次見面時那樣，直視琪卡的眼睛。
我開始覺得只要毫無意義地盯著就行了。此刻那裡有眼睛和指甲，而她只看著我一個人。這樣的事實讓我感覺心靈得到救贖。
我原本不相信人類能夠被他人拯救。
雖然也感覺到甜蜜柔軟的句子碎片卡在喉嚨，不過反正可以立刻吞下去，因此我不予理會。
「謝謝妳。」
我原本不打算說出來，但是這句話又不小心從嘴巴裡掉出來。
「幸好有妳在，我才能夠回來。」
真正的內心一定是有質量的。嘴唇無法承受這個重量，它才會掉出來，滾到對方面前。如果是這輩子不曾產生過的想法，就會更加沉重。

我從來不曾只因為某人在我身邊，就感受到如此幸福。

這是我第一次為了這麼無聊的事情而高興。

「只要有妳在，我就可以更接近自己的目的。剛剛很抱歉，發出那麼大的聲音。」

我低頭深深反省。

如果想要達成目的，就不能只是後悔、傷心。

這次的事不論如何懊悔都無法挽回。

對於阿魯米，我再怎麼道歉都不夠。

也因此，才不能白白浪費。

我不能只是為阿魯米的死而傷心。我必須達成自己的目標，才能報答那傢伙。這就是我能做的最正確的事。

仔細想想，阿魯米的事或許只是象徵性的事件。

只為了阿魯米的死而悲傷，是自我主義的表現。擔心和泉自殺未遂也一樣。如果只為自己看得見的罪行而沉浸在英雄主義的悲傷，對於沒有自覺的罪行則不去正視，那就全都是謊言。

我為了讓自己變得特別，剝奪了許多人的「特別」；為了讓自己生存下去，奪走其他人的糧食。人類都是這樣生存，只是看不見而已。也因此，不論在哪個世界都有戰爭。

如果想要獲得自己傷害的所有對象原諒，即使耗盡人生也不夠。我理解這一點。

但是只憑脆弱的我一個人，一定無法承受。

如果琪卡在我身邊，又不一樣了。只要琪卡在我身邊原諒我，我就能夠繼續戰鬥，試圖抵抗並顛覆無趣的人生。

琪卡能夠拯救我。

對我來說，琪卡無庸置疑地已經超越異世界居民這樣的存在。

但我還無法判斷該如何替這樣的心情命名。

不過沒關係，這種事對於我的目的或對琪卡都不重要。

琪卡在我身邊，就是無可取代的。

我在承認這個心情的同時，心中也浮現憂慮。

琪卡只要在我身旁，就能讓我得以呼吸。

可是我光是在這裡，怎麼想都沒有幫上琪卡。

我也想要回報琪卡。

我凝視著琪卡的眼睛。她眨了幾次眼睛，終於說：

「也許是受傷這樣的現象容易造成影響吧。」

「受傷？」

「嗯。雖然不知道先後順序，不過在我們周遭，都有生命受到傷害。打雷之後，樹受到傷害；至於身體受傷，當然也是典型的例子。」

「發生受傷或壞掉的現象，就會造成影響……」

「首飾壞掉的時候，不是也有影響嗎？」

「沒有，這是我第一次聽說。」

「是嗎?」
琪卡為自己的誤會噗哧一笑。
「要不要朝著這個方向,調查能不能做些什麼來達成你的目的?」
「……不用了,暫時先不要。」
如果是過去的我,一定會立刻贊成,但是我卻拒絕了。至少今天,我希望向自己證明,剛剛發現的自己的真心絕非虛假。
也因此,接下來這句話不是對琪卡說的:
「我的目的是跟妳見面。」
我和琪卡默默注視彼此的眼睛。她的眼睛眨也不眨地看著我。
「我不是要模仿妳以前說的話,不過我想要聽妳談談自己的事。」
琪卡快速地眨了幾次眼睛,然後緩緩瞇起眼睛的光。
「那就這樣吧。下次在這裡見面的時候,不要談世界的事,來談談我們兩個的事吧。
我也比較喜歡這樣。」
我以前覺得約定只是咒語,可是現在卻能夠坦率而喜悅地點頭說:「嗯,就這樣。」
從琪卡這句話,我猜想到她大概有預感,警鈴快要響了。所以她的話中才隱含著現在已經沒有時間的意思。
但事實並非如此。
「那我差不多要走了,免得我的家人擔心。」
琪卡站起來。她沒有像平常那樣露出討厭警鈴的表情,讓我感到奇怪。我的疑問似乎表現在臉上。

「今天沒有戰爭，可是因為很多人死了，我很擔心你，所以才到這裡來。」

我感到驚訝。

「我不知道自己來這裡有沒有改變什麼，不過看到你原本難過的表情變得稍微開朗，我就放心了。」

琪卡為了我，採取絕對不會對自己有利的行動，讓我感到驚訝。我當然很高興，甚至擔心如果正面接受這項事實，搞不好會發生什麼壞事，結果不小心說出莫名其妙的話：

「該不會——」

「嗯？」

「妳該不會完全知道我的心意吧？」

我懷疑琪卡知道我的心意——所有無法對琪卡明言的感情。

一說出口我就感到後悔，但是我真的懷疑這是事實。

然而琪卡搖頭說：

「我不可能知道其他人心裡在想什麼。告訴我吧。」

把我的內心攪得亂七八糟，重新整理，結論就是：

「也許我喜歡上妳了。」

我在說什麼？當我理解到自己說出什麼，已經太遲了。

「謝謝，我也喜歡你。再見。」

「呃……好，再見。小心不要被發現。」

從琪卡的反應，我知道這次真的什麼都沒有傳達給她，因而感到放心。

眼睛的光點和指甲的光點在黑暗中消失。

我不知道意志力會有多大程度影響我們的關係。

即使不知道，我仍決定要去想「一定會再見到琪卡」，而不是「好想再見到琪卡」。

為此我才跟她約定。

不過，即使如此，我剛剛為什麼會突然說出那種話？

我知道一想起來就會恨不得撕裂胸膛，因此立刻把這個問題從腦中拋開，然後離開這裡。

我打開候車亭的門，外面開始下起小雨。

如果琪卡說的「受傷會彼此影響」的假設是正確的，要是我感冒，琪卡也可能會感冒。

我急忙回家。

我跟琪卡約定下次見面要談彼此的事，但這個約定並沒有實現。

※

身為人類的我們，會有無法憑意志力做到的事。無法違逆的對象當中，最強大的就是死亡。理由雖然不一樣，但我們都無法逃避總有一天會死亡的事實。

除了死亡還有什麼？疾病嗎？或許正因為無法逃避，所以才會有「病由心生」這種話。衰老呢？或許正因為無法迴避，人類才會一直畏懼其巨大的力量。

還有其他的。

譬如人類的愚蠢招致的意外事故。

凌晨，我被很大的聲音吵醒。

醒來之後，我還無法立即反應。我跳起來，在黑暗中環顧四周，終於想到開燈這種理所當然的手段。我一站起來，腳底便感受到尖銳的疼痛。

「好痛！」

刺到東西的觸感令我畏縮。這時我才察覺到，剛剛的聲音可能是玻璃破掉的聲音。我坐在床上，拔掉插在腳底的小碎片。我把枕頭放在地板上當作踏腳墊，總算安全走到開關，打開房間裡的燈。

變亮的室內果然如我預期，散落著玻璃碎片。我不禁咒罵自己常常不關窗簾就睡著的習慣。不只是玻璃，地板上也散落著ＣＤ。

在那附近的地上，有一塊類似鐵板的東西。那東西原本不在我的房間裡，因此大概就是它打破窗戶的。我撿起來想要檢視那是什麼，就聽到有人在敲房間的門。

「香彌，怎麼了？」

聽到哥哥的聲音，我沒有想太多就開門。

「有東西撞到窗戶。」

我給他看手掌大的鐵板，他也顯得很詫異。雖然不知道那是什麼，不過我們還是姑且先著手打掃。哥哥用掃帚和畚箕打掃，然後幫我用紙箱簡單地貼在窗戶上。

打掃中，我撿起ＣＤ，發現或許是掉落角度和力道的問題，有兩片左右的外殼破掉了。這是我以前聽完之後隨手擺一邊的，所以沒什麼關係。架子上阿魯米的項圈仍舊待在原處。

我盡可能不去想任何事情，但這樣當然違反人類常理。我腦中浮現一個不安的念頭。會不會影響到琪卡？

我感到很擔心。我首先想到的，當然是不希望她的身體受到任何傷害，不過即使她本人沒事，對我和琪卡來說，房間的重要性也完全不同。

我腦中閃過琪卡提過的可能性：受傷的現象容易造成影響。

如果對琪卡的房間造成影響，希望只是跟我的房間一樣，頂多只有已經沒在聽的ＣＤ破掉。

我的房間即使稍微遭到破壞也沒關係。受傷的話，只要不危及生命就行了。

可是我不想看到琪卡傷心的面孔。

對於只看得到眼睛和指甲的她，我真心地這麼想。

雖然擔心，不過目前也只能為琪卡和她的房間祈禱，希望安然無事。我仔細排列原本亂放的書籍和ＣＤ，希望能夠對琪卡的房間帶來良好影響。

我在通風變得良好的房間又稍微睡了一下，到了早上對父母親解釋窗戶的事。我把鐵板拿給父親看，他以自己都覺得半信半疑的語氣說出想法：

「該不會是飛機零件吧？」

姑且不論事實如何，這個說法的確有可能發生。父親之所以這麼說，是因為最近在這座城鎮的上空，一直有戰鬥機在盤旋。不論每一天有多麼平穩，國家仍因為處於戰爭中而慌亂，即使有一架維修不良的飛機也不足為奇。

到了學校，隔壁座位的田中已經坐在自己的座位上。她正在和其他人聊天，完全不看我一眼。我原本以為她會對我說些什麼，但是卻猜錯了。我原本準備好要盡可能承受所有攻擊，但卻什麼都沒發生。

彷彿沒有人發生過任何事般，第一節課結束，第二節課開始。

我試著建立一個假說。

田中或許把我當成沒有必要認知的大眾之一，就像街上熙熙攘攘的行人當中的一個，這一來殺死阿魯米的傢伙就消失了——她也許藉由這樣的思考方式來控制憎惡。實際上，隔壁座位的田中在把講義傳給我的時候，也毫不躊躇地遞給我。

如果假說正確，那麼我會覺得她「總算」想通了。隔壁座位的女生不再把我當成一個人看待。這一來雙方總算變成對等的。

即使沒有意義，這樣才是正確的。這一來彼此就能好好過自己的人生。

我回到家，像平常一樣去跑步，到了晚上就前往公車站。琪卡不在那裡。

我雖然擔心琪卡的房間，不過我也沒辦法抓準見面的時機。或許有辦法去抓，但是目前我還不知道其中的規則。

我只能跟以前一樣耐心等待。我已經有心理準備。

然而在過了三天、五天、一星期、兩星期，窗戶已經完全恢復原狀，學校生活也即將進入暑假，我不免越來越焦急。
她會不會受傷了？
該不會跟房間的事完全無關，只是琪卡不想再看到我了？是因為當時我不小心說出口的話嗎？不，我的心意並沒有傳達給她，所以也沒什麼不小心的。
不安的心情不斷變化形貌，煎熬著我的心。我盡可能不去想像再也無法見面的情況，並自認得到一定程度的成功。
我知道會造成精神上的消耗，不過每晚我還是會全心全意祈禱，打開候車亭的門。也因此，當我今天看到琪卡眼睛的光時，便踉蹌地跌入長椅，手貼在椅子上，以不自然的姿勢坐下。
「啊，抱歉。」
我想到琪卡也許會擔心我的身體狀況，便先開口道歉。事實上，我的身體此刻充滿了安心感。我的聲音當中或許也摻雜著喜悅。
「沒關係。」
琪卡只有這麼說。如果我敏銳到能夠從她的聲音察覺有異就好了。或許我平常有那樣的能力，可是在充滿安心與喜悅的現在則完全缺乏。
「我一直在擔心妳。看到妳沒事，我就放心了。我的房間窗戶破了，所以我很擔心妳有沒有受傷。」
「我沒有受傷。」

她的眼睛沒有看著我。我竟然對此也不覺得奇怪。

「那真的太好了。」

琪卡沒有理會我說的話。

直到我呆呆地想到「琪卡今天的話有點少」，湊過去稍微探頭窺視她隱形的臉，才終於發現不太對勁。

我沒有立刻察覺是哪裡不對勁，不過當琪卡發現我的動作而把視線移到我身上，我總算明白了。

「琪卡，妳的眼睛怎麼了？」

「咦？」

「光好像比較暗。」

就如這句話字面上的意思，仔細看，琪卡眼睛的光感覺比平常微弱，簡直就像抹掉螢光顏料般，出現色彩上的變化。

琪卡的反應也很奇怪。她起先立刻把臉轉開，接著她似乎覺得，既然已經被看到就沒有躲藏的意義，便放棄閃躲再度望向我。單從眼睛的動作，似乎就能夠感受到她的情感。

「以後會恢復，不要緊。」

「妳果然受傷了嗎？」

我想起剛剛琪卡避開視線的樣子，心中有些猶豫該不該問，不過還是擔憂占了上風。

「與其說是受傷——」

琪卡欲言又止。句子與句子之間的空隙每增加一秒，我就更加後悔不該詢問。我正要說「還是算了」的時候，她就阻止了我。

「在你們的世界，有沒有哭到眼睛腫起來的情況？」

「有啊。」

「就是那樣。」

也就是說，她哭了。不過眼淚的原因未必都是因為悲傷。也因此，我聽了琪卡的話，在同情或擔心之前，首先想像淚水反射著眼睛的光、沿著臉頰滑下的樣子，心想那一定很美。

我立刻感到後悔，思索琪卡的淚水源自悲傷的可能性。

「妳的房間裡有什麼東西壞掉了嗎？」

琪卡沒有立即回答。問與答之間的空檔，呈現的是回答者的意願。我只能等待。琪卡眼中的光比平常更纖弱，看似無聲地在搖曳。

「你的房間呢？」

「嗯？」

「你的房間除了窗戶以外沒事嗎？」

「嗯，只是有點亂，不過沒事。」

「這樣啊。那就不知道是怎麼影響的。沒有了。」

沒有了？消失了？是什麼意思？我來不及思索答案或開口詢問，琪卡就告訴我：

「我的房間沒了。」

「……什麼？」
「什麼都沒有留下來。」
「沒有留下來？」
她是指字面上的意思嗎？如果是的話，這樣的災難描述未免太嚴重了。
我的房間明明只有那點程度的受害。
我腦中浮現以前在電視上看到、在火災中全部燒毀的屋子，不過這樣的想像大概不正確。原因是什麼？和我的房間一樣，是飛機碎片掉下來了嗎？是戰爭嗎？是燒毀了嗎？還是被奪走了？
我一邊思考該怎麼回答，一邊看著琪卡的側臉，結果我想到的幾個膚淺答案都被下一個驚愕沖走了。
我得知琪卡的臉頰和下巴跟人類是一樣的。
光在流動。
我的想像是錯誤的。
不是眼淚反射著眼睛的光，而是光摻雜在淚水中滑下來。
隨著一顆顆淚水，琪卡眼中的光一點一滴地變弱。
「琪卡。」
我明明沒有準備任何安慰或鼓舞的話，只因為害怕保持沉默，就不小心喊了她的名字。
琪卡的臉轉向我。

為了負起呼喚名字的責任，必須由我開啟對話。
「我可以問妳發生什麼事了嗎？」
「……嗯。」
我原本以為她很有可能拒絕，不過她點頭，告訴我發生了什麼事。
原因果然還是戰爭。
最近就連平時不太常作為戰場的琪卡居住的地區，都受到戰火波及。阿魯米死掉的時候，琪卡說附近有從事戰爭工作的人死了，也是因為這個理由。後來琪卡的家終於也被捲入。她沒有聽說詳細情形，無從得知現況，不過根據她聽來的傳言，在她的國家從事戰鬥的人選擇以殺傷敵人為優先、而不是保護自己國民生活的武器，因此對民宅造成莫大的破壞。當琪卡離開另一處避難所回到家中時，看到自己的房間牆壁被炸飛，裡面也遭到破壞。
「聽說那裡在戰爭中，好像被當成藏身的地方。」
應該不是故意的。或許還保護了某個人的性命。過去只是運氣好，沒有被捲入戰爭。可是這些──
「根本無關緊要。」
聲音雖然細微，聽起來卻像怒吼；如果不壓抑，悲傷似乎就會強烈到毀滅自己。
「我的世界消失了。」
從琪卡變弱的光，又掉出一顆光的粒子，從下巴滑落。
我沒有辦法立刻開口說話。部分理由是單純不知道該如何回應。我沒有失去過那麼重要的東西，也沒有失去過自己的世界。或許失去阿魯米時就是這樣的情況，不過我回來了。

我感到心痛。面對琪卡莫大的悲傷，我的心感受到劇烈的痛楚。然而我明白，沒有共同感受的我即使說自己也感到心痛，也沒有任何意義。因此我全力壓抑，避免透過表情或聲音傳達給琪卡。

我能說什麼？我能做什麼？

我反覆思考，但不論我做什麼，也沒有辦法讓琪卡再度擁有她的房間。我無法將琪卡房間裡的世界還給她。

如果我知道至少一樣琪卡想要的東西就好了，可是不論我現在給她什麼，也絕對無法抹去她的悲傷。

我是如此無力。

「不過幸好妳沒事。」

我自認應該能夠得到容許的這句話，也在說出口之後，立刻發現其中根本的謬誤。琪卡說過，一般人民不會因為戰爭而死去，因此這種話無法提供任何安慰。戰爭不是自然災害。它不是人類絞盡腦汁最終也無法抵抗的東西，而是因為人類的愚蠢引來的。基本上，戰爭是沒有必要發生的東西，因此不可能產生「沒事就好」的感想。

更何況對琪卡來說，活著就只是為了欣賞自己喜歡的東西。

光是安全地活著，怎麼可能會有意義？

「琪卡，妳別死。」

恐懼刺中我的心，化作言語脫口而出。

我還來不及後悔，琪卡就搖頭。

「我不會死。」

即使看不到表情，我也知道這句話不是經由強烈意志進行的否定。

「可是我不知道我要在哪裡生活。」

我也不知道。

我連自己生活的意義和場所都還不知道，因此不可能知道。

「那個……也許妳現在還沒有心情動手，不過有沒有辦法重建妳的房間？」

「我不太清楚。聽說因為戰爭的關係，這陣子都沒辦法展開復興工程。我現在住在附近××的家，可是如果有居住的地方，國家就會把復興工程排到後面。真奇怪。活著不應該是指這種情況。」

「妳現在住的那個地方，有自己的房間嗎？」

「沒有。他們說，活著不需要個人的房間。」

為失去自己的世界而感到悲傷，對於環繞自己的世界、無法改變的狀況感到絕望——琪卡的話當中，承載著這些沉重的情感。

我心中產生一個念頭。這個念頭搥打著胸口，彷彿要把心臟敲碎。

如果我們此刻處在同樣的世界，讓我能夠實際伸出援手救助琪卡，不知道有多好。

如果我在琪卡的世界，就算不能替她重建房間，就算不能停止戰爭，至少也能知道慘況，站在她的旁邊。

妄想、夢想、空想是沒有意義的。

妄想、夢想、空想都無法喚回琪卡的房間。

只有事實存在。琪卡和我此刻在這裡，住在各自的世界，沒有辦法前往彼此的世界。即使有辦法，現在也還不知道。

目前只知道，有兩個世界存在，而且似乎會彼此影響。

只知道……

「對了。」

我腦中似乎響起從來沒聽過的聲音。

「如果戰爭結束，就能修復琪卡的家嗎？」

「……大概要等到明確分出勝負、而且下一場戰爭不會馬上開始的時候，或者即使戰爭沒有結束，只要一直下雨，應該就可以。不過要等到戰爭停止或長時間下雨，都要等很久。」

我需要鼓起相當大的勇氣，才能提出我想到的念頭問她：

「有沒有其他停戰的情況？」

我害怕自己會惹怒琪卡。我擔心她會說「不要侮辱我」、「不要隔岸觀火」、「你又不是當事人，不要同情我」之類的。

「比方說從事戰爭的人之間發生傳染病的時候，還有——」

但是我想要為琪卡盡力的心意是真的。

我想要對拯救我的琪卡報恩。這樣的心意當中沒有虛假的成分。

「另外就是警鈴沒有響的時候。」

「對了，妳以前說過那是神聖的——」

「沒錯。雖然不太常發生，不過曾經有幾次，警鈴沒有依照時間響起。就像我說過的，那是神聖的東西，所以沒有替代品。狀況不好的時候，就要等好一陣子才會恢復。」

「警鈴壞掉了會怎麼樣？」

「警鈴受到嚴密保護，所以不至於壞掉；不過我在書本上讀過，那是用很古老、很複雜的技術做出來的，現在已經很難修理了。」

「這樣啊……」

我突然想到一個點子。

想到的點子變成意志。

人類就是這樣選擇行動。

「原來就是這個。」

「咦？」

也許就是這個。

一切或許都匯聚到同一個目的。

「這就是我能做的事情。」

「你在說什麼……」

「這就是兩個世界連結在一起的意義。」

「咦？咦？」

我沒有理會琪卡的困惑，被自己綻放刺眼光芒的意志蒙蔽了眼睛。

我立刻道歉並蒙混過去。我不知道琪卡有沒有被蒙混，不過至少她表面上似乎接受了。現在只要這樣就行了。我不能讓她抱太大的期待，所以下次再說吧。到了下次，如果我的想法被證明是正確的，就可以手牽手慶祝了。如果是錯誤的，只要再摸索其他可能性就行了。

我以為我這麼想，不過其實我只是假裝這麼想。

事實上，我相信這個想法絕對不會錯。

我相信這不是妄想、夢想或空想。

沒錯，我相信，如果我能夠停止琪卡的世界的戰爭——

那就會成為這一切的意義了。

因為我現在抱持著如此堅強的意志。

影響——

既然琪卡把我從絕望中救出來，我應該也會把琪卡從絕望中救出來——我願意如此相信。

或者也可能只是單純的期待。

※

我要破壞警鈴。

我相信只要在這個世界破壞相當於警鈴的東西，在另一個世界無法下手的警鈴就會壞掉。

我思考我和琪卡之間屢屢討論到的問題：影響是發生在我和琪卡之間，或是依據場地發生。我一直主張是受到場地的影響，不過想到腳受傷的事件、鞋子上有洞的事件，還有這次房間的事件，我開始懷疑（雖然是有些傲慢的想法）連結兩個世界的，或許真的是我們兩人。

如果是的話，那麼就如阿魯米那次，要在這個世界找出警鈴應該很簡單。

我每天聽到、並且被控制行動的聲音，就只有一個。

鐘聲。我要去破壞學校的鐘。

我並不是沒有為了要再度犯下罪行而躊躇，不過這次即使鐘壞了，也不會有任何傢伙死去；相反地，破壞它反而有可能拯救生命。

準備所有工具，花了我一天時間。

半夜潛入學校、觀察警衛和加班的老師，花了兩天時間。

我是在了解會被發現、被逮捕、被責難的前提下準備採取行動，所以也可以立刻付諸實行，不過如果在達成目標前遭受妨礙，那就得不償失了，因此必須縝密地進行準備。

直到執行的那一天，我都沒有見到琪卡，只是過著跟平常一樣毫無變化的生活。在這段期間，我確認了破壞廣播儀器的方式，也調查了以前做過同樣的事的蠢蛋受到什麼處分。

基本上，我總是想著琪卡，並且也希望如此。我絲毫不覺得接下來要採取的行動是錯誤的。

然而在此同時，半吊子的我也對家人感到抱歉。

我那無趣但善良的家人，並不知道他們的兒子準備要去破壞學校公物，引起騷動。我即將害他們至少被學校叫去談話、嚴厲警告、承受鄰居好奇的視線，並且對兒子產生不信任感。這些並不是值得高興的事。

話說回來，仔細想想其實這也和阿魯米那次沒有兩樣。他們只是剛好是我的家人。人只要活著，就會對其他人造成困擾，或是傷害他人。我必須接受並超越這種事，達成目的。

為了重要的對象。

「我吃飽了。」

在執行計畫的前一天，我吃完晚餐後離開座位。母親在孩子吃完飯說「我吃飽了」之後，總是會說「你吃飽啦」。這時我一定會回應「嗯」，哥哥則會發出拖得更長的聲音回應。固定的每一天——沒有人真心覺得這樣的日常有趣，可是為什麼會持續下去？我感到不可思議。

「啊，對了，香彌。」

我正要回房間時，被母親叫住，回頭看到還在用餐的她注視著我，一雙筷子仍夾著糖醋竹筴魚。電視沒有打開，背景音樂是收音機的聲音。

「我今天打電話給奶奶，她很想見你。因為戰爭的關係，她很擔心你。御盆節的時候去見她吧。」

「我會考慮看看。」

「聽你這個回應，根本不打算考慮吧？」

母親發出無奈的笑聲，咬著竹筴魚說：「偶爾也要去孝順一下奶奶。」

我對孝順祖母沒什麼興趣，不過如果知道我接下來要做的事，祖母大概也不會想要見我。我又說了一次「我會考慮看看」，正準備回房間，就聽到媽媽在背後說「大概是像我吧」。我雖然感謝她養育我，但是怎麼能憑基因或DNA來決定一個人？

我在房間裡休息一小時左右，然後像平常一樣出門。這次我雙手空空。依照計畫，我打算在深夜再度溜出家門執行計畫。

我像平常一樣走去公車站，確認琪卡不在。我獨自坐在候車亭內的長椅，只是靜靜地等候。

我想著琪卡。我不是在想她是誰、與她相逢有什麼意義，而只是單純地想著她。時間很快地過去，沒有發生任何事，我就回家了。

接著等到過了午夜十二點，家裡變得悄然無聲，我背起放入幾樣工具的背包，再度走出房間。走廊上悄然無聲。我以為哥哥還醒著，可是他的房間並沒有透出燈光。

我下了樓梯，前往玄關。我原本打算直接走出家門，可是當我把腳伸向運動鞋，忽然想到某個可能性。

我感到猶豫。這並不在我的預定當中，但是只要有些許的可能性，我就必須處理。

我轉身走回客廳。

在家人團聚的場所，從我小學時就放著收音機。
我拿起收音機，再度走向玄關。這回我穿上了運動鞋，為了避免吵醒家人，緩緩地打開門。
這時我好像聽見有人從背後叫我，不過這只是我虛構出來的幻聽。
我衝到外面鎖上門。
夜晚的空氣填滿我的肺部。
我感覺身體變得輕盈，情緒也變得高昂。
我把背包和收音機放在腳踏車籃子裡，開始奔馳。途中我停在空屋後方的大型垃圾置放處，把舊收音機砸在水泥地上。零件散落在地面，一看就知道已經壞了。雖然發出很大的聲音，但是沒有任何人跑來的跡象。我再度騎腳踏車奔馳。
值得慶幸的是，我們學校是舊公立高中，設備和最新的保全系統有天壤之別。雖然說打破窗戶應該會立刻響起警報，不過我的行動瞬間就會結束。
具體而言，我要越過一樓廣播室後方的圍牆，打破窗戶，破壞廣播器材。就只有這樣而已。
我不會畏懼警報和監視攝影機。我並不打算逃避罪責。我是為了重要的人採取行動，沒有任何虧心之處。如果在這個世界會成為有罪，那也是沒辦法的事。
我完全沒有去想，如果停止那個世界的戰爭，這個世界的戰爭或許也會停止。因為我毫不在乎。
我只是想著琪卡，身體就自然採取行動。

我沿著環繞學校的圍牆，來到預先看準的地點，停下腳踏車，從背包裡拿出小斧頭，丟進校內，然後翻身越過圍牆。

我撿起斧頭，檢視手錶。

我不知道這一切會不會順利。也許會徹底失敗。

即便如此，我也要憑自己的意志行動。

我的情緒無比高昂。

我朝著窗戶舉起斧頭。

半夜潛入學校、打破學校的窗戶，還有接下來要做的壞事，都不會讓我感到緊張。

只有一件事支配著我的內心，讓我情緒高亢。

我一定一直在期待這種事。

這一來，我是不是能夠成為她的英雄？

月光把我滿面的笑容映在窗上。

我把斧頭朝著那裡劈下去。

※

很想見某個人的時候，絕對不可以奔跑。

我有這種感覺。

身體的震動、流下的汗水、凌亂的呼吸，會讓思念煙消雲散。這樣的夢想在我心中宛若真實。

我為了避免心情隨著二氧化碳一起吐出來，連呼吸也壓抑到最低限度。

此刻我正靜靜地走向琪卡每次出現的公車站。

耳中聽到的只有腳步聲，以及風吹動枝葉的聲音。

我把腳踏車騎到之前藏匿阿魯米的公車站，丟在那裡。

計畫進行得很順利。我迅速地執行，並逃到這裡。話說回來，現在學校一定陷入騷動，或許也已經知道犯人是誰了。

不過我和這個地點，此刻都和那樣的喧囂無關。

如果學校的鐘和另一個世界的警鈴真的彼此影響，我預期不需要破壞全部。襪子和鞋子、窗戶和整間房間、阿魯米和好幾個人——這個世界的破壞程度和琪卡的世界是有差別的。在這裡小小的災害，到那裡也會變成巨大災害，傷害到人類與物品。關於受傷，或許是因為體力和身體表面積的不同，所以琪卡的傷勢才會比較重吧。

這當然只是我的期待，不過我總覺得這條法則很可信。我並沒有根據，只是直覺而已。

計畫順利結束之後，我突然很想要見到琪卡。

這當然也只是我的期待，不過我覺得應該能夠立刻見到琪卡。

天空開始變成群青色。我沒有在這種時段來過公車站。

如果琪卡真的在那裡，我該說什麼？我只希望她露出開心的笑容。

我想著這些，抵達公車站。

或許是我比自己想像的還要累，當我要用手指鉤住拉門的門把時，一度抓空了。我再次確實鉤住門把，拉開門。

琪卡在那裡。

「為什麼……」

我明明相信能夠遇見，可是卻不禁說出這樣的話。為什麼在這個時間出現？為什麼一如我的願望出現在這裡？為什麼？

「我想要早點見到你。」

「我也是。」

這不是謊言。

「不過我沒想到你真的會來。」

我也是。

我坐在長椅上。或許是因為全力踩腳踏車，我感覺到大腿緊繃。

我望向琪卡。她的眼睛似乎充滿了和平常不同的情感。雖然無法完全辨識，不過我感覺到其中摻雜著驚慌。

「香彌。」

她的聲音在顫抖。難道又發生什麼讓她哭泣的事件了？

我正感到擔心，她就眨了幾次眼睛，低聲說：

「警鈴壞掉了。」

我感覺全身的力氣頓時消失。

身體的緊繃、內心某個角落感覺到的緊張、不安、憂慮、一切的一切，全都從身體釋放出去，就好像支撐自己的核心消失，身體即將當場崩倒。不過我立刻感受到填滿內心的東西，就像備用電源般支撐我的身體，讓我的嘴巴能夠活動。

「太好了。計畫成功了。」

琪卡睜大眼睛。

「是你做的？——不對，我就是猜想是你做的，所以才會到這裡。」

「嗯，沒錯。我想到可能和警鈴有關的東西，於是就去破壞它。」

「什麼?那不是很重要的東西嗎？」

「在這個世界不算什麼。雖然會受到一些處罰，也許有十天左右沒辦法來這邊，不過更重要的是，幸好成功了。」

琪卡沒有眨眼。

「這一來，戰爭就會停止嗎？」

我看著琪卡。她確實點頭了。這不到一秒的時間，帶給我無比的幸福。

「我們得到通知，明天開始會停戰一陣子。」

「妳的家呢？」

「聽說在停戰期間，會修復被破壞的房子。」

「那真是太好了。」

我的心中充滿喜悅。琪卡可以重新得到她的房間。琪卡可以重新得到她的世界。她可以重新得到生存意義，不需要再感到悲傷。對此我真的很高興。

可是為什麼——

琪卡沒有讓我聽見安心的聲音或高興的聲音。

「香彌。」

呼喚我的聲音是沙啞的。怎麼了？

該不會是——我腦中閃過最糟糕的預感。

如果我的行動操之過急怎麼辦？我沒有跟琪卡商量，就去破壞相當於警鈴的鐘，但是如果說，神聖的警鈴對琪卡也是很重要的東西怎麼辦？我原本以為琪卡對自己以外的事物沒有興趣，不會去在意神聖與否的問題，但如果這是錯誤推論怎麼辦？

我突然感到全身籠罩著不安。

「我、我、我……」

或許是因為嘴唇在顫抖，她無法順利說出句子。我緊張地吞嚥口水，等待她說出清晰的句子。

「香彌。」

「……嗯。」

「我能為你做什麼？」

這個問題和我原先種種預期都不一樣，讓我不禁發出沒有任何意義的聲音：

「咦？」

「你努力守護我的世界，那麼我能夠為你做什麼？」

琪卡緩緩地眨眼。一顆光的粒子從右邊滾落下來。

「呃……妳在說什麼？琪卡，如果我讓妳感到傷心，真的很抱歉。」
兩個光點激烈地左右搖晃。
「我並不是在傷心。」
這是我至今聽到琪卡發出最強烈的聲音。不過這並不重要。只要她不傷心就好。
「那就好。」
「……為什麼？為什麼你要為我做這種事？為了住在不同世界的我——」
為了無法體驗相同心情、甚至無法看到全身的琪卡。
仔細想想，理由只有一個。
「我只希望妳感到高興。」
我聽見吸氣的聲音。
「香彌。」
「嗯？」
「我要做你想要的事情。」
我歪頭表示不解。
「如果你想要知道關於我的世界的任何事，我都會告訴你。我希望能夠盡可能報答你為我做的事。你是我很重要的人，我想要盡可能報答你的溫柔。」
「喔，原來是這樣。」
我總算發現，她為了我做的事感到高興。
不只如此，她還說我是很重要的人。還有比這個更棒的嗎？我的意志讓琪卡得到幸福。還有比這個更棒的嗎？

應該沒有。

不過有一件事讓我感到在意。

琪卡的話中只有一個錯誤。

我的行動不是出自溫柔。

不是那麼無關緊要的理由。

我想要證明這一點。

一定是因為奇妙的興奮沒有平息。我陶醉在自己的行動和琪卡的喜悅中。如果在清醒時想到這時的自己，我一定會滿面通紅。

「琪卡。」

「嗯？」

「那麼我有一件事想要拜託妳。」

「嗯。」

「我想要摸一下妳。」

「咦？可是，這麼簡單的事情……」

「這樣就行了。」

琪卡聽我這麼說，雖然莫名其妙，但還是點頭表示同意，然後注視著我。我抬起屁股，接近琪卡的身體。

我挪動一個身體的距離、兩個身體的距離，然後來到不曾如此接近的距離。我們兩人都斜向坐著，因此我的膝蓋首先碰到（應該是）琪卡膝蓋的部位。

「如果妳覺得不舒服，就跟我說一聲。」

我等她點頭，然後緩緩把右手伸向琪卡看不見的身體。

我當然不是因為假設琪卡的身體構造和人類女性相同，因此想要放縱性欲去摸她的胸部。

我只是想要確認她在那裡。我想要體認到這一點。

我不是因為溫柔而想要讓琪卡幸福。我不是憑溫柔這種曖昧不明的感情行動。

我已經無法繼續矇騙。

我是因為琪卡對自己是很特別的人，才這麼做的。

她對我來說不只是異世界的居民。我打心底珍惜她的言語、想法與感情，所以才這麼做。

終究只是出於自己的意志與自我主義。

我想要藉由行動，告訴自己這一點。

我想要灌輸自己，正義感和慈悲都是謊言。我的指尖接觸琪卡小小的發光指甲。

我感覺到琪卡依舊冰冷的手。相當於人類手背的這個部位，和人類一樣有隆起的青筋。

我用手指摸索，沿著她的手往上，摸到好像是手腕的部分，然後再稍微往上，就摸到類似柔軟布料的東西。我以為是長袖上衣，但是這塊布卻沒有包住手腕，而是張開的。

「妳穿的是什麼樣的衣服？」

「這種衣服叫×××，也許是你的世界沒有的衣服吧。這是從上面罩住身體的衣服。」

也許是長袍或斗篷之類的，摸起來感覺輕盈而柔軟。

「如果妳不喜歡的話，真的要馬上跟我說。」

「嗯。不過我不討厭被你摸。」

對於她的信任，我純粹感到高興，也有些害怕。

我從衣服上方戰戰兢兢地握住（應該是）琪卡的手臂，緩緩往上，途中摸到類似骨頭凸起的部位，大概是肘關節吧。從這裡開始，琪卡的手背變得稍微粗而柔軟。再往上，又有骨頭凸起的部位，大概是肩膀。

「跟我們的身體是一樣的。」

「嗯，我看得見你，所以早就知道了。」

琪卡瞇起眼睛，似乎覺得很有趣。這就是我僅知的琪卡的笑臉。在這麼近的距離看到，不免心跳加速。

我已經達成目的，應該可以停手了，但是我卻說不出「可以了」。

我的手指往脖子的方向滑過去。

我摸到類似脖子的東西，看到琪卡的眼睛稍微晃了一下，連忙把手指移開。

「怎麼了？」她問。

「我擔心妳會覺得討厭。」

「……你真溫柔。」

琪卡再度瞇起眼睛，移動手指甲，輕輕握住剛剛還摸著她的我的手。接著她把我的手拉向自己的脖子，放在我先前摸到的地方，就好像在安撫可愛的動物一樣。

琪卡的脖子跟人類一樣有脈搏。即使裡面流的是跟我們不一樣的發光血液，我仍感受到這是生命。

我把指頭往上滑到下巴。

那裡有臉部的輪廓。我撫摸著小小的輪廓，琪卡就發出好像很癢的笑聲。我的手指感覺到琪卡呼氣產生的空氣流動。

我把手指貼在臉頰上，避免立起指甲，輕輕確認觸感，然後把手掌貼上去。琪卡的臉頰染上我的手掌溫度。我們雖然處在不同的世界，卻彼此分享體溫。

琪卡在這裡。

「琪卡。」

我覺得自己再也不能以現場氣氛、太過陶醉、不小心脫口而出等等當作藉口了。

「什麼事？」

即使沒有說出來，感情應該也能隨著體溫立刻傳達。

那麼我想要憑自己的意志說出來。我在內心注入力量。

「琪卡，妳或許沒辦法理解，我也不打算要求妳理解，可是我純粹因為自己想要這麼做，所以想要告訴妳一件事。對不起。」

琪卡一開始大概覺得莫名其妙，不過她仍舊把我當成重要的朋友，因此把自己的手掌重疊在臉頰上的我的手上，對我說「告訴我吧」。
我不知道卯足了多少勇氣，才能說出：
「我喜歡妳。」
「嗯，我也喜歡你。」
「不是這樣的。」
琪卡放在我手上的手稍微動了一下，大概是取代歪頭的動作吧。
「我之前應該也跟妳說過，我們的世界有『戀愛』這樣的概念；和朋友不一樣，和家人也不一樣。老實說，我沒辦法向妳說明戀愛的定義。不能稱它是某種東西的延伸，也不知道它和性欲之間的明確關聯，不過此刻它的確存在於我的心中。」
我之所以在這裡吞了一次口水，是因為我膽小到必須先停下來呼吸一次。
「我說我喜歡妳，是指戀愛這樣的感情，所以我才想要摸到妳。不過這是妳不知道的感情，就像我有時候聽不見妳說的單字，所以對不起，我只是自己想要說出來而已。」
我此刻的表情不知道有多窩囊。
「對不起，我太自私了。」
琪卡從近距離凝視著我。
只能看到眼睛的她不知道在想什麼。我沒有敏銳到能夠讀取一切。她感到震驚嗎？她面對陌生的感情會感到害怕嗎？在她的世界會不會有我所不知道的負面情感，而她此刻正懷著那樣的情感？
不論我如何在意，都無從得知真相。所以我只能等待。

我默默地注視琪卡的眼睛。
「香彌。」
我從來沒有因為被呼喚名字而如此緊張過。
兩人的視線都沒有離開彼此身上。
「告訴我親吻的方式吧。」
我就如某一天般，心臟強烈地震動一次。
「咦？」
「對不起。就像你說的，我不了解戀愛這樣的感情。」
「嗯。」
「不論那是多麼強烈的感情，我都無法理解。不過我很重視你，也想要重視你那樣的心情。所以我希望你告訴我。戀愛中的人，都會做『親吻』這件事吧？」
我明顯地感到不知所措，幾乎到可恥的地步。
「可、可是，親吻——」
「是要把嘴唇貼在一起吧？」
「呃……是這樣沒錯。」
琪卡沒有把視線從我身上移開。
「我要怎麼做？」
「琪、琪卡，妳不會討厭那樣嗎？」
我至少必須先問這個問題。

「如果妳是因為我破壞警鈴，為了報答才要忍耐的話，我希望妳不要做這種事。」

「不是那樣的。」

琪卡很果斷地否定。

「在我們的世界，沒有把嘴唇貼在一起的文化，所以關於這件事，我沒有忍不忍耐的問題。我想要這麼做，是因為我很重視你和你的心情。如果你不喜歡的話，也可以不要做。」

琪卡邊說邊收回接觸我手背的手，放在自己的膝蓋上。

她要交給我做決定。

因為是琪卡的世界沒有的概念，是她不知道的文化，所以應該能夠找個理由來迴避。

可是我——已經無法逃避對琪卡的戀愛情感的我——不想因為拒絕，而被認為對她說的話當中有任何虛假。

不對，這終究是藉口。

我只是想要去摸琪卡，想要盡可能接近她。

我想要知道她嘴唇的觸感。

我是憑意志如此決定。

因為喉嚨緊繃，我說不出要開始了。

我用原本放在琪卡臉頰上的手指，從眼睛的位置找到嘴巴。我感覺到自己的手指在顫抖。

「這是很可怕的事嗎？」

她察覺到我在顫抖。

「呃，不是，不過也許很可怕吧。我會覺得自己再也沒辦法脫離這樣的心情了。」

「沒辦法脫離會很討厭嗎？」

「只要有妳在，就不會討厭。」

「我在。」

琪卡瞇起眼睛的臉在動。我把摸著鼻子的手指往下移動，摸到格外柔軟的部位。琪卡的眼睛恢復圓形的同時，我感覺到那個部位在伸縮，大概是原本抬起的嘴角回到原位。

我首度確知琪卡瞇起眼睛的那個表情真的是笑臉，心裡很高興，努力忍住差點要湧到眼中的淚水。

「這裡就是嘴脣吧？」

「嗯。」

「那麼，要請妳閉上眼睛。」

兩個光點立刻消失了。

映在我眼簾的，只有在那裡的黑暗。

可是我摸得到，她確實在這裡。

在旁人眼中，這幅景象一定很蠢。

可是我不在乎。我們除了對兩人而言的真實之外，什麼都不要。

「嘴巴要怎麼做？」

「只要閉起來就行了……啊，可是不用閉得太緊，要放鬆力氣。」

「就像睡覺的時候嗎？」

指尖碰觸的部位失去了所有意志。我撫摸柔軟的部位，發現跟人類的嘴脣形狀相同。上下脣沒有緊閉，張開些許的縫隙。

「不要動就行了嗎？」

「嗯，就這樣，等一下。」

要對方等我的嘴脣？我竟然說出這麼愚蠢的臺詞，害我差點失笑。不過這當然是為了緩和自己的緊張而勉強裝笑，實際上我根本笑不出來。

我感覺到心跳的聲音每一下都更大聲。這樣下去，我擔心連嘴脣都會透露出自己的緊張。

就算擔心，到這個地步我也不打算放棄。意志、意氣用事、戀愛、性欲，全都變成漸層，拋下我心中想要懸崖勒馬的理智。

「那麼，如果妳不喜歡的話……」

「不要緊。」

她打斷我，我也決定不再多說廢話。我害怕決心會和言語一起溜走。

我把放在琪卡嘴脣上的右手中指和無名指移動到臉頰的方向。話說回來，如果沒有標識，就不知道嘴脣的位置，因此我把手掌貼在琪卡的臉頰，然後用大拇指接觸嘴角。

琪卡剛剛說「告訴我怎麼做」，不過現在應該不需要說明，先試著做一次就行了。親吻的方式。

咦？該怎麼做？

我並不是沒有經驗，不過仔細想想，我並沒有特別注意過親吻的方式。應該親吻對方的上唇還是下唇？自己的嘴唇要先讓對方接觸哪一邊？時間呢？強度呢？

我自己也不知道親吻的方式。

或許是因為沒有憑自己的意志做過。

我努力思索，還是不知道答案，但是我也不能讓琪卡等太久。

知識和經驗如果只是持有，似乎也跟不知道沒有太大的差別。

這時候才後悔自己不知道也沒用。

我先低頭深呼吸。

接著我再度看著琪卡的臉應該在的地方，把臉湊過去。

自己的嘴型應該是什麼樣子？

琪卡剛剛說「像睡覺的時候」，我也決定照著做。

我吞嚥口水，放鬆嘴唇的力氣。上下唇之間出現些微的空隙。

我用自己的大拇指確認位置，緩緩接近。為了避免碰到鼻子，稍微歪頭。

兩人都已經無言、無聲。

琪卡在想什麼？會不會覺得像是在體驗異文化？

我不禁期待她能夠抱持其他更強烈的情感，不管是緊張或什麼都可以。我希望兩人能夠擁有同樣的心情。

我的緊張與心跳，彷彿快要威脅這個空間的黑暗。

我不去理會左手腕上的手錶聲音。

然後——

接觸。

雙方的上唇碰在一起。

琪卡的嘴唇像反射動作般微微動了一下。這時我原本準備要停下來，不過因為她沒有拒絕的樣子，所以我決定相信她剛剛說的「沒關係」。

我和琪卡一起呼吸。

從上唇微微觸碰的狀態，雙方稍微互相擠壓，就連下唇都碰在一起。

全身上下感覺麻麻的。有幾秒鐘，我沒有辦法從這個狀態移動。

琪卡的體溫離我很近。在接觸到的嘴唇後方，感覺到更熱的濕氣。

我集中全身力量，把自己的下唇從琪卡的下唇稍微移開，輕輕啄她的上唇。琪卡並沒有反應。我接觸到琪卡的嘴唇表面以外的部分，濕滑的感覺讓我再度感到身體麻麻的。

我只能得到非常陳腐的感想。

琪卡的嘴唇是甜的。

舌頭上明明什麼都沒有，可是我卻確實感受到甜味。

琪卡的嘴唇微微張開。

我心想，時間大概差不多了。

想到即將要結束，我就感到依依不捨。這一定是這輩子最後一次。

但是我不想要造成琪卡太大的困擾。
我把輕輕夾住琪卡上唇的自己的嘴唇謹慎地移開。
同時我也把放在琪卡臉上的右手也移開，摘下從剛剛就很吵的手錶，放在長椅上。
我盯著琪卡的臉應該在的位置，盡量低調地深呼吸並等候，不久就看到兩個光點像水湧出般出現。
我覺得自己主動說任何話都不對，因此便等候琪卡的反應。劇烈的心跳完全沒有平息。
琪卡對於第一次的經驗有何感想？希望她不要感到不愉快——我不是以擁有親吻文化的生物之一、而是以喜歡琪卡的自己的身分這麼想。
「原來還要吸一下。」
從我剛剛接觸的嘴唇，毫無預警地說出這句話。我感覺到自己的心臟全力跳動，把血液輸送到臉部。
到頭來，變得好像是我從琪卡學習親吻方式，就連嘴巴要擺成睡覺的樣子也是她教我的，真是窩囊。
「香彌，你覺得怎麼樣？」
我覺得怎麼樣？
「呃……嗯，雖然妳應該無法了解這種感覺，不過我很高興。」
我知道對方不會理解我在說什麼，因此勉強能夠老實回答。
話說回來，幸好黎明還沒來臨。

「只要琪卡沒有覺得不愉快就好了。」

「我不會不愉快。那是很奇妙的感覺，就好像在緊緊抱住朋友的時候，因為氣勢太猛撞到臉，可是你卻很緩慢、很慎重地做同樣的動作。」

原來如此。我沒有緊緊抱住朋友過，所以沒辦法理解這種情況。

「有沒有什麼規則或決定事項？」

「應該沒有吧。總之，像剛剛那樣的動作，在我們的世界就稱作親吻。」

「時間跟強度也沒有規定嗎？」

「嗯，沒有。」

「那我應該也辦得到。」

「嗯？等等……」

我發覺到原來是自己的說明方式太差了。

琪卡恐怕是誤會了。

她大概是以為，把嘴唇湊近並貼上去那一方的動作才叫作親吻，而接受方只是接受親吻者的動作，不算是在親吻。就像傷害與被傷害不一樣，親吻與被親吻應該也有明確的界線。

也就是說，琪卡大概以為她還沒有親吻過。

「香彌，你可以把臉靠過來嗎？」

而且既然沒有嚴格的規則，她覺得自己也能做到剛剛學到的親吻動作。更何況我又說「很高興」之類的。

「把手貼在臉頰上有什麼意義嗎？」
「沒有，只是因為我看不到妳的嘴唇，所以才作為標識。」
「既然這樣的話，我可以依照自己的方式吧。我希望你再把臉靠過來一點。」
狡猾的我乖乖依照琪卡的吩咐，不願向琪卡說明「親吻也包括接受者的動作」。
我把嘴唇連身體湊向琪卡。我知道接下來會發生什麼事，卻假裝在發楞。
「香彌，準備好了嗎？」
「嗯。」
「閉上眼睛吧。」
她大概也誤認這是規則。我並沒有糾正琪卡的錯誤，閉上眼睛。
由於我把注意力過度集中在嘴巴，因此身體最先感受到的觸感令我意外，並且真的感到驚訝。記憶中的柔軟布料接觸到我的脖子，接著在左右兩邊的雙肩與脖子之間，各有一條細細的東西放在上面。我理解這是手臂。
我雖然感到驚訝，卻沒有張開眼睛，是因為不希望琪卡發現這不是規則而停止動作。為了這種宛若不想從夢中醒來的小孩般的理由，我沒有張開眼睛。
我知道琪卡在我的脖子後方握住雙手。她的手臂施力，我便隨著微弱的這股力量，把身體湊近她。
她很緩慢地、以每一秒都在向我確認有沒有錯的遲緩動作，把嘴唇貼到我的嘴唇上。柔軟而甜美。
在彼此接觸之後，琪卡挪動下唇，輕啄我的上唇。我立刻察覺到她是在模仿我。

我不禁想到，如果是這樣的話，這段時間馬上就要結束了。第一次我還能放棄。

可是不知為何，第二次卻無法完全放棄。

在琪卡的嘴唇離開我的嘴唇之前，我主動去輕啄她的下唇。

這時琪卡像是在模仿我般，挪動嘴唇啄我。

我又做了一次同樣的動作，她也再度模仿一次。

持續進行幾次之後，類似唾液的東西混合在一起。

我發覺到自己主動把嘴唇稍微移開。

「琪卡。」

我在聲音的震動讓琪卡的嘴唇顫抖的距離，呼喚她的名字。

眼睛還沒有睜開。

「什麼事？」

琪卡的手臂仍舊環繞著我的脖子，聲音撼動著我的腦袋和心臟。

「我知道不論我說多少次『我喜歡妳』，都無法讓妳真正明白。」

雖然沒有其他人會聽見，但我卻壓低聲音。

「嗯。」

「雖然無可奈何，不過我還是會因此感到悲傷。所以我自己絕對不會忘記對妳的這份情感。不論記憶變得多麼模糊，即便有一天無法再見面，就算死後只剩下靈魂，我也絕對不會忘記心中的這個心情。我希望妳能夠諒解我這一點。」

我一直渴望獲得不會中斷的「特別」，並且再也不會感到「無聊」。

這樣的理想此刻就在我心中，所以我才說出來。

「嗯，我會諒解你。我也不會忘記，你把在你的世界屬於很特別的心情給了我。我不懂戀愛，不過你對我懷有這麼重要的心情，讓我感到很高興。我是說真的。」

「琪卡，我們為什麼不在同一個世界？」

「的確。真希望有一天可以超越界線。」

我們不可能住在一起。

「琪卡。」

「我親愛的香彌。」

我們也無法隨時見面。

「我喜歡妳，琪卡。」

「嗯。」

我們甚至不知道有沒有確實理解對方說的話，也不知道真正的名字。

只是在雙方的世界交錯的這個地點，互相確認彼此的存在。

比我更接近琪卡的人，在另一個世界。

比我更常見到琪卡的人，在另一個世界。

這種事我也知道。

不過只有在和琪卡共有的這個瞬間，現在活著的此刻，我比任何人都更緊密地與她連結。

我如此相信。這絕對不是我一廂情願的想法。

我閉著眼睛，把手臂繞到應該是琪卡背部的部位。我用力把她拉向我，她也沒有抵抗，任憑我擺布。她甚至也用力抱住我。

這是我第一次希望某個人能夠接近到雙方生命交融在一起。

在全身麻痺的感覺解除之前，我一直保持同樣的姿勢。

※

這個世界的戰爭完全沒有結束的跡象。

或許是因為正逢暑假，或許是我平常的表現被誤認為良好，在監視攝影機立即揪出我是犯人之後，我受到的懲罰只有數量龐大的反省文、在家禁足一星期，另外還有與生活指導老師面談，以及接受校外醫生諮詢。父親痛斥我一頓，平常溫和的母親則揍了我。我擔心被揍的影響會波及琪卡，不過母親的拳頭完全沒有傷害到我的身體，因此我期待琪卡也會沒事。

遺憾的是，家人盯緊我的一舉一動，連去買東西或慢跑都不行。有一次我想要在半夜溜出家門，被哥哥發現，阻止我說「不要惹媽媽傷心」。我的行為已經為家人的人生帶來汙點，因此也不便強行突破。

我當然不是在乎有沒有慢跑。我是想要去見琪卡。

那一天，在那之後，我們決定了今後的計畫。說是計畫其實也只是約定，琪卡在沒有戰爭的日子裡，也會定期到避難所跟我見面。

事實上，我們也不知道警鈴什麼時候會修好，讓她的世界再度開啟戰爭。這樣想的話，也許現在應該讓琪卡好好享受不用到避難所的生活。即便如此，她仍說她想要見我，所以會過來。即使只是因為體貼我的心情才這麼說，我還是感到高興。

我原本打算在家裡要裝得很乖，彷彿什麼事都沒有發生，可是在被嚴厲責罵的四天後，只有一次，在只有兩人的時候，母親再度提起那一天的事。那是我在廚房喝牛奶的時候。

「香彌。」

放在房間角落、音質比以前更好的收音機正在播放廣播。

「我一直猶豫該怎麼說，不過你沒有在反省吧？」

她雖然說一直在猶豫，可是卻問得很直接。

我想了一下，決定老實回答：

「我有反省。我很抱歉替你們添麻煩。」

「也就是說，你沒有反省破壞學校的設備。」

我沒有反省。我知道這是錯誤的行為，不過即使回到當時，我還是會做出同樣的事。這樣應該不能算是反省。

不過我想到立刻點頭也只會增添母親的煩惱，所以思索著該如何回答，母親便嘆了一口氣。

「如果說你沒有反省，那麼那種事對你來說，也有守護某樣東西的意義嗎？」

「嗯，有。」我老實回答。

「我不知道那是什麼，不過你是為了信念而做的吧？」

「沒錯。」

母親似乎比我想像的更理解我。

不過這也只是基因或血統的連結，並不是心靈的連結。

「你不能抱持著為了信念可以傷害其他東西的想法。」

我沒有回答，收音機的主持人就開始播放樂曲，彷彿是要填補親子對話的空檔。

「在下定強烈決心採取行動的時候，或許沒有辦法不傷害到任何人，可是如果積極地去傷害其他人，總有一天就連你珍惜的東西、想要守護的信念，都會成為傷害的對象。比方說，為了家人能夠輕易傷害他人的人，有一天也會傷害自己的家人，到頭來自己也會受傷。我擔心你會變成那樣。」

「這樣啊。」

原來她想要說的是這個。

「所以我說過，我很抱歉造成你們的困擾。」

「你這個人——」

我在深深嘆氣的母親面前，起身把牛奶放進冰箱。我是打心底對於造成他們困擾感到抱歉，可是母親不知道琪卡及琪卡的世界，所以我無法讓她明白我的行動有何意義。即使我說這是傷害他人也值得去做的事，她也不會理解。

而且就算不聽母親用言語說明，我也已經實際為目的而傷害重要的東西，從中得到學習。母親的說教很無聊。

「媽媽也不會一直活著。」

當我要回房間時，聽見媽媽在我後面撂最後的狠話。那當然。人總有一天會死。這是天經地義的。

這天是我最後一次和母親兩人面對面談話。

一星期的禁足解除後，我就像在等起跑信號的賽馬，上午就衝出家門。雖然要花一些時間才能抓住慢跑的節奏，不過值得高興的是，我並沒有感受到體力衰退。就像食物，跑步也是身體要求的東西。

琪卡白天不可能出現，所以我沒有必要前往公車站，不過我不想遇到認識的人、被投以好奇的眼光，因此便往山的方向跑。

我一邊補給水分一邊跑步，到達平常的場所。看到公車站依舊和當時一樣留在這裡，我就放心了。雖然說不可能會輕易消失，不過能夠親眼看到支撐我內心的場所，為我的雙腿再度注入跑步的氣力。

回到家的時候，我已經大汗淋漓，因此便去淋浴並換了衣服，吃母親煮的素麵（註4）。下午我也和上午做一樣的事，很快地就到了晚上。晚餐後我要外出時，引起家人的懷疑，不過我跟他們保證會早點回來，而且不會接近學校，總算在攜帶手機的條件之下獲得許可。目前我並不打算破壞任何一條約定。

4　麵條的一種，夏天吃的時候通常會在煮熟後冰鎮冷卻，然後沾醬汁來吃，常當作簡易的夏季午餐。

時序到了八月，即使吹著晚風也稱不上舒服。我在前往公車站的途中，背上感覺滲出汗水。我喝了母親為了避免我陷入脫水狀態而叫我帶的寶特瓶的水。

我不知道琪卡會不會出現，不過光是她有可能在這裡的可能性，就讓我為了久違的重逢而心跳加速。期待與羞愧使我緊張。

即使她不在也無可奈何。我雖然明白，卻有些夢想著她今天會出現。

這是哪門子的愚蠢高中男生——我藉由取笑自己，稍微得以自在地呼吸。當我打開候車亭的門，就看到這世上獨一無二的光。

「啊！香彌，太好了！」

琪卡如釋重負的聲音，就好像代替我表現出內心緊張解除與喜悅。我有些可恥地期待著她是因為見到我而高興，關上候車亭的門。

「抱歉，我這陣子沒辦法來這裡。」

我回答之後看著長椅，思索應該保持什麼樣的距離坐下。最後理性戰勝一切，我坐在跟平常一樣的位置。

「我沒辦法來這裡的期間，都被關在家裡。上次我也稍微說明過，我受到學校的處分。如果這段期間妳來過很多次，那就抱歉了。」

「我來過幾次，不過沒關係。我原本擔心你會不會很久以後才能再來這裡，所以我現在很開心。」

聽她這麼說，感到更開心的當然是我——我想要這麼說，但終究還是因為不好意思而沒有說出來。我沒有像上次那樣失去理性，以為做任何事都能夠被原諒。沒錯，那時候。我的臉在黑暗中發燙。

「很抱歉害妳擔心了。戰爭呢？」

仔細看，琪卡眼中的光似乎恢復以前的強度。

「警鈴好像還沒修好。我家已經慢慢修復完成了。這一切都是你的功勞。」

「沒這回事。不過真的太好了。」

這一個星期，我心中也有罪惡感。琪卡雖然說沒關係，但是當時我感覺像是拿破壞警鈴當交換條件，得到碰觸她的許可。所以她如果太感謝我，會讓我感到尷尬。不過看到她這麼高興，我也放心了。

「香彌，你說你被關起來，這段期間都在做什麼？」

「沒什麼特別的。我寫了反省文，也有做訓練。啊，對了，我被我媽揍了，妳沒事吧？」

「被揍？你被施加暴力嗎？我沒什麼事，不過你還好嗎？」

「嗯，我完全沒問題，而且本來就是我不好。」

「沒問題就好。」

她的聲音明顯在為我擔心，讓我感到過意不去。換個話題吧。

「琪卡，妳這段時間在做什麼？」

「我在幫忙重建家園，另外為了我的新房間，也在收集要放在裡面的東西，像是書，還有之前帶來的那種香氣。」

「哦。雖然我看不到房間完成，不過真期待。」

幸好琪卡再度對自己的世界抱持積極的態度。就像我說的，雖然我看不到，不過我也可以期待琪卡的世界完成。

「另外還有什麼？」

我一邊等候琪卡回答，一邊把手中寶特瓶的水含入嘴裡。

「對了，我也在想親吻的事。」

我不禁噴出來。真浪費水。有部分的水進入我體內不是用來喝水的地方，因此我咳了幾次。

「香彌，你不要緊嗎？」

「呃，抱歉，不要緊。」

雖然理所當然，不過我這才想到，會感到不好意思的只有我。我往往誤會兩人的文化與背景是相通的。

「難道說在你們的世界，平常生活中想著親吻的事很奇怪嗎？」

「嗯，應該還不到奇怪的地步。我剛剛只是喝水不小心嗆到而已。」

這個矇騙方式還真糟糕。

「喝水要慢慢喝才行。」

「我也覺得。」

「總之，我想到關於親吻的事。你以前不是說過，那是『戀愛』這種感情的表現方式嗎？」

「嗯，差不多是這樣。」

「我開始擔心，不懂戀愛的我親吻了你，在你們世界的文化裡算不算是失禮。」

琪卡很緩慢地眨眼。

「當時我說我也想要重視你的心情，那是真心話。也因此，我想要稍微了解『戀愛』是什麼，才拜託你告訴我怎麼親吻。我想到也許是因為你太溫柔，即使我的行動很失禮，你還是教我怎麼親吻。如果是那樣的話，真的很抱歉。」

「不會失禮。」

我情急之下不禁用強烈的口吻否定。驚訝的心情讓語氣變得強烈。我完全沒想到當時的事會讓琪卡感到擔心。

這讓我重新思考——

完全不知道彼此的文化就是這麼回事。如果從自己的文化來思考，有時就有可能會忽視對方的想法；如果要尊重對方的文化，就會一一懷疑自己的行動在對方眼中是不是很奇怪；實在是太難拿捏了。

怪不得戰爭不會結束。不過關於這一點，我算是幸運的。

我可以和琪卡一起調整彼此的價值觀。

「一點都不失禮。反而是我在擔心，只因為妳感謝我，就做了在你們世界的文化裡沒有的事情，會不會讓妳感到討厭。」

「我一點都不會感到討厭。不論是當時或現在，我是真的很感謝你。而且即使我不懂，我也很高興能和你共享『戀愛』感情產生的行動。」

「這樣啊。我也很高興。」
我只能害羞而已。
「如果不算失禮，那真的太好了。」
「對不起，讓妳感到擔心。不過妳真的不需要擔心會對我失禮。」
相反地，我很高興琪卡跟我一樣在擔心。我當然知道琪卡和我的感情是不同的，不過她也是在不懂異世界文化的情況下，想要設法去理解。
「太好了。呃，如果沒關係的話，我還想要問你一些關於『戀愛』的事。」
「嗯，只要是我知道的。」
說完我才想到，我又知道什麼？
「『戀愛』這種感情，是不是很像想要接近對方的心情？我想到『親吻』這種文化，會不會是因為想要盡可能接近對方的身體才產生的。」
「也許很像吧。我不知道親吻的起源，不過也許就是這樣的理由。跟朋友的差異之一，就是當彼此的心靈和身體接近時，就會感到高興。」
「你也一樣嗎？」
「嗯。」
「那我就接近你吧。」
琪卡說完，眼睛的位置就移動到高處。我還來不及反應，琪卡已經來到很接近我的地方，在我的旁邊、彼此肩膀會碰到的位置坐下。當她坐下時，隔著她身上的不知名服裝，彼此的手肘互相擦過。

「香彌，你不會感到討厭嗎？」
「不、不會。」
我當然不會感到討厭。我不敢在這個距離跟她對看，臉只能朝向正面。應該是琪卡上臂的部位正在適應我的手臂體溫。
「我之前摸到你的手的時候，就覺得你的身體好溫暖。」
「妳的身體感覺比這個世界的人類稍微冰冷一點。」
「我的體溫不算特別低，所以大概是我們比較冰冷吧。」
味道或氣味沒有辦法傳遞，但是溫度卻可以。為什麼會有這樣的差別？我思考著這種事來安撫心臟。
「我的體溫大概比一般人高一點。」
「這樣啊。我有點想要確認看看，不過在這裡只能遇見你，所以也沒辦法同時摸到別人。」
我心想，如果其他人可以在這裡見到琪卡，我會帶他們過來嗎？如果在發覺到自己的戀愛感情之前，或許會稍微考慮看看吧。
「對了，如果你希望的話，要不要我下次帶別人來這裡，看看能不能跟你見面？這樣一來，或許可以得到只跟我見面沒辦法得到的知識。」
依照話題走向，這個提議算是很自然，而且原本應該值得至少嘗試看看，但是我卻搖頭。
「不用了，只要見到妳就夠了。」

雖然是實話，不過這句話背後帶有一些鬧脾氣的成分，不滿琪卡還沒有把我當成特別的對象看待。我盡量避免在表情中透露這一點。

「如果你想要試試看，就隨時跟我說吧。我是為了感謝你，才做這樣的提議，不過我內心也同樣地覺得你很重要，只要能夠跟你在一起就好了。」

小小的彆扭，聽到琪卡的一句話就消失了。

我這個人——還有任何懂得戀愛是什麼的人——是多麼單純的生物。琪卡連戀愛是什麼都不知道，卻能對我說出彷彿完全了解我心意的話。或者正因為她不知道，所以才能毫不害羞地說出讓戀愛中的人高興的話。意識到自己內心戀情的我，有太多話無法對琪卡說出來。

就算不說那些話，我也不想要糟蹋琪卡感謝的心意，因此提出一個建議。這是我在無法見面時想到的。

「那麼，我也可以拜託妳一件事嗎？」

「嗯。」

「我希望妳可以畫圖。」

「咦？可是上次不是失敗了嗎？」

事實上，我曾經帶過筆和本子，想要拜託琪卡寫下她的世界的文化、聽不見的名字以及她使用的文字，但是結果就如琪卡說的失敗了。琪卡沒有辦法拿這個世界的筆和本子。

「當時我把筆遞給妳的時候，筆的確掉到地上；不過就像吃東西的時候可以直接從手上吃，或許由我拿著筆、再讓妳握著，就沒有問題了。」
「原來如此。或許可以試試看。不過你不是要我像上次那樣寫字，而是要畫圖嗎？」
「嗯。我有東西想要請妳畫。」
「什麼東西？」
我無從判斷說出這樣的要求算不算失禮，不過我抱著如果失禮就道歉的準備，決定說出來。
「畫妳的臉。」
「唔～」
「啊，對不起。」
我反射性地道歉，同時在這麼接近的距離之下，今天首次轉向琪卡。我看到她詫異地盯著我。雖然早就知道，不過真的好近。
「你為什麼要道歉？」
「這個……」
我有辦法以平常心說明嗎？
如果想太多，一定沒辦法，所以我決定不經思索立刻回答：
「因為我是愛上妳外表以外的部分，可是現在卻想要請妳畫自己的臉，對妳的外表產生某種感想。我擔心這樣會不會很失禮。」
「原來如此。其實我剛剛沒有馬上答應要畫，有別的理由。所以從各方面來看，你都不需要向我道歉。」

「各方面？」

我詢問她，她便垂下視線，似乎感到猶豫。她無法畫畫，有什麼重大的理由嗎？我是不是在不知情的狀況下，做了很失禮的請求？我擔心地等候答案。不久之後，她沒有看我的眼睛，張開看不見的嘴脣說：

「那個……我真的很不會畫畫，所以就算畫了自己的臉，你大概也完全想像不到我真正的長相。我畫的甚至稱不上圖畫，你看了也不會產生任何感想。」

「稱不上圖畫？」

「應該稱不上圖畫。」

「哈哈。」

我知道這樣笑很失禮，不過琪卡認真說話的態度、明明具有文化氣質卻不擅長畫畫的意外性、因為太過在意而一時煩惱該不該說出來的可愛反應，還有想像到她畫得有多差勁——綜合這些理由，讓我不小心笑出來。

我當然不想要被琪卡討厭，所以立刻道歉。

「對不起。我不是在嘲笑妳的缺點，而是妳說話的方式很好玩。」

我雖然道歉了，但不知道是不是惹到琪卡，她依舊張大眼睛看著我，沒有說話。糟糕，她是不是真的生氣了？

不過她的眼睛似乎和以前發出憤怒聲音的時候不太一樣。當然我也不是很有觀察他人的眼光，直覺不一定準，所以還是再度道歉：

「如果惹妳不高興，真的很抱歉。」

「我並沒有不高興。如果你看到我畫的圖，一定會笑得更厲害。我之所以沒說話，不是因為生氣，而是因為很高興。」

「高興？」

被嘲笑自己的缺點會很高興？琪卡如果有這種傾向，我會更加意外，不過我猜錯了。

「我第一次看到你的笑臉，所以很高興。」

「笑臉……是第一次嗎？」

我知道自己不太常笑，可是和琪卡在一起，心中如此滿足，難道我之前都沒有笑過嗎？

「嗯，就我記憶所及，這是第一次。我不知道在你的世界是怎麼樣，不過在我的世界，看到喜歡的人笑，是很高興的事情。我因為第一次看到，所以一時說不出話來。」

「這樣啊。在我的世界，應該還不至於高興到說不出話，不過……嗯，我看到妳的笑臉也會很高興。」

我想起那一天，當我確認她的眼睛瞇起來就是笑臉的時候，我的身體自然產生喜悅的反應。

而現在，當琪卡很自然地說出「喜歡的人」，我雖然不至於沉默或哭泣，還是感到很高興。

「那我以後會多笑一點。」

「你不用勉強自己笑。不過如果能看到你的笑臉，我會很高興。」

「我會從平常就努力。」

這是我這輩子首度打算要在平日生活中常保笑容。今後會是什麼樣的日子呢？關於琪卡繪畫能力有多差，我必須親眼看到才知道，更重要的是我也不知道實驗能不能成功；不過我還是決定下次要準備筆和本子。

這時我口袋裡的手機震動了一下。

知道我的信箱並且會聯絡我的，就只有家人而已。不用看也知道，一定是母親傳來「差不多該回家了」的訊息。平常我大概會假裝沒看見，不過因為上次事件造成家人困擾，我現在對他們有所虧欠。

「琪卡，我今天差不多該走了。」

「你先走真是難得。」

的確如此。其實我也不想要先走。

「嗯，因為我家裡的人叫我回去。」

「這樣啊。對了，香彌。」

當我知道和琪卡在一起的時間即將結束，在依依不捨的心情增幅的同時，緊張度則相反地逐漸消失。我現在才知道，和喜歡的人在一起會耗費體力和精神力量。離別時雖然遺憾，但也是鬆一口氣的瞬間。

「親吻要在什麼樣的時機進行？」

然而一度鬆弛的力量卻必須立即回到我身上。正要移開的視線被琪卡吸住。

「時機？呃，應該是看氣氛，還有順其自然吧。」

「這個我就不了解了。」

的確，我們連了解對方文化都很費力，要了解異世界的氣氛，難度太高了。
「那麼要在什麼樣的心情之下進行？」琪卡又問。
「就是……想做的時候吧。」
這個回答就跟「什麼時候吃飯？」「肚子餓的時候」一樣蠢。
不過我還能怎麼說？
「我不知道什麼是『想做的時候』，不過你是指戀愛感情變得很強烈的時候嗎？就像對家人的情感很強烈的時候，會彼此擁抱一樣。」
我並沒有對家人產生過那樣的情感，因此不知道答案。
「也許吧。就是喜歡對方到受不了的那種感覺。」
「你呢？」
我無法假裝自己沒有想像過這樣的發展。
「香彌，你現在的心情怎麼樣？」
想要誠實面對琪卡價值觀的願望，以及想要誠實面對自己感情的任性，兩者互相矛盾，讓我猶豫不決而持續煩惱。
最終我只能老實回答。
「喜歡對方到受不了。」
「親吻有限定次數嗎？」
「沒有。」
她雖然說不知道，不過接下來就是氣氛和順其自然了。

雙方都閉上眼睛，看不見琪卡或看得見我都無關緊要了。
兩人在黑暗中確認彼此的存在。
「對不起，我太狡猾了。」
當我們的臉恢復原來的距離，聽起來像是出自我口中的這句話，卻是由琪卡說出來的。
「我想要多試幾次。我想說習慣之後，也許可以做得更好。不過這樣好像在利用你的心情。」
「被擊中要害」這種說法太強烈，聽起來太蠢，因此我不想使用。
「只要妳不討厭，我一點都不在乎。」
最後我還是只能說出蠢話。然後我懷著徘徊在顧慮與愛慕之間的心情，又親吻了幾次才回家。

※

蜜月。
我原本以為即使知道這個單字，也不會有浮現到腦中的一天；然而如果要為我和琪卡的時間命名，雖然感到害臊，但這個詞是最貼切的。
夏天過去，秋天來臨，我們沒有得到更多新資訊，只是在一起度過兩人的時光。我們在沒有人知道的地方，品嘗著從各種時間與地點收集、濃縮的蜜汁。

畫圖的實驗成功了。首先由我拿著筆和本子，讓琪卡從上方一起握住筆，然後同時移動手部，避免讓兩人的手指離開筆和本子。我讓她在這樣的情況下畫圖。至於畫出來的圖畫，我一想起來就會笑，所以還是算了。

我也讓她寫字。不過理所當然地，我沒辦法閱讀她的語言。奇妙的是，琪卡寫出來的字全都在她的手離開筆、我的視線離開本子的時候消失，也沒辦法用手機拍下來。事實上，我以前曾經想要偷偷錄下琪卡的聲音，但是留在錄音中的，只有我像傻瓜一樣、隔著空檔回應的聲音。雖然遺憾，不過看樣子沒辦法跨越兩個世界進行紀錄。我記住文字的形狀回家查，只知道琪卡的世界的語言似乎不存在於這個世界。

到頭來，從本子得到的資訊，就只有琪卡長得像人類女性，以及他們世界的建築似乎是四方形這兩點。

明明是我請她畫的，可是對於無法確切掌握琪卡外觀這一點，我卻有些鬆了一口氣。我得到確信：光是眼睛和指甲這樣的資訊，就足以讓我愛上琪卡。

每一天都過得很快樂。

一般的朋友和情侶之間，或許會有話題枯竭的情況，但我們之間卻完全不會發生這種事。由於彼此的生活屬於完全不同的世界，即使不去刻意找話題，也會有源源不絕的新奇。琪卡告訴我的內容當中，充滿了我不知道的文化及想法。能夠從琪卡的嘴巴發出的聲音得知這樣的內容，對我來說是非常特別的時間。

琪卡跟我談話時，似乎總是會對我的世界進行大量想像。

說證據或許有點誇張，不過有好幾次，她都是從我說話的內容或我的外觀得到各種資訊，發現到我沒有對她說過的事情。

「香彌，在你的世界會有氣溫大幅變化的期間嗎？」

「氣溫？每個季節的氣溫都不一樣。」

「『季節』就是指這樣的期間嗎？」

「嗯……啊，原來妳的世界沒有季節。在我的世界或者說在我的國家，有四種叫作『季節』的東西。現在是『秋天』這個季節，第一次見到妳的時候是『冬天』。現在是從炎熱的季節變得稍微涼一點，第一次見到妳那時候則很冷。」

「這樣啊。怪不得……」

「怪不得？」

「你身上的衣服件數，還有厚重程度都會慢慢變化。在我們的世界，會依據氣溫高的地方或氣溫低的地方、晴天或雨天、太陽升起或下山，另外還有不同工作而改變服裝，不過不會因為過了一段期間而改變。所以我猜想，也許在你的世界，氣溫的變化比較大，有類似你說的那個叫『季節』的東西。」

「哦。我們也會因為不同場合改變服裝，不過基本上是隨著季節改變。這麼說，雖然我看不到，不過妳來這裡的時候，都穿著同樣的服裝嗎？」

「顏色和花樣會不一樣，不過大概沒有像你們那麼多的種類。」

「我的衣服也不算很多，而且來這裡的時候，都只穿方便活動的衣服。白天通常是穿制服。」

這時我想到琪卡的世界或許沒有制服這種東西，有些擔心自己是不是說明不足，不過琪卡立刻回應「就是上學穿的服裝吧」。
「嗯。在妳的世界，也有上學時穿的服裝嗎？」
「沒有。我以前都穿平常穿的衣服去上學。」
我率直地感到驚訝。從白天去上學的情報、還有這段時間穿著的服裝，琪卡就立刻推知制服是做什麼用的。如果是我，大概沒辦法這麼輕易地得到答案。
我一邊想到琪卡果然是值得尊敬的人物，一邊想到她也會去想像沒有見面時的我，不禁感到高興。
「香彌，在你們的世界，女人比男人冰冷嗎？」
「嗯～因人而異吧。在你們的世界是這樣嗎？」
「我在書上讀過，體感溫度是女人比較低，體溫的話男女應該差不多。」
「在我們這裡，通常也是女人比較怕冷。」
「果然是這樣。」
「妳也許以為我只是因為是男人，所以體溫比較高，不過就像我以前跟妳說的，我因為有在運動，所以體溫應該比其他男人稍微高一點。」
「這樣啊。」
「琪卡，妳該不會覺得冷吧？」
「沒有，不要緊。只要你在這裡，我就不會冷。」
也就是說，我們的距離近到她會說出這句話。
琪卡本身應該完全沒有想要迷倒我的想法，可是意圖與結果往往會有無法連結的時候。這一點跟我們也一樣。

我說「這一點」是有理由的。

雖然只是很瑣碎的差異，不過琪卡和我們果然還是不一樣的生物。

有一天，我第一次確實地摸到琪卡的頭髮。當時其實也沒什麼特別的契機，只是因為彼此想要靠得更近，在某個瞬間，我把手放在應該是她後腦勺的地方，被她頭髮部位的觸感嚇了一跳。

「怎麼了？」

「琪卡，妳的頭髮綁起來的部分以下，也是自己真正的頭髮嗎？」

「嗯，是真的。很奇怪嗎？跟你的頭髮不一樣嗎？」

不一樣。

憑我用手摸的感覺，琪卡的頭髮應該是綁成這個世界稱為馬尾的樣子，可是頭髮根部的質感、還有綁起來的位置到髮梢的質感卻明顯不同。一根頭髮因為部位而有很大的質感差異，也是我們所沒有的特徵，不過更重要的是，相較於比一般頭髮稍硬的髮根，髮梢特殊的觸感讓我感到驚訝。

琪卡的頭髮在髮梢以上的十公分左右，如果用目前我所知道最接近的材質來形容，就像是有彈性而柔軟的鐵絲。

雖然說是鐵絲，但並不是以堅硬固定的形狀存在，而是如我們的頭髮，綁成一束垂下來並晃動。我過去或許有偶然碰到過琪卡的頭髮，但是並沒有注意到有什麼特殊之處，大概就是因為具有這樣的柔軟度吧。話說回來，她的頭髮如果拿來刺人，應該可以刺破肌膚。這或許就是琪卡要把頭髮綁在腦後的理由。
這個世界存在著類似這種觸感的東西嗎？
「香彌，如果你覺得不舒服，就不要摸吧。」
在我思考的當中，不知道是傳遞了什麼樣的訊息，害她不必要地操心，讓我打心底後悔。
「雖然是沒有摸過的觸感，不過一點都不會不愉快。我反而很高興，還能發現到我不知道的部分。」
我當然也明白，關於琪卡幾乎都是我所不知道的部分，但是能夠不斷發現不知道的部分，確實讓我感到無比的喜悅。
我沒有告訴琪卡，但剛剛那句話還有後續。
我很高興，又發現到新的喜歡的部分。
「香彌，我也可以摸你的頭髮嗎？」
「嗯，當然了。」
琪卡摸了摸我因為天氣變涼而疏於剪髮、變得太長的頭髮。被摸而感到安心是我第一次的經驗，給我深刻的印象。
「一直到髮梢都很軟、很舒服，真的跟我們完全不一樣。」
沒錯，完全不一樣。儘管是完全不同的生物，我們仍舊可以像這樣彼此接觸，試圖理解對方。
我真的不在乎琪卡是不是人類。

這一天，我們又累積了兩個世界最近距離的經驗值。
蜜月。
正是如此。
這個單字是把 honey moon 直譯為日語，據說是指結婚之後的一個月、像蜂蜜般最甜美的時間。
當時的我很幸福。
因為我當時相信甜美的蜂蜜存在。
……要我說出這麼懂事的話，未免太強人所難了。

※

「琪卡，妳的生日是什麼時候？」
「生日是指出生的日子吧？是××××××××。」
「抱歉，我完全聽不清楚。」
「唔，該怎麼說呢？快要到了。」
我仔細詢問之後，雖然不是很確定，不過大概可以推論琪卡的生日是在兩星期後。
因為是依照琪卡的世界的時間觀，所以不論怎麼確認，都有可能是牛頭不對馬嘴的情況。
「你為什麼要問？」

「最近我父親的生日到了，所以我就想到，不知道在妳的世界有沒有慶祝生日的習慣。」

「原來如此。有啊。醒來的時候，家人會對我×××，就是做特別的祈禱。」

「哦。我們是吃蛋糕或送禮物之類的。」

「蛋糕是什麼？」

我說明蛋糕的形狀和材料，得知在琪卡的世界也有幾乎相同的食物，只是名稱不同。

「在你的世界，生日是很重要的日子吧？」

「也不見得。這只是一個儀式，感覺像是拿出生的日子當藉口在大肆慶祝而已。」

「如果這樣很快樂的話，應該也是好事。」

看到琪卡的笑臉，在我心中的各種選項中，點頭說「的確」的優先順序就會變得特別高。

「我也想替妳慶生。不過就算準備蛋糕，妳也吃不出味道，又沒辦法把禮物交給妳。」

「謝謝。你平常總是花時間跟我在一起，這樣就已經足夠了。」

不論聽幾次，這句話總是會讓我的內臟發燙。

「總之，如果有什麼想要的東西，又是我可以給妳的，就跟我說吧。」

「這個嘛……啊，那我可以拜託你一件事嗎？」

「當然了。」

琪卡拜託我是很難得的事情。受到她請求，讓我的聲音自然而然變得欣喜。不過我也擔心自己是否真的能實現琪卡的願望。明明是自己主動詢問願望，要是回答辦不到的話，一定會讓琪卡感到失望，我自己也會很失望——雖然說我的確很有可能辦不到。

也因此，當我知道自己只是杞人憂天，就感到很慶幸。

「以前我們不是唱過自己世界的歌嗎？」

「嗯。」

這是幾個月前的事，但是我還記得很清楚。

「我想要再聽你唱一次歌。」

「什麼？」

「如果你討厭唱歌就算了。」

「不……啊！我剛剛不是說我不想唱，而是否定的『不』，就是不會討厭的意思。也就是說，我並不是討厭唱歌。」

雖然會有點不好意思，但是如果她要求的話，我也不至於拒絕。反倒是現在莫名其妙地驚慌，才讓我感到難堪。用琪卡的話來說，就是很討厭。

「話說回來，做這種沒什麼意義的事就行了嗎？」

「這不是沒意義的事情。我可以聽到不同世界的歌曲，而且還能聽到你跟平常不一樣的聲音，所以是很特別的事情。」

聽到她這麼說，我不可能不高興。

「那就好。不過我現在也可以——」

「不用了。難得有這個機會，就再等幾天，等到我的生日快到再唱吧。我很高興除了家人以外，還有你為我慶生。」

我告訴琪卡，我也很高興能夠為她慶生，心中想像著琪卡的家人是什麼樣子。我不禁想像只有眼睛和指甲發光的一群人在黑暗中生活，不過在那個世界，包括琪卡在內的所有人，應該都能看到彼此的全身吧。

我很羨慕琪卡的家人能夠看到她，不過正因為看不到，我才能夠以兩人之間獨一無二、並非隨處可見的情誼而自豪。

正因為絕對無法傳達，才能夠存在著絕無僅有的關係。

我們聊了一會兒生日的話題，就到了琪卡該回到家人身邊的時間。我目送琪卡離開之後，走出候車亭。

我看了看手錶。今天的時間又有些太晚了。暑假結束之後也過了一陣子，最近家人對我的關注似乎也減少許多，即使晚一點回家，也不會被斥責或擔心。我憑恃著這一點，悠閒地享受和琪卡在一起的時間。

在回家的路上，我想著琪卡拜託我唱的歌。我忘了問她可不可以唱和上次同一首歌。不論如何，包括上次的曲子在內，我打算先聽幾首歌並記住。

兩個星期很快就會過去。琪卡不在我身邊時，我依舊過著一般高中生的生活，但是這樣的日子平淡無味，即使累積兩星期份，我也可以立刻吞下去。遇見琪卡這樣的特別人物之後，我感覺到自己的世界其他部分的顏色越來越淡。家人與同學對我來說，原本就只是在日常生活奔跑時滑過視野角落的景色，現在則變淡到彷彿有一天會全部變成白色。

除了我以外的人，在找到對自己很特別的事物時，看到的世界也像這樣嗎？不，大概不會。如果會的話，就不會有那麼多人說，因為遇見某樣東西而感覺世界更燦爛。

我得到在這世界上絕無僅有的「特別」，因此很清楚，燦爛的不是世界這種曖昧的東西，而是自己的心。除此之外別無其他。

每次打開候車亭的門之前，我會祈禱再也無法見面的日子不是今天。我內心深處也明白，那個日子遲早會來臨，但是我完全無法做好心理準備，接受那就是今天。

冰冷、堅硬、柔軟、甜蜜——我的全身期待著這一切而生活。

琪卡的生活中沒有戰爭之後，我們大概每星期會見一兩次面。能不能見面，全看琪卡能否順利躲過家人耳目來到避難所。在他們的世界，沒有戰爭的時候並不建議前往避難所。也就是說，我無從事先得知琪卡會不會來。不過我只要每天來就行了，所以也沒什麼大不了。即使存在著阻礙，她仍舊頻繁地來見我，讓我感到很高興。

雖然無法事先知道，不過根據之前的經驗，我大概可以預測到距離琪卡的生日最近的見面日。從約定要慶生的那一天開始算，第二次見面時，我和琪卡討論，決定下一次要唱歌給她聽。如果不巧過了生日，那就再說吧。

就如我一開始預期的，這一天很快就來臨了。

每一次打開候車亭的門，我都會像第一次般，抱持著不能算是適度的緊張。當我看到琪卡發光的眼睛和指甲出現，心中就洋溢著在這世上大概絕無僅有的幸福。因為不存在於這個世界，所以我也無法用言語形容。

「香彌。」

這個聲音聽起來比平常更雀躍。我也只稱呼「琪卡」，然後坐在距離她一個身體的位置。這一來，她就會移動到貼近我的地方。

「琪卡，妳今天好像很高興。」

「嗯，我很期待今天。」

我明明知道她會這樣回答，還是忍不住問了。

「生日還沒有過吧？」

「嗯，等太陽下山、然後再度升起的時候，就是我出生的那一天。」

「那就是明天了。這是最棒的時機，不過妳今天要來這裡，會不會很勉強？」

我即使曾經一一推測過他人的行動，但是在遇到琪卡之前，卻不會去考慮到這樣做會不會傷害到對方。即使到現在，也只有對琪卡才會考慮。如果我是個體貼的人，或許會把入手的能力使用在周圍的人身上，不過我並不是。

「沒這回事。跟平常一樣。」

「那就好。啊，對了，雖然不知道在妳的世界是不是也這麼說——」

我從來沒有在這句社交詞令當中，注入如此真實的心情。

「琪卡，祝妳生日快樂。雖然早了一天。」

「謝謝。我們不太常用『生日』這樣的說法，所以聽你說出這麼特別的話，我很高興。」

我明明已經能夠不害羞地看琪卡的眼睛，但不知為何只有笑臉例外，總是讓我心跳加速。

「等你出生的日子到了，就輪到我跟你說『生日快樂』。」

「雖然還早，不過到時候，我想要聽妳用妳的世界的說法來說。」
「我知道了，就這樣吧。還要等很久嗎？」
「嗯，還有幾個月。」
我的生日是在二月底，也就是跟琪卡見面的日子。我告訴琪卡，她便很高興地說，這樣的話她就能記住了。我從來沒有想過，除了家人以外，會有人為我的誕生高興。
「那麼現在可以請你來唱歌嗎？」
「嗯，好！」
我不小心發出很有氣勢的聲音。
「怎麼了？」
「沒有，只是覺得正式要唱的時候，可能會有點緊張。」
上一次也是這樣。唱歌給心愛的人聽這種事，我既沒有經驗，也不符自己的本性，因此仍舊無法輕鬆做到。
不過這是琪卡的願望。我不覺得自己的歌聲有什麼價值，但這是慶祝的歌。即使無法傳達什麼，也要注入感情好好唱完。
上次見面的時候，琪卡要求我唱兩首歌，一首是以前唱的那首，另一首則是新的歌。之所以要唱同一首歌，是想要確認和上次的感受方式有沒有差異。上次我們沒有辦法確實掌握彼此唱的歌曲旋律，這次我雖然有預感還是會一樣，不過琪卡應該也有同樣的預感，因此沒有必要特別討論再唱的意義。
「我朝著前方吧。」琪卡說。

我的聲音大小或許在琪卡的世界一點關係都沒有，但是我還是把嘴巴湊向她的耳朵，跟上次一樣小聲唱歌。我不知道這樣做有什麼意義。

這次即使鼻子不小心撞到琪卡的耳朵，我應該也不會像上次那麼慌張吧。我和琪卡之間，擁有彼此確認存在的時間，以及共同累積的特別經驗。

我邊想著這些邊感到緊張，不禁覺得自己很窩囊，但在此同時我也感到高興——我對琪卡的心意還沒有用其他東西來掩飾，仍舊留在我心中。

我是多麼地特別而幸福。

「琪卡，如果太近或太大聲，就跟我說。」

我把手放在琪卡的耳朵，把臉湊過去。

「嗯。」

我保持適當距離，嘴脣放在鼻子不會撞到耳朵的位置，靜靜地吸氣。

吸入的氧氣原本應該用在為琪卡唱歌。

然而想到過去的種種回憶，我不禁先說出想要傳達給她的話。

「琪卡，謝謝妳。遇見妳真的是太好了。」

我用耳語的聲量，把所有的氣都用完，連忙再吸入一口氣。

從我放在耳朵上的手指，我感覺到閉著眼睛的琪卡微微點頭。

「我也一樣。」

我等候著像平常一樣從黑暗中傳來的聲音。

「先遇見你，真的是太好了。」

也許我可以當作沒什麼而不去在意。
我把放在琪卡耳朵上的手指移開，把湊向她的臉退回原來的位置，挺直背脊回到坐正的姿勢。
「……香彌？」
也許我可以當作平常的對話來處理。
可是這句話仍舊無可奈何地卡在我的喉嚨。
「香彌，你怎麼了？」
「琪卡。」
我呼喚她的名字，把卡在喉嚨的東西吐回舌頭上，咀嚼、品嘗、咬碎，分析那是什麼。
花了幾秒鐘，我總算大概看清它的真相，但並不確定該不該向琪卡確認——不，我並沒有那麼理性，我只是猶豫幾秒，不知該不該把咬碎的那東西吐出來。
最後我還是無法忍受把它留在嘴裡的不快感。
「什麼意思？」
「什麼？」
琪卡歪著頭看我。
我感到害怕。
「妳說——」
一定是杞人憂天，可是我還是感到害怕。

「妳先遇見我。」

不行。

其實我有時間去想各式各樣的可能性。在等候琪卡回答之前，其實我有時間整理亂七八糟的心情，比較各種想法，在自己心中做好接受事實的準備。

讓我無法挪出這個時間的，是我，還有琪卡。

我們太接近了——在這間候車亭，在我們相遇之後的幾個月。

琪卡的眼睛晃了一下。從只憑兩個光點表現的多種情感當中，正因為是我才能發覺到，其中摻雜著緊張。

不，也許即使不是我，也有人能夠發覺。

「不是只有我嗎？」

「什麼意思？」

「妳在這裡見面的對象。」

如果不提及這件事，彼此仍舊可以保留夢想。

「在這裡只有跟你見面。」

在這裡。

「還有其他的場所，可以跟這個世界連結嗎？」

「……我還不確定跟你的世界是不是一樣的。」

這個說法的意思是……

「可是從各種 ××× 來判斷，應該是同一個世界。」

「在哪裡？」
「我之前應該也跟你說過，避難所有好幾個，那裡是其中之一。」
「妳、妳為什麼……」
「香彌，你怎麼了？」
還問我怎麼了！
我感覺到指尖冰冷到失去感覺。我心中想著必須設法提高體溫，開口問：
「琪卡，妳為什麼要隱瞞我？」
「我沒有打算要隱瞞。」
「那為什麼我剛剛問妳的時候，妳會那麼緊張？」
「我自己也不知道。不過如果說我在緊張——」
「妳在緊張。」
「『如果』我在緊張的話，那是因為你的表情很可怕。」
琪卡的眼睛形狀變了。我知道她正感到困惑。
雖然知道，但我真正想說的句子仍舊具有質量，從嘴巴裡掉出來。
「我們聊了那麼多的話題，妳為什麼沒有告訴我？」
當她說我的表情很可怕的時候，我應該可以立刻反省；或者應該說，如果我有反省就好了。但是這樣的理性都是事後諸葛。
琪卡花時間仔細思索之後，用任何人都知道是辯解的聲音開始說：
「理由之一，是因為我們沒有聊到這個話題。而且那個女生一開始跟我說過，不希望我告訴別人她在那裡。後來我們越聊越多，彼此都確認她所在的地方不可能被其他人知道，可是我還是不覺得有必要告訴你，所以就沒說了。」
我內心的錯愕並沒有輕微到知道對方是女的就能安心。
除了我以外，還有其他人也能跟琪卡說話。
還有其他人也看過她的眼睛和指甲。
還有其他人也能證明另一個世界存在。
「妳當然有必要告訴我，兩邊的世界還有其他連結。」
「你不是說，與其討論世界，不如來談談彼此的事嗎？」
「意思不一樣！」
「香彌，你怎麼了？你有點怪怪的。」
我沒有想到琪卡會來挑我的毛病，因此聲音也變得粗暴。
「我——」
我忽然想到，琪卡或許曾經讓我看到這項事實的線索。
體溫。
制服。
對了，我並沒有對琪卡詳細說明過「狗」是什麼，可是她卻知道狗是和人類一起生活的動物。
她曾經跟我提起過我不知道的首飾，而且她說過我不會發出很大的聲音，該不會是因為另一個人的聲音很大？

從那麼久以前，她就提示過了。

琪卡說我的表情很可怕，可是我知道自己內心的情感不是憤怒。在我內心的是悲傷與失落。因為這份情感過於巨大，因此一定捲入了其他情感，看起來就好像包含了憤怒、愛情、嫉妒等等，可是這不是那麼小的問題。

我感到悲傷。

「我真的把妳當成唯一特別的對象。」

「我也把你當成唯一特別的對象。」

「可是卻有那個不知道是誰的傢伙……」

「『特別』不會因為其他人的存在而消失。」

或許我也知道，她是正確的。

琪卡說的是正確的，可是那是在語意、道德與倫理這樣的框架當中的正確。琪卡不理解，人類無法控制的情感、心意、心情，並沒有包含在這個框架當中。

也許琪卡無法理解的不是戀愛感情，而是人類強烈的情感。

「人類不會那麼簡單地接受這種理論。」

琪卡的眼睛再度晃動。

她無視我的錯愕，自己內心產生錯愕，在我看來一點正當性都沒有。

「香彌，你會因為我跟其他人見面，就覺得自己的『特別』消失了嗎？」

我無法立刻否定。

「我想要『戀愛』的對象，只有你而已。」

我試圖把在自己內心蠢動的感情正確地化為語言，束手無策地等待著整理出頭緒。這時兩個光點往橫向拉細。

「原來如此。香彌——」

我看到之後，就無法呼吸。

「你只是在假裝而已。」

我的內心與身體痛切地感受到，她的笑容不是出自喜悅或快樂。

不對。

不對，不對。

不是這樣的。

我以為這次總算可以明確、迅速地否定，可是明明發出來的聲音卻沒有傳到我的耳中。我感覺到嘴脣在顫抖，牙齒發出喀喀聲打顫。我無法呼吸或發出聲音。那麼我至少應該要搖頭，可是在我的視線被光芒奪走、聽覺被聲音奪走的當中，不知不覺就忘記代表否定意義的動作了。

代替我說話的是琪卡。

可是——

「香彌，你只是想×遇見×××自己喜歡×××××而已。」

我聽不見。

「×××悲××，就算×××歌×××也能特別××××的人××××。」

聽不見。

「不知道××××××喜歡×××××××相信×××。」

「聽不見。」

為什麼?聽不見的應該只有不知道的單字、這個世界沒有的詞語,可是我卻無法聽懂她說的話。我不知道琪卡在說什麼。完全無法理解。

當我呆呆地望著,琪卡的眼睛離開我,往上移動,從高處看著我。

她的眼睛顯得很悲傷。

「今天就××吧。」

還是聽不見。不過從這幾個月和她建立的關係當中,我知道她站起來的時候就代表要離開這裡。

我想要至少對她說這句話,便使用我肺部僅存的空氣擠出聲音:

「小心、不要被發現。」

琪卡似乎在煩惱中仍舊回應了我,可是這句話也被雜音般的聲音掩蓋,聽不見她在說什麼。

四周立刻變得黑暗,我像平常一樣剩下一個人。

不過跟平常不一樣的是,我無法站起來。

在恢復一個人之後,我總算可以緩緩地壓抑並安撫自己的情緒。

然後我理解到自己犯下的錯誤有多嚴重。

即使想要立刻辯解、道歉,琪卡也不在這裡。

至少也得等幾天。

之前明明也都等過，可是我卻感受到彷彿要把全身燒成灰燼的焦躁。
後悔和反省之類的情感當然不會結束生命。
可是感覺快逼死我的這些情感，今後也會一直糾纏著我。
人不會因為感情而死。
過了很長一段時間，我才理解到這一點。
但即使理解，感情也沒有得到清算。那樣的瞬間永遠不會來臨。
我再也沒有見到琪卡。
讓我成為獨一無二的特別人物的她，消失在黑暗當中。
我的世界的色彩永遠都沒有恢復。

沒有人期待的安可

看來這段生涯並不值得抱持快樂或無聊之類的強烈情感。雖然有可能產生一陣疾風般的情感，可是風立刻就會逝去，剩餘時間就只是珍惜那疾風的記憶度過的餘生。

說到「餘生」，或許會讓人聯想到身體衰弱的老人，可是並不是如此。年齡只是大概的基準。人的靈魂老化，是以距離人生當中的疾風多久的時間來測量。人老了之後，就只能回味各自的風之碎片，說些「當時真好」、「當時是最快樂的時候」之類的話。

我敢斷言，人生當中有意義的時間，就只有吹拂著那陣風的時間。如果能夠早點迎接生命終點，就會輕鬆許多，可是包含我在內，幾乎所有人都沒有結束自己生命的勇氣，所以只能藉由麻痺自己，或是消極地縮短自己生命來消化每一天。

有時也會假裝傾心於某個對象，有時會假裝陶醉於某樣東西，有時會嘗試某種嗜好品，有時會嘗試跟某人交往，然後無為地死去。

像這樣執著於個體而生活的人類，是多麼愚蠢的生物。然而既然出生了，只要活著就會自然理解到，自己也是愚蠢的人類當中的一個。雖然遺憾，不過要在不斷消費的每一天當中，對既定的事抱持太大的失落感，也只是白費心力而已，只能默默接受。這個世界並不值得抱著強烈的情感去面對。
當哥哥寄來母親的訃聞時，我也一如預期，沒有產生強烈的情感。我只是思考著母親的疾風是什麼時候降臨的，想到母親大概跟其他人一樣，宛如嚼口香糖般咀嚼那段記憶度過一生，就為她感到可憐。
上次回到自己出生的土地，已經是八年前了。我剛從大學畢業時，老家就搬了家，我只有為了整理留在房間裡的東西回去過一次。我幾乎丟棄所有東西，並帶走剩餘的一點點；在原本的家和成立於同一座鎮上的新家中，都沒有留下我的任何痕跡，因此我能夠同時捨棄回到故鄉的理由。
睽違八年回到自己出生的土地，是因為覺得至少應該祭拜一下照顧我生活直到十幾歲的母親。在身為無聊的生物消費的每一天當中，有無限多的時間可以去祭拜母親。
我在星期五接到聯絡，星期六到靈前守夜。手續和各種程序，已經由留在當地、維持安穩父子關係的哥哥與父親完成，我只需擺出沉痛的表情到場、為母親祈禱冥福就行了。父親帶著我去向親戚和鄰居介紹，並且跟他們打招呼。
與弔客用餐結束之後，幾乎所有人都回家，會場只有近親留下來，成為安靜的場所。
在徹夜守棺的空檔，我到外面抽菸，哥哥也走出來，和我同樣地點燃香菸。
「香彌，真抱歉，讓你在百忙當中趕來。」
母親都死了還顧慮到弟弟忙不忙，感覺也滿奇怪的。
「這沒什麼。」
我知道哥哥跟著我出來，不是為了說這種事。

「媽媽一直都在替你擔心。」

「哦。」

不論是哥哥或母親，我都已經好幾年沒見面了。

「她一直在說，不知道香彌過得幸不幸福。她說你是個彆扭的孩子，希望你不要太鑽牛角尖——啊，這不是我說的，是媽媽說的。」

哥哥為自己說的話愉快地笑了，因此我也擺出笑臉。

「原來媽媽說了這種話。」

「她知道你現在能夠以笑臉面對周圍的人，一定很高興。以前的你個性很尖銳。」

哥哥又笑了。我也笑著說「是嗎」，裝出和善的弟弟的臉吐出煙。

我心想，來這裡聽他說話、為母親獻上最後的祈禱，應該是來對了。今後我大概不會再回到沒有母親在的這個場所。

早晨來臨，不久之後喪禮開始了。對於一連串的儀式，我並沒有特別的感慨，只是在看到母親的遺體被火化、只剩骨灰的模樣，讓我重新認知到人類存在的空虛，不禁好像產生了寒意。不過也只是好像而已。

結束所有程序之後，我一如事先安排，告訴哥哥和父親說我今天馬上要回去了。對於把接下來的事全推給他們就離開的次子，我不知道他們有何感想。我在他們笑臉目送之下離開殯儀館。對母親來說，讓我來整理才會感到不安吧。

我在殯儀館叫了計程車前往車站。我平時就覺得計程車司機不應該對乘客說話，今天也有同樣的想法。

「客人，你是這裡人嗎？」

「是的。因為家人過世，所以才返鄉。」

雖然也可以無視對方，但是我已經養成在生活中不做那種事的習慣。

「請節哀。」

「嗯。」

對話就這樣結束了。我雖然會懷疑這樣的對話到底是為了什麼、為了誰，不過生活中的所有行動，都沒有為了什麼或為了誰，因此我無法責備司機。發怒只會讓人疲勞而已。

我望著車窗外面。以前這裡只有自然景觀與散布其間的空屋，但現在都消失了。隨著開發，山坡地也被開拓，留下當年痕跡的，就只有大廈之間宛若陷阱般空出來的田地。

「這一帶也都變了。像你這麼年輕應該不知道，以前這一帶只有山。」

我可以回答「我知道」，不過我判斷對方並不是特別想要得到回應，因此只是從嘴巴輕輕嘆了一口氣。

我原本多少以為，接近這個場所會讓我產生某種強烈的情感，但是不論距離遠近，我都沒有任何的感慨。正當我跟平常一樣回溯記憶時，計程車到達車站。

雖然是鄉下的車站，不過跟八年前比起來，變得相當光潔亮麗。我看了時刻表，然後在八年前沒有的外帶咖啡店買了熱咖啡。我進入緊鄰驗票口的候車亭。或許是電車剛走，裡面沒有人。我坐在沿著牆壁設置的長椅。寒冷的季節已經快要正式結束，不過也沒有必要特地在月臺吹冷風。

候車亭裡除了長椅，還有火爐、時鐘、過於巨大的液晶電視。新聞以不會太強勢的音量播放。我喝了一口熱咖啡，味道很淡，不過這不是咖啡店的問題，而是因為進入我口中的任何東西，都會變化為淡而無味、沒有意義的東西，不論是咖啡、香菸的煙或人類的唾液都一樣。至今仍無法習慣、覺得味道太淡，或許是因為感官依賴記憶。期待記憶中的味道，然後遭到現實背叛。

已經十五年了。

不知是長是短。可以說「這麼長的時間」，也可以當作轉眼間就過去了。我再度追溯記憶。我沒有忘記只存在於我心中的特別經驗。我追溯著不能忘記的回憶。我只能在追溯當中生活。

我已經老了。

我邊看時鐘邊喝味道很淡的咖啡。這時有人進入候車亭。我不經意地瞥了一眼隔著一段距離在長椅坐下的那個人，看到是一名穿著灰色大衣的女人。因為這裡是小鎮的車站，我考慮到有可能是認識的人而偷看她的臉，不過那雙顯露堅強意志的眼睛和緊閉的薄嘴唇，並不在我的印象當中。從她那副在生命中看到希望的表情來看，她的強風似乎還沒有逝去。我老實地感到羨慕。

不久之後，到了電車即將到站的時刻，候車亭內又增加了幾個人。我和旁邊的女人同時站起來，通過仍舊是人工的驗票口，來到月臺。不久之後，電車到站，我上了車。明明是假日，車上卻很空，我和那個女人又隔著一段距離相鄰坐下。坐到轉乘的車站需要一個小時多。在中途的停靠站，偶爾有人上車，到了下車時車上已經有不少人，不過幾乎所有人都在我要下車的車站從座位上站起來。那個女人也跟我在同樣的車站下車。她的耳朵裡戴著從口袋延伸出來的耳機。看她挺直背脊、發出「喀、喀」的腳步聲走在我前方的姿態，就知道她要不是還沒遇上疾風，就是此刻正處於疾風中的人物。我又感到羨慕，不過想到她今後也會面對聲音與光都變得淡泊的世界，就會感到可憐。

話說回來，全世界的人都會遇到這樣的情況，因此這並不是對她一人的感傷。我幾乎不會特別去想到某一個人。我已經不再對任何人抱持強烈的感情。

我雖然以為再也不會遇到這個女人，但是她卻朝著我要前進的方向走，結果我們又坐上同一班電車。不過這次車上比較擁擠，因此我們並沒有相鄰坐下。

又坐了一小時左右的電車，直到我要下車時，她仍在電車上。我沒有想到兩人從那麼偏僻的鄉下小鎮出發，竟然會沿路同行到這麼遠，不過這種事也無關緊要。

當我走出車站驗票口的時候，已經忘記那個女人了。

※

母親死後過了一個星期，在我迎接第三十一次的生日那一天，我遇見了那個女人。這次不是在車站候車亭或電車上，而是在因為工作造訪的廣播電臺。她似乎是這家電臺的員工。我不知道在故鄉見過面的人出現在眾多往來公司之一的機率有多少，不過在漫長的人生當中，應該也不是不可能發生。

我曾經來過這裡幾次，但是卻不記得看過她，不知是因為沒有遇見，或是因為我只有在必要時才會看別人的臉。然而這次之所以會發現她是我在故鄉車站看到的人，是因為在擦身而過時，對方不自然地一直盯著我。我感到詫異，這才想起她是我前幾天看過的人。搞不好她也在想好像在哪裡見過我。

人類一旦認知到某個對象，就無法再忽視，因此我下次造訪這家電臺時，也注意到那個女人。她認出我的臉，也一直盯著我，因此我以為她有事找我而打了招呼，她卻只是稍微致意就離開了。我原本就沒有事要找她，因此當然也沒有叫住她。

在第四次見面時，事情有了變化。不，正確地說，不是第四次見面。

「果然……」

當她被引介為我們公司要下廣告的節目負責人、彼此假裝是第一次見面般交換名片的時候，她看了我先遞上的名片，喃喃地說了些意義不明的話，然後再度凝視我的臉。

她的上司在一旁問「怎麼了？」，可是她卻不予理會，呼喚我的名字說：

「我一直在想，你會不會是鈴木。」

我對這個稱呼方式露出不解的表情。

「這個給你。」

如果是認識的人，只要報上名字就好了，可是她卻遞上名片。真是奇怪的傢伙。我接過名片，檢視上面的名字。這個名字——

「你記得嗎？」

老實說，我並不記得。她稱呼我為鈴木（註5），會不會是我在大學遇到的人，或是出社會之後曾經有一定交情的人？既然是從那個車站上車，也可能是高中以前認識的人。

不過身為在社會中生存的人，我知道如果明白表示不記得，會讓對方感到不高興，也知道這樣做有可能引來麻煩。也因此，我想要設法敷衍過去，可是她卻不等我回應就表明身分：

「高中時我們在同一班，不過並不是很要好。」

當時我沒有要好的同學，所以光憑這一點無從判別。

「放學的時候，我們常常在鞋櫃那裡相遇。」

這時我才想起來。

「啊！」

這個人就是高中同學齋藤。

我再度檢視名片。印象中這的確是她的名字。我擺出有一半是演技的驚訝表情，告訴對方我想起來了。

「幸虧你還記得我！我上次在車站見到，就在想會不會是你。因為你和以前的感覺不一樣，所以我也不太確定。你來這裡的時候也都面帶笑容——啊，真抱歉，我自顧自地講得這麼高興。他叫鈴木香彌，是我以前的同學。」

5　原文是用「鈴木君」的稱呼。加上「君」通常是用來稱呼男同學，或是親暱地稱呼平輩或比自己年輕的男性。

齋藤對一旁的上司說明自己奇妙的興奮狀態，嗓門很大的上司就面帶笑容對我說：「那真是太好了。看在同鄉的份上，希望能夠好好相處。」我不知道為什麼要說太好了，不過我也擺出跟他一樣的表情，回應：「我也沒想到，真是太驚訝了。」

這句話雖然是敷衍用的，不過有兩成左右是真心話。

齋藤指著我說「感覺不一樣」，不過這應該是我的臺詞才對。姑且不論有化妝這一點，從面前這個女人身上，我完全看不出勉強記得的齋藤的構成要素。不論是臉蛋、氣質甚至身高，看起來都像是完全不同的人。我所認識的齋藤沒有如此充滿希望的眼睛，也不可能會為了與同學重逢而高興。我當然知道，自己只認識在校園裡的她，而且又隔了十年以上的歲月，不過還是差太多了。

話說回來，和同學重逢這件事，就算對方是齋藤，對我來說也沒有特別重大的意義。我會把她當作同鄉的工作對象建立關係。僅此而已。

理所當然地，在交換名片之後，我去電臺時偶爾也會見到齋藤，不過我見面討論的對象並不是她。見到齋藤時，我會打招呼，然後就離開。我們也曾站著聊天，有一次因為時間剛好，還跟幾個人一起喝過咖啡，不過也只有這樣。我依舊有些在意她充滿活力的樣子，不過那跟我無關。我頂多只是想到，哪一天等到疾風過了，她搞不好又會回到原本的齋藤。不過──

「鈴木，如果你願意，下次可以兩個人一起去吃個飯嗎？」

偶爾會在工作場所見到的昔日同學──在這樣的關係持續一陣子之後，齋藤突然開口邀請我，讓我懷疑她果然不是我認識的齋藤。我並不打算拒絕，畢竟去不去都沒關係。

「嗯，當然好。我們來安排時間吧。我給妳我的 LINE 帳號。」

之前我們並沒有直接聯絡彼此，因此這是我們首次交換個人聯絡方式。

在新年度（註6）開始的忙碌日子過後，我們兩人小小的同學會在五月連假期間舉辦。齋藤穿著俐落休閒的黑色系服裝，我因為白天有一件必須出席的工作，因此穿著西裝。我當然沒有參加過高中同學會，不知道齋藤是否也一樣。現在的她或許有可能會去吧。我們在乾淨舒適的餐廳等候料理的時候，我問她有沒有參加過同學會。

「我沒去過。同學會通常在週末舉辦，可是廣播電臺職員不一定會休週末。高三的時候，我有還算要好的同學，不過只要跟個人聯絡就好了。話說回來，現在還有聯絡的，也只剩兩個人了。」

齋藤說到這裡，飲料就送上來了。雖然沒有特別的目的，我們還是姑且乾杯。

「鈴木，你還有跟留在當地的同學聯絡嗎？」

「沒有。」

「工作很忙就會這樣。而且……唔，希望你不要生氣，你當時感覺很難親近。」

面對邊苦笑邊顧慮到對方心情的齋藤說的話，我也苦笑著回答：「我自己也有自覺。」我之所以沒有否定，是因為想到她說的應該也包含我引起的事件。如果堅持否定實際發生過的事，就會造成對方不安。讓對方知道自己已經認錯並向前邁進，對於建立沒有麻煩的關係是很重要的。

6　日本新年度從四月開始。

「所以我真的很驚訝。怎麼說呢……你好像變得圓滑了。真抱歉，在這裡跟你說這種話。我想說在職場談太多也不太好。」

就話題方向來看，如果不提起也很奇怪，因此我慎重選擇避免讓齋藤不愉快的說法。

「我也許變了，不過我看到妳也很驚訝。想到高中時的情況，我沒想到妳竟然會邀我吃飯。」

齋藤大概也知道話題會轉到她身上，露出不好意思的表情。這或許是刻意演出的表情吧。

「被說到這點也很尷尬。我也是大人了，個性變得比較友善。不過我從高二中途開始，個性應該就沒有那麼尖銳了。」

她這麼說，我也想起她似乎在某個時期突然產生變化，只是我不記得是在什麼時候。

「不論是想到以前的自己，或是回想起以前的你，都沒辦法想像到我們會在一起工作。我想要珍惜這個緣分，所以試著邀你吃飯，不過老實說，我以為你會拒絕。」

「我想說善待往來公司的員工，應該也不會吃虧。」

齋藤似乎仍舊在探索我內在的變化，因此我裝出很假的笑臉，說出充滿嘲諷的話。她很高興地露出牙齒笑，對我說：「你現在竟然會說這種話？」

我吃著每一道味道淡泊的料理，只為了讓意識變得朦朧而不斷喝酒。和齋藤對話並不是特別有趣，不過我既然不再覺得跟他人對話有趣，這樣的對話也不算特別痛苦。我會用適當的表情與聲量說出必要的話。對話就是這麼回事。我必須避免讓目前在往來公司上班的昔日同學齋藤不快，以免造成工作上的麻煩。

「對了，你上次返鄉做什麼？」
「我母親過世了。」
「這……對不起。請節哀。」
「妳不用道歉。這是老早就預期到的。」
為什麼人在提到近親者死亡的話題時就會道歉？
「我幾乎不會回去。妳常回去嗎？」
「嗯，只要放假就滿常回去的。就算沒有特別的要事，也會偶爾回去一趟，像是去充電吧。」
我們在那個地方相逢不是奇蹟，而是我剛好闖入了她的習慣。
「鈴木，你幾乎不回去，是因為工作很忙嗎？還是因為有家庭？」
「工作。正如妳所見，我還沒有結婚。」
「哦，這樣啊。我也正如你所見。」
齋藤仿照我的動作伸出左手無名指，吐出帶有酒精氣味的氣息，然後以輕鬆的態度，為自己沒有被詢問就丟出不必要的資訊道歉。為這種事道歉，根本就沒完沒了。
料理都端上來之後，甜點和咖啡也進入胃裡。齋藤似乎很喜歡酒、甜點、咖啡等嗜好品，每天都會攝取酒精和甜食。
她邀我接下來再去喝一杯，我因為去不去都無所謂，就接受她的邀請。餐廳的用餐費末三位數是零，所以可以很平均地分帳。
我們到餐廳附近的酒吧重新乾杯。兩人坐在吧檯座位，我點了琴瑞奇（Gin

Rickey），齋藤點了卡爾里拉（Caol Ila），各自輕鬆地舉杯給對方看。

酒精下肚之後，齋藤提出的話題比在餐廳時更加深入。

「鈴木，你當時每天都在做什麼？」

「沒做什麼。硬要說的話，就是在跑步。」

「原來你是運動員。」

「我不覺得自己是在運動，只是因為沒事做才去跑步。妳呢？妳都在做什麼？」

我雖然對齋藤做什麼沒有興趣，不過還是問她。

「我應該都在聽音樂。」

「哦，那麼妳該不會是因為喜歡音樂才進入電臺工作？」

「沒錯。所以我現在能夠參與選擇播放清單，真的很開心。嗯，不只是開心，甚至可以說是生存價值。這樣說是不是太耍帥了呢？」

「能夠很肯定地這麼說，就真的很帥。」

「事實上也沒有多帥。畢竟也有很多情況。」

有很多情況——這樣的事實對於活在世上的所有人，應該都是理所當然的。不過我還是說些適當的安慰話，像是「雖然也有很辛苦的時候，不過能夠感到開心就很棒了」之類的。

原來如此。齋藤可以說已經得到了自己夢想的未來。可是她的風看起來還沒有離去，是因為她是異常貪婪的人，還是因為她此刻正處在風中？

「鈴木，你現在的工作快樂嗎？」

基本上，我從來不曾用快不快樂來思考工作。

「忙是很忙，所以應該算滿充實的吧。當然也有很多不滿。」

「到處都一樣。」

「沒錯，不過還是得想辦法活下去。」

這一點讓我感到痛苦至極，不過也無可奈何。

「沒錯，真的是這樣。」

對於我適當敷衍的話，齋藤似乎格外感同身受，深深點頭並對我微笑。

人有時會誤會自己與別人境遇相似，以為能夠深入了解對方。齋藤搞不好也在自己和我從高中到現在的變化中，感覺到有相似之處，因而對我產生親近感。這是誤會。活在這世上的人從外面來看，的確好像都差不多，因此就算我看起來跟某人一樣，也是很正常的。

然而我的內心卻不可能讓人產生共鳴。

話說回來，工作對象對我產生親近感絕對不是壞事，所以我也稍稍抬起嘴角，點頭說「是啊」。

以這段對話為開端，我的應答一定程度順著齋藤的想法，彷彿兩人擁有共同點（高中時很孤僻，但是在學習許多之後個性變得柔和）般繼續交談，接著她突然說：

「我當時真的覺得每天都很無聊。」

「當時是指當時嗎？」

「嗯，對。不過現在回想起來，我也不討厭當時的自己。」

聽到這句話我就理解了。當初重逢時，我對齋藤的變化有些驚訝，但其實並沒有什麼好驚訝的。她的變化似乎也只是在這個世界相當氾濫的變化形式之一。她變了，變成嚮往過去的無趣大人。因為外在的樣貌差異太大，才會稍微注意到這樣的變化。

即便如此，她看起來仍舊像是疾風還沒消逝的人，讓我感到不可思議。即使已經很醉了，仍看得出她眼中蘊含光芒，絕對不像我這種正在度餘生的人。

不過這也不重要。不論她的人生如何演變，我都不會產生興趣。當時那麼珍惜、彷彿將紮起來的頭髮一根根梳理整齊般、細細體會的時間，現在卻能夠毫不猶豫地消費掉。

我們附和著彼此隨興的談話，不知不覺就過了午夜，時間已經是凌晨一點。我看到齋藤喝了很多酒，起身要上洗手間時第一步還晃了一下，就擅自去結帳。熱愛喝酒的齋藤或許會不想回家，不過時間也差不多了。

我告訴濕潤著眼睛回到座位的齋藤，她似乎沒有反對的樣子，但是卻開始為誰要支付費用爭執。我覺得如果要收下錢也很麻煩，就對她說「如果還有下次，就由妳來請我吧」，她總算接受。

出了店門來到大街上，我招了計程車。我想起之前曾經跟齋藤搭乘同一班電車，心想既然路線相同，住處的方向應該也是順路，因此就讓齋藤一起上車。然而當我不經意地聽見齋藤告訴司機住處地址時，才發現那裡並不是我搭乘的路線通過的區域。

「真的很抱歉，我已經很醉了。」

齋藤似乎為自己感到不好意思，雙手遮著臉。我也差不多喝到頭暈暈的，把左手放在座位上，避免碰到坐在左邊的齋藤，說出「喝酒當然會喝醉」這種比平常更加敷衍的話。我雖然覺得不會有太大的問題，不過如果不小心說錯話，對我也沒好處，因此我就對齋藤說「到家以前妳可以睡一下」。但她搖頭說「不用了，謝謝」，拒絕我的提議。

「對不起，希望你原諒我喝醉之後說這種話，不過我真的很開心。」

「開心什麼？」

「當時看起來很無趣的兩個人，竟然會在一起愉快地喝酒，感覺真的好神奇。」

看起來很無趣、愉快——這些都是齋藤主觀認定我的感情。前者的確說對了。

齋藤把遮著臉部的雙手移開，放在膝上的包包上。

「當時——」

齋藤開口要說什麼，又沉默了片刻，默默地看著前座的椅背。過了一會，她彷彿要進行一生一世的大告白，或是要公布曾經放棄的戀情般，吐了一口氣說：

「我很討厭你。」

齋藤像是感到歉疚，又像是在自嘲。她瞥了我一眼，嘴角在笑。

「你可以當作時效已經過了，聽我說嗎？當時的我原本就看你不順眼。就是當時特有的那種心情……覺得自己很特別，看到有其他人跟自己採取同樣的行動、具有類似的氣質，就會感到很煩。我原本是基於這種錯誤的自我顯示欲討厭你，可是後來出現了讓我決定性討厭你的瞬間。」

我並不想知道，不過對方既然想說，就讓她繼續說下去。

「我可以問妳是什麼嗎？」

「嗯。鈴木，你不是借過我傘嗎？」

我想了一下，重播當時的記憶，試著停在平常會自然跳過的場景。也許我真的做過這種事。

「我不太記得了。」

「我在下雨天沒帶傘，所以你就借給我了。一般來說，應該要老實接受別人的好意，可是我卻覺得你是在半吊子地扮演好人。我心裡想，既然要擺出臭臉，就不要來關心別人。」

齋藤像是在自言自語般地喃喃說「這一定也是同類相斥吧」，然後望向窗外。

聽她說曾經討厭我，我也不會產生特別的情緒波動。他人的評價只要不會讓我的人生變得更麻煩，我就不會產生興趣，更何況是過去的人對我的評價。老實說，我一點都不在乎。

不過我知道她為什麼要對我說這種話，因此也知道該怎麼回應。她說她以前討厭我，就是希望我讚賞她變化後的感情，顯示友善的態度。我可以不要理她，不過因為都無所謂，所以我就確實地說出對方想要的答案。

「我以前也討厭妳。」

我刻意在說話的同時發出笑聲，齋藤的視線便從車窗轉向我，露出好像得到救贖的表情。

「真的？」

「嗯，我大概也是同類相斥吧。」

絕對不是。不過展現真正的感情有什麼意義呢？

齋藤噗哧地笑了，望著前方低聲說「果然是這樣」，把放在包包上的雙臂落到座位上。

她的動作毫無顧忌，因此小指碰到了我的左手無名指。我懶得迴避，因此等她自己縮回去，可是她的手一直都沒有縮回去。

她的小指頭放在我的無名指上，然後鉤住我的手指。

我瞥了齋藤一眼進行確認。她並沒有看我。看到她一臉認真地望著前方的表情，我被迫做出選擇。

其實我都無所謂。所以我抬起手，解開她鉤住我無名指的小指，然後重新把自己的左手放在她的右手背上。我以微弱的力氣把手指插入她細細的手指之間，她有一瞬間顯露出猶豫般的緊張，然後用自己的手抓住我的手指。

很快地，計程車就到達齋藤家附近，在她指引之下停在一棟大廈前方。我們解開交握的手，彼此道謝。她對我說：

「下次見。對了，小心不要被發現。呵呵，好久沒說這句話。」

我和臉頰通紅的齋藤道別之後，計程車的門就關上了。留在車內的我告訴司機回家的方向，並望著齋藤打開大廈入口自動鎖的瞬間。

其實我都無所謂。

※

不論是如何不可思議的祕密，只要成為無趣的大人，大概都會知道理由。流傳在故鄉的奇妙傳說，也是昔日逃難而來的人為了避免被當地居民攻擊，利用空屋來藏身，遺留下來的典故。後來因為混血，無法區別彼此，因此就只留下習慣和言語。既不是童話故事，也不是詭異的奇幻故事。

男女之間進行的各種無意義的行為，日後也會變成儀式。

今天因為難得兩人都休假，因此沒有必要勉強起床，不過我被她從床上跳起來之後毫無顧忌的聲音吵醒。

我看了一下昨天不知什麼時候滾到枕頭旁邊的鬧鐘。距離十點還有五分鐘。先起床的她坐在餐桌前，似乎是在等候電腦啟動。

我抬起上半身，穿上掉在旁邊地板上的T恤，坐在床的邊緣。

「對不起，我吵醒你了嗎？」

「沒關係。有工作聯絡嗎？」

「不是，我只是忘記今天是開始售票的日子。」

「售票？」

「嗯，是LIVE的門票。」

LIVE是我不太常在日常生活中使用的詞，因此大腦花了一陣子才掌握到它的意義。大概是指現場演唱會吧。

「這是我喜歡的一個叫 Her Nerine 的樂團門票。我負責的節目有時也會邀請他們。之前有早鳥票抽籤，可是我完全忘記了，所以就想要在開放售票的時候買票。從十點開始，還有兩分鐘。每次都好緊張！」

她身上只有內衣加上T恤，以這副有些過於隨便的穿著握著滑鼠，等待時間來臨。不對，這裡是她家，所以穿著過於隨便的應該是我。

「紗苗，如果他們會上妳的節目，不是可以請他們幫妳取得門票嗎？」

「你等一下。」

看來時間好像到了。她緊盯著電腦，彷彿忘記呼吸般沉默不語。接著在某個時間點，她按了一下滑鼠，隔了片刻，又「喀吱、喀吱」地按了好幾下。為了取得門票，需要花這麼多心力嗎？我不會很積極地聽音樂，當然也沒有搶過現場演唱會的門票，所以無從得知。

順帶一提，紗苗是齋藤從父母親得到的名字。

不久之後，齋藤把雙拳舉向天花板。

「太棒了！我買到票了！對不起，一大早就鬧烘烘的。你剛剛說什麼？」

「買到就好。我只是想到，既然他們會上妳的節目，應該可以請他們幫妳取得門票吧？」

「嗯～如果跟他們說，的確有可能拿到。」

齋藤旋轉椅子，把身體正面朝向我。她習慣以誇大的方式表現日常生活中的隨興言行。此刻她也假裝為自己的想法感到不好意思，實際上卻帶著顯然以此自豪的笑容，對我說：

「我不想用相關人士的立場，玷汙『喜歡你們的作品』這樣的心情。」

這是以自圓其說、自我滿足的方式面對喜歡的東西。既然到頭來都是要去演唱會，結果是相同的，這樣的堅持有什麼意義？我雖然這麼想，不過對於他人的自我滿足，加以貶抑或覺得傻眼更是沒有必要的反應。

「而且我當然也要顧慮到工作上的立場，所以盡量要避免。」

我選擇了喜歡戲劇化人際關係的她應該會想聽的臺詞：

「這樣啊。那麼我也去做可以討妳歡心的早餐吧。」

「喔，好開心。不過你可以多睡一會。」

齋藤雖然這麼說，卻從椅子站起來，眼中充滿熱情地朝我走過來，坐在我旁邊湊向我。齋藤細細的手指接觸我青筋隆起的手。

「也可以。不過現在開始睡，大概會來不及。」

我們今天中午預定要一起外出。其實那並不是很重要的行程，不過如果隨波逐流，也許從早上就得耗費不必要的體力，而我現在覺得很麻煩。我適度地親吻她的嘴唇，然後站起來。

「你隨便挖冰箱裡的東西吧！」

背後傳來縈繞著餘香的聲音。我前往廚房，打開冰箱。

我具備不會讓自己不快的廚藝，再加上這四個月和齋藤維持這樣的關係，也開始掌握她一定程度的喜好。

我站在已經摸熟使用方式的廚房，煎了加入牛奶、比半熟稍硬的歐姆蛋，裝盤時加上兩片煎過的火腿，佐以切細的生菜。我也烤了一片吐司分成兩半，分給兩人份量剛剛好。我把盤子端到餐桌，放在喝著即溶咖啡等待的齋藤面前。

「很抱歉，只有這麼簡單的料理。」

「沒關係。我總是一個人匆忙地吃飯，所以很高興，而且還有人陪我一起吃。謝謝你。」

我禮貌地以笑容接受齋藤的道謝。

慢慢吃完早餐之後，兩人過度迅速俐落地做好出門的準備。我們不需要去思考剩餘的時間要做什麼，齋藤已經打開電腦開始工作。

「妳至少今天應該好好休息才對。」

其實我根本沒有這麼想。每個人都有權決定如何使用自己的時間。我之所以這麼說，是為了讓齋藤說出她大概想說的話：

「沒關係，我是因為喜歡才做的。」

「我總是覺得，可以像這樣面對工作，真的很了不起。」

「我的確覺得很自豪，不過也可以說是藉由工作在逃避。」

齋藤面帶笑容，比較電腦和手機的畫面。齋藤說得沒錯，她的身心是藉由工作在支撐的。她和許多人一樣，把工作誤解為自己的存在意義。

齋藤把工作告一段落，然後從坐在沙發的我後方抱住我的脖子。我適度地應付一下，站起來把錢包和手機放入口袋。

走出玄關，氣溫比我想像的還要高。我等齋藤鎖上家門，一起出發。

我們穿著符合季節、年齡和收入的服裝，走在通往車站的路上。今天兩人預定要去看戲。齋藤和我都沒有這樣的興趣，不過當我說假日沒事做，齋藤就不知從哪找來小劇團的表演，決定一起去看。我也沒什麼好拒絕的。

我邊走邊聽齋藤說明事先搜尋的劇團資訊，發現她一直盯著我的臉。我立刻察覺到，又是「那個」。

「我臉頰上有沾到什麼東西嗎？」

雖然知道齋藤想說什麼，但是這段對話一定從我的提問開始。

「我在想，你今天的臉也好帥。」

齋藤邊說邊仔細地審視我的臉。對此我會視情況回答「我知道」等各種肯定的句子。齋藤聽了會皺起臉，用「自己誇自己好煩」之類的話來損我。接著兩人就會沒來由地相視而笑。

我不知道這有什麼好玩的，不過齋藤很頻繁地進行這段對話，有時甚至一天來好幾次。反正不會有什麼損失，所以我也會配合。我的人生當中永遠不缺可供浪費的時間。

我姑且知道一開始是怎麼開始的。五月的時候，兩人以行動確認了現在的關係。在那幾天後的對話當中，齋藤說明她為什麼想要以情人的形式來束縛我。

「因為我想要更近距離地觀察你——不管是心理上或物理上。」

「物理上？」

「我喜歡你變成大人之後的臉。」

我知道她這句話中，帶著幾分隱藏本質的偽裝及靦腆。

而且我知道自己的容貌頗受異性青睞，也知道自己能夠擺出不會引人不快的表情，因此就回答「聽妳這麼說，我滿高興的」。齋藤緊咬我這句話不放，結果就變成現在這種只存在於兩人之間的溝通方式了。

順帶一提，當時齋藤也問我為什麼要和她交往，我也準備了她應該會想要聽的回答：

「我聽了妳的話，知道妳大概一直都在戰鬥，讓我想要更了解妳。」

我也補了最強的一句：

「還有，其實我滿重視外表的。」

或許也有化妝和表情的影響，齋藤的臉和當年陰沉的印象不同，感覺應該滿受男性喜愛的，因此我想她應該不會認為我在說謊。只要她感到開心，我的真實想法也無關緊要。

或許就如同食物的味道，我的食欲、睡眠欲和性欲不知何時都變得淡泊，不過每一樣都沒有消失。食欲和睡眠欲可以自己一個人迅速解決，但是要滿足性欲，就必須經過一定的程序。為了迴避身體與精神上的麻煩，身邊有一個外表超過一定標準的異性並不是壞事。我對於異性的外表只有這點程度的想法，並不會由此產生好感。

在只有兩人的空間，齋藤會積極地進行肢體接觸，不過在外出時則不會主動來碰我。我們保持一定的距離上了電車，在看戲時經常會去的車站下車，進入很典型的劇場。

演出的或許是剛出道的劇團，觀眾很少。

我從來不曾為了他人的創作品而感動，不過在十幾歲的時候，我勉強接觸了許多作品，因此自認還算有些素養；即使沒有感動，應該也能理解故事架構；然而這次和齋藤看的戲卻超越相關知識的有無，根本無法理解。基本上，我連舞臺上的男人在談論什麼都不知道。也就是說，我連情節都看不懂。

如果是當時的我，或許會對這種創作型態感到新奇而產生興趣，但是對現在的我來說，這一小時半就像一直看著白色的牆壁一樣。

表演結束後，雖然有演員和導演的致意，不過也不得要領。舞臺布幕垂下，觀眾席變得明亮之後，我和齋藤面面相覷。我從她的表情就得知她的感想，因此我們兩人匆匆離開劇場，然後在附近稍微散步。

過了一陣子，齋藤彷彿總算從水裡探出頭般，吁了一口氣。

「哈啊～」

這聲嘆息簡直就像臺詞。

「真是莫名其妙。啊，香彌，如果你很喜歡的話很抱歉。你看懂了嗎？」

「沒有。聽妳這麼說我就放心了。我也看不懂。」

齋藤內心的緊張似乎解除了。

這幾個月以來，我發現一件事：當她知道自己和親近的人擁有相似看法，就會感到特別高興。

我們為了吃遲來的午餐，進入路過的非連鎖咖啡廳。因為天氣很好，所以我們選了露天座位，展開菜單。我和齋藤在這種時候都不會優柔寡斷。在店員端來水和濕毛巾的時候，兩人都點了餐。

「雖然說有些莫名其妙——」

齋藤喝著先端來的冰紅茶，似乎打算要陳述對那場公演的感想。

「不過真的很熱情。怎麼說呢……感覺完全沒有虛假，就好像在表明『我們真心覺得這個很有趣』。這一點我滿喜歡的。」

「嗯，我也感覺到他們很認真。」

「是啊。」

事實上，我沒有任何感覺，而齋藤應該也沒有感覺到太大的意義，卻仍舊想要勉強從他們的創作品尋找意義。她大概是害怕發現自己消費的時間沒有任何意義吧。要理解並承認所有時間都是無意義的，必須要等疾風消逝才行。

勉強做出來的感情沒有任何意義。

想法和價值，必須要是從自己心中自然湧出的，否則全都是謊言。

「怎麼了？」

「沒什麼。我在想他們是不是差不多大學生的年紀。」

「好像有一半左右是大學生。推特上面有寫。」

料理端來，我們立刻動筷子。齋藤對料理的評語是「調味很高雅」，所以我了解到眼前的料理對其他人來說味道也很淡。

「我有時候在想——」

齋藤常常會像這樣裝模作樣地賣關子。

「想什麼？」

「我看到剛剛的舞臺或是組樂團的年輕人，就會想到我會不會原本也有可能選擇跟他們一樣的道路。香彌，你想過這個問題嗎？」

「這個嘛……大概不太常想到吧。」

我從來沒想過這個問題。不過有幾件深感懊悔的事，大概會永遠讓我想著「當時如果這樣就好了」。

「你一定是對自己很有信心吧。我自認拚命努力，才得到現在的工作和生活，不過我不敢保證下一次也能遇到這麼棒的人生。所以我會去夢想不一樣的人生。」

齋藤對我的評論並不正確。

而且我認為她對自己的評論也不正確。從「拚命」這個詞也可以知道，她認為自己戰勝並贏得自己的人生，並說她的人生是很棒的人生，不敢保證下一次還能像這樣生活。她說對自己沒有信心或許是真的，但在此同時，她也誤認為自己的人生是特別的。

「紗苗，妳不論選擇什麼樣的人生，應該都能順利生存吧。」

「是嗎？既然你這麼說，大概就是真的。」

她憑什麼相信我？

「不過討論假設性的問題也沒用。不論怎麼祈禱，都沒辦法過其他人的人生，也沒辦法回到過去。香彌，你之前說你在大學的時候，修了關於戰爭和外交的課吧？你沒有想過從事那方面的工作嗎？」

「我對那方面的學問有興趣，可是並不想要當成工作。」

這是謊言。我並不是有興趣，而是有明確的目的。只不過我並沒有成為學者、改變世界的才能或運氣。

「紗苗，妳呢？妳是法學院的吧？」

「我並不打算要成為律師。啊，不過在學校的時候，我曾經有一度覺得好像很有趣。」

「契機是什麼？」

「嗯～我不記得。大概是老了，記性不好。」

齋藤笑了，我也跟著她笑。

「話說我們兩個同年。香彌，你應該也忘了當時的事吧？」

這時我忍不住——

「不對。」

我忍不住脫口而出沒有預定的反應。我原本並不打算說出接下來的話。不過仔細想想，這是我必須斷言的，所以也沒什麼問題。

「有些事情是絕對不會忘記的。」

我雖然自認是面帶笑容、平靜地說出來的，但是我沒有順利調整聲調。大腦的命令似乎沒有順利傳達到嘴巴。齋藤的右眼瞼微微動了一下。這是她察覺到現場氣氛變化時的習慣動作。

「比方說，當時借傘給妳的事。」

「原來是這個啊。你是聽我說才想起來的吧？你突然變得這麼認真，我還以為是什麼。」

雖然是逼不得已想到的例子，不過齋藤似乎被矇騙過去了。

我在內心反省。

我不小心就把心中真實的部分顯露出來了。

然而這也是沒辦法的。

其他都無所謂。其他任何意見，都可以讓給齋藤或其他人。

但只有一件事，是絕對不能忘記的。

只有那件事，不能讓給任何人。

我重新討齋藤開心，乖乖把對兩人來說口味都太淡的午餐吃完。

在如此淡泊的日子當中，即使想要忘記那燦爛的記憶、獨一無二的疾風，也是不可能的。

※

外出的目的地基本上由齋藤決定。如果每一次都這樣，有可能會被覺得怪怪的，因此我會提供最低限度的意見，不過完全不打算獲得採用。要維持沒有麻煩的關係，不完全接受一切也是很重要的。也因此，在對話當中，有時我也會刻意製造小爭執。除此之外不需要太明顯的吵架，而且目前也沒有發生的跡象。關於這一點，齋藤對戀愛的距離感也發生作用。她並不會要求隨時見到我，或是經常確認我的心意。她不會在戀愛中追求這種持續性的微熱。她希望的是平常保持跟朋友一樣的距離感生活，然後瞬間燃起猛烈的熱情。對我來說，她是非常輕鬆的對象。

要理解齋藤對工作的價值觀，比理解她對戀愛的價值觀花了更多的時間。

以前我們曾經有過這樣的對話。

「講到廣播，往往會給人深夜工作的印象，不過其實一整天都有廣播。我現在是負責白天的節目，所以可以過著規律的生活，不過也有可能會被更動時段。香彌，你會聽廣播嗎？」

「我的老家隨時都打開收音機聽廣播。我也會利用線上重播來聽妳的節目。」

我為了在找不到話題時能夠搭上話，因此聽她的節目。齋藤似乎為我的行動感到意外，張大眼睛。

「真的？對不起，我好驚訝。」

「因為我在聽廣播？」

「不是，是因為你竟然對我的工作有興趣。你完全不提自己的工作，所以我以為你對別人的工作也沒興趣。」

我對自己的工作，或其他人的工作都沒有興趣。在這一點上，齋藤對我的看法是正確的。相形之下，我在進行這段對話之前，並沒有看出她竟傲慢地認為，「對他人工作有興趣的人，一定對自己的工作有興趣」。不過這樣的傲慢並不會對我有任何不利。此外，能夠再次確認工作果然是支撐她自尊的東西，也有助於維持圓滿的關係。

對於將生活重心放在工作的齋藤來說，疾風果然是現在進行式。如果這道疾風停止的時候，是在年邁體衰、無法像現在這樣工作的年紀，那就是值得羨慕的人生了。

不知不覺中，我和齋藤開始交往，也已經過了半年左右。

兩人的工作時間基本上就和大多數上班族一樣，是從早到晚，因此見面通常在公私兩方面都沒有要事的晚上，或是兩人難得同一天放假的時候。

齋藤最近似乎工作很繁重，不過她今天出現時，也幾乎做作地沒有顯露出疲勞，試圖以眼睛的光芒燃燒我。

「辛苦了！肚子好餓～」

「辛苦了。妳想吃什麼？」

「這個就交給剛下班的你來決定吧。」

齋藤穿著秋天的便服，而我則穿著西裝，不過她今天並不是放假。她在傍晚時工作告一段落，因此先回家，等待我工作結束。這種時候，如果我們沒有確定要一起去哪裡，就會先在齋藤家附近的藥局集合。今天也是如此。

「我沒有特別想吃什麼，只要是咖哩以外都可以。我今天中午已經吃過咖哩。」

「這樣啊。那可以去『那裡』嗎？」

我和齋藤交往的時間，足以讓我一聽到「那裡」就知道是哪裡。

「那裡」是指這附近的居民喜歡去的居酒屋。那裡不是連鎖店，店員人數也不多；造訪次數頻繁之後，熟悉的面孔也越來越多，自稱也常一個人來的齋藤甚至得到熟客的對待。

「啊，妳今天跟男朋友一起來呀！」

穿過門簾進入店內，常見的女店員便笑容可掬地對我們說話，因此我也擺出適當的笑容打招呼。齋藤似乎很喜歡和店員聊天，因此相較於陌生的店，比較喜歡熟知自己、不會把自己當成背景處理的店。不過她也知道不是所有人的喜好都跟她一樣，因此如果我在最初到這家店的時候明白表示排斥，她大概再也不會帶我一起來。

我們被安排並肩坐在吧檯座位。我們點了飲料和之前點過的料理，除此之外，齋藤也詢問店員本日推薦料理。

我正要像平常一樣，問她今天有沒有發生什麼特別的事，以便作為對話的開端，齋藤就先開口：

「雖然很突然，不過有件事我想告訴你。」

「什麼事？」

不用看也知道，她此刻的雙眸炯炯有神。她很少在對話開始時如此急著進入話題。平常她總是會先以摸索狀況的方式，從某則新聞或當天發生的事開始談起。或許是有什麼非常值得高興的喜訊吧。

兩個啤酒杯輕碰在一起之後，齋藤立刻進入她想要談的那個正題：

「滿久以前，我們不是談過有沒有和高中時期的同學聯絡嗎？」

「嗯，我沒有聯絡，妳也說幾乎沒有。」

「沒錯。不過我偶爾會跟一兩個人聯絡，今天難得收到簡訊，就打電話過去，然後決定下次要一起吃飯。」

「哦。」

她這麼急著把這種事告訴我嗎？我正感到不像齋藤平常的作風，店員就走過來，把前菜放在吧檯上。

「啊，謝謝！——對了，她叫會澤志穗梨，跟我們同班，你記得嗎？」

「會澤。」

店員開始說明前菜，給了我思考臺詞的時間。

「記得是記得，不過當時我很少跟她說話。喔，這個好好吃。」

「啊，真的耶。話說回來，你跟每個同學都很少說話吧？」

「妳這麼問，我就很難回答了。」

「志穗梨記得你。」

我停下筷子，喝了一口高球威士忌。

「妳跟她談起我的事？」

「啊，對不起。有問題嗎？」

「沒有沒有，沒什麼問題。我只是覺得，應該沒有跟我有關的話題可聊吧。」

老實說，回想當時的自己，我可以充分想像到可聊的話題。

「我告訴她我跟你重逢，而且跟你在交往，她就很驚訝，問我說你變成什麼樣的人。

我告訴她，你變得很帥。」

從齋藤的表情可以看出，她希望我感到害臊。

「妳跟以前同學說這種話，我會很不好意思。」

「別這麼說。然後志穗梨——她現在已經結婚，現在姓今井——跟我約好下次要一起吃飯。」
「嗯。」
「如果你願意的話，要不要一起來？」
應該說她天真嗎？或者她果然傲慢地認為，自己克服了與班上同學之間的障礙，所以別人沒有理由不能克服？
「我在場的話，會澤應該會感到不自在。妳們還是兩個人去吧。」
「是嗎？大家都已經是成年人了，應該沒問題才對。志穗梨說，香彌要來也可以。」
我喝下高球，掩飾接下來的呼吸不穩。會澤志穗梨是以什麼樣的心態說這種話？
店員親暱的態度派上用場。多虧她每次端上料理時都會說幾句話，我總算得以躲過邀約。最後齋藤和會澤的聚會成為只有兩人參加的女子聚會。齋藤有可能會得知我的負面情報，不過那是事實，所以也無可奈何。
也許我和齋藤的關係會因此而結束。如果那樣的話，我也不在乎。
齋藤似乎想著和此刻的我完全不同的東西。她邊吃南瓜邊提供另一個話題：
「志穗梨那邊就算了。事實上，我還有另一場聚會希望你能出席。」
我看到她的態度變得正經，大概就猜到是怎麼回事。
「嗯？什麼聚會？」
「我的生日不是在下個月嗎？」
「是二十三日吧？」

「對，就是勤勞感謝日（註7）。」

她以前曾經抱怨，自己工作時通常都沒有人感謝，因此我輕鬆地記住了。

「我爸媽說，那天要一起吃個飯，我就想到不知道你能不能一起參加。」

「什麼？」

「啊，如果你不想的話也沒關係！對不起！」

「我並不是不想，只是覺得這種全家團聚的場合，應該不希望外人打擾吧？妳爸媽邀妳，應該是想要和可愛的女兒一起度過才對。」

老實說，我並沒有特別排斥。過去我也曾經和交往對象的雙親見過面，因為工作的關係，也懂得如何和初次見面的人打交道。我之所以提出好像要拒絕的問題，是因為想要知道齋藤是以多大程度的情感與意圖在邀我。

「你明明知道我三不五時會回老家，還說這種話。」

正是因為我知道，才會這麼說，不過太裝傻也不自然。我不想要無意義地惹齋藤不高興而徒增麻煩。

「妳希望我去見妳的雙親，有什麼特別的意義嗎？」

齋藤張開嘴巴，像是吞下空氣與決心般，點頭「嗯」了一聲。

「沒錯。所以如果你不想去也沒關係。」

齋藤拿了幾塊端來的炸軟骨，以行動示意要等候我的回應。

原來如此——我在心中點頭。會澤的話題和她當時高昂的興致，是為了隱藏正題的

7　日本國定假日之一，日期為十一月二十三日。

認真程度。

她或許不想要讓我感受到重擔，也可能是過去的交往對象曾帶給她這方面的傷害。不用多想，我已經做出抉擇。

「我希望他們認為我配得上妳。」

齋藤常常露出不知道應不應該表露喜悅或驚訝的表情，我也有既定的應對方式。

「希望他們不要覺得，怎麼來了一個跟女兒一樣個性扭曲的傢伙。」

「好壞！不過你說得沒錯。」

這時齋藤總算露出笑容。她似乎格外畏懼生活中的空歡喜。如果沒有確實而細心地把喜悅包裝起來交給她，她似乎就無法放心。以處世方式而論，她這種對幸福的猜疑應該是正確的。不過她遲早會發現，一切都是空歡喜。

或許是因為做完一件要事而放鬆心情，齋藤喝酒的速度加快。最近她的酒量似乎增加了。

我邊聽齋藤抱怨工作邊思考：齋藤究竟是基於什麼樣的價值觀，要把我當作考慮到將來的交往對象，介紹給雙親？

如果將她在人生中最重視的東西化為文字，大概就是成就感。更進一步地說，從工作得到的成就感會為她帶來最大的喜悅。這一點從平常的談話中就可以知道。她無疑對於工作抱持著特別的期待。也因此，戀愛大概只用在滿足她的性欲及女性自尊。不過看樣子，她和我交往不只是為了享樂，甚至已經開始考慮到將來結婚的可能性。理由只是因為她受到一般社會常識束縛嗎？

不過這並不重要。

即使演變成結婚之類的狀況，我也完全不在乎。反正人生只是活到某一天死去為止。在歸於塵土之前的路徑即使稍微變化，也無關緊要。

「我吃飽了。我們下次還會再來！」

兩人在先送齋藤回家再前往車站、也一定趕得上末班車的時間，走出居酒屋。我默默等候她與店員之間的嬉鬧結束，然後向店裡的人致意。等到聽見背後拉門關上的聲音，站在我旁邊的齋藤就把手放在我的手肘上。

「真抱歉，突然提起要你去見我父母親。」

我等到齋藤開口才低頭看她。她的表情好像咬到很酸的果實。

「沒關係。我也想過會有這麼一天。」

我選擇她想要聽的話說出來。

「謝謝。聽你答應的時候，我好高興。嗯，我一直都很高興——」

齋藤為自己說的話噗哧一笑，然後放開我的手肘。

「老實說，我今天一直都很緊張。」

「我還以為妳不太會緊張。」

我知道她想要維持這樣的形象。

「也許看起來不會，可是其實我滿容易緊張的。唉，不過今天我是真的很緊張——大概是那次以來第一次這麼緊張。」

「那次？」

齋藤喜歡戲劇性的對話。

「就是我們第一次一起喝酒回家途中，我在計程車裡碰到你的手指那次。」

的確有那麼回事。在我心中，它只有和其他無數記憶同等的價值，沉澱於泥水般的心底。

「如果我帶像你這麼帥的男人去見我爸媽，他們一定會很驚訝。」

這是例行對話的開頭，我也笑著回應「也許吧」。

齋藤挑起這個話題，或許可以看成是在隱藏害羞，不過我仍看出其中帶有與平常一樣的虛榮。程度多少不明，不過她內心的確多少把我當成裝飾品看待。我不認為這是壞事。這樣剛剛好。像這樣適度混濁就行了。喜歡某人的心意可以是汙濁的。反正是要在無關緊要的剩餘時間內生活，除了疾風以外，這樣就行了。

我們來到齋藤住的大廈前。她宣稱明天放假，因此我原本打算稍微詢問她有什麼計畫，然後就道晚安離開。

「我想到當時——」

齋藤看著自己變紅的手掌說。

「當時計程車停在這裡，我原本稍微想到，搞不好你會跟我一起下車。我當時很緊張，想說如果真的發生那種事怎麼辦，不過你卻表現得很紳士。」

齋藤發出彷彿在嘲笑我的「呵呵」笑聲。我知道她想要說什麼。

「香彌，你明天要上班吧？」

這種事無關緊要。不論是工作或其他任何東西。

所以我能夠依照對方期待行動。

「嗯，其實我也不算紳士，所以我會把更換用的領帶放在女朋友家，以便從那裡上班。」

只要齋藤感到高興就行了。只要不引起麻煩就行了。如果她仍舊對人生抱持希望，夢想能夠得到幸福，那也沒關係。

看到齋藤能夠為這種事而露出高興的表情，我就無比羨慕無知而愚蠢的她。

※

「你只要在房間裡別抽菸，在店裡或其他地方可以抽菸沒關係。」

「不用了，還是不要吧。我也不好意思讓妳的衣服和頭髮沾到菸味。」

「你真是個體貼的男人。」

「這樣應該很普通吧。而且我的菸癮也沒有那麼大。」

「這樣啊。」

「如果妳希望我戒菸，我也可以戒菸。」

「不用了。我不希望你為我改變自己。」

「這又不是那麼誇張的事。」

「為了某人而放棄自己喜歡的東西，是很重大的事情。」

「也不到放棄的程度。」

「你別說了，就這樣吧。我認為人不應該為他人、只應該為自己而改變。」
「為自己……」
「沒錯。所以如果你想要戒菸，我希望你是為了自己，比方說要開始注意身體，或是覺得戒菸會比較有異性緣之類的。」
「身體狀況目前還好，不過如果可以更有異性緣，我就要考慮戒菸了。」
「帥哥只有一個對象沒辦法滿足嗎？」
「紗苗，妳可以滿足我嗎？」
「呵呵，可以呀。來吧。」
在黑暗中，曾經幾乎能夠抓住生命的我的手指，在小型雙人床上毫無感動地抓住齋藤的手。

※

一如預期，與齋藤父母的聚會平安無事地結束了。
他們應該覺得我看起來像個有分寸的成年人，我也透過言外之意，告訴他們我和齋藤感情很好，收入方面也沒有問題。最緊張的是齋藤。我因此猜想她以前沒有帶過交往對象跟父母親見面，一問之下果然沒錯。我雖然不解為什麼我是第一個，不過或許跟年齡也有關係。
至於我，當然完全沒有緊張的時刻。我在聚會時，觀察雙親在女兒介紹交往對象時的反應。他們一方面似乎很放心，另一方面看起來也像被奪走打發時間的玩具。

我在送齋藤的雙親前往鄰近轉運站的飯店時，也乖乖遵守無聊的禮節。

只剩下我們兩人之後，在齋藤提議之下，我們又去了另一家店。我原本就想到或許也應該再陪陪齋藤，所以剛剛好。我們前往從車站走十分鐘距離、以前也曾去過的酒吧，坐在餐桌座位。我忽然想到，和齋藤在一起的時間，有一半以上在睡覺或是以某種形式用餐。我們成為無趣的大人之後，能做的也只有這些事。

齋藤不論是在工作或私生活中克服某種困難時，一定會點氣味強烈的酒。她向酒保點了拉佛格威士忌，喝了一口，然後深深吁了一口氣。

「香彌，辛苦了。真的很謝謝你。」

「雖然有點緊張，不過我覺得很愉快。」

「真的嗎？我一直在擔心爸爸媽媽會說些奇怪的話，所以好累。」

她再度嘆了一口氣，接著似乎終於想到，拿起自己的酒杯輕輕碰撞我的酒杯。

「我爸媽對你的評價很高。」

「希望是這樣。」

「你去上洗手間的時候，我爸媽對你讚不絕口。」

即使當事人離席，也不見得就是真正的評價。齋藤在那個場合的立場，有一半是家人，有一半是我的交往對象；在這樣的女兒面前，他們應該不會說出直率的感想。不過我當然也沒有必要去確認對方是否真心。

我配合齋藤喝了一口酒。在跟別人喝酒的時候，舉起酒杯的時機每隔幾次就會有一次配合對方，這一來談話的節奏自然也會合拍，可以讓對方心情愉快。

齋藤反芻著今晚進行過的對話，途中又點了兩、三杯酒。

「我也好高興他們讚美這個。」

齋藤拿起掛在脖子上的項鍊，眼睛因為酒醉而濕潤。這是我在昨晚過了十二點之後，送給齋藤的生日禮物。

「對呀，他們說很可愛。」

「嗯，不過我感到高興的不是這句話。要說可愛的話，既然是專業的人要做得可愛的作品，當然不可能會不可愛吧？」

酒醉的齋藤得意地向我披露自己腦中的想法。

「我感到高興的是，他們說這條項鍊跟我穿的衣服很搭。」

「不是跟妳，而是跟妳的衣服？」

「嗯。你是從兩人在一起的回憶、還有想像我的喜好來選的。其他人也能看出這一點，讓我很高興。」

我不解這有什麼好高興的。在一瞬間的停頓當中，齋藤似乎察覺到我的疑問，或者一開始就打算補充說明。

「想到自己出現在心愛的人的想像中，就會覺得比什麼都要高興。」

「原來如此。」

我可以理解她想說的話，但是無法產生共鳴。

「感覺很有妳的風格。」

「討厭，你不要開我玩笑。」

齋藤笑咪咪的臉完全沒有討厭的樣子。她向酒保點了另一杯酒。

「我不知道是不是想像，只是希望妳高興就選了。」

這不是謊言。為了取悅她，我盡了最大的努力。不論如何化為言語，都無法理解對方的內心，所以這樣就行了。我們只要依照自己方便來扮演角色就行了。

也因此，這句臺詞也是因為覺得齋藤一定會高興而選的。不過她的反應卻不是害羞的笑臉。

「欸，我想問你一件事。」

齋藤拋出這句就停下來。她具有膽小的一面，必須要對方產生興趣才能說出來。

我擺出詫異的表情。

「什麼事？」

「選我真的沒關係嗎？」

這個問題太抽象，因此我一時沒有回答。並不是無法回答，而是因為我理解，這時的正確答案是沉默。

「對不起，我自己帶你去見父母親，還突然問這種問題。從那天到今天，一直都很順利，說得誇張一點，甚至彷彿可以看見命運。」

這世上並沒有命運這種東西，不過我覺得這是齋藤會喜歡的詞。

「可是我感到有些不安。」

「對什麼感到不安？」

「對於使用你未來的時間。」

齋藤喝了一口琥珀色的液體。

「雖然不知道會不會結婚，不過繼續下去的話，有可能會失去重要的幾年。我當然希望不會變成那樣……」

齋藤再度說到一半又停下來。她誤認為不把話說完是交由對方來決定，或者她是假裝在誤解。保留該說的話不說，純粹只是要讓對方替自己補充這個部分，形同要把對方放在自己控制之下。

我當然理解這一切，卻還是幫齋藤繼續說：

「也許有一天，我們會分道揚鑣，沒辦法繼續保持友好關係。」

「的確。」

「不過即使變成那樣，我也不會覺得跟妳在一起的時間是失去的。」

我已經沒有值得失去的時間。

今後我也許會和齋藤一起度過幾年、甚至幾十年的時間，也許會經歷結婚、生產等等各種大事，不過我不認為會有問題。這段時間即使用在其他用途，我也沒有任何想要得到的東西。我心想，就讓齋藤利用這樣的我就行了。她可以一方面跟我在一起，一方面享受疾風。等到有一天疾風過了，兩人一起過著死氣沉沉的生活也沒關係。我們就是這樣的存在。

萬一齋藤有能力看穿我的內心，會不會覺得我把她當成傻瓜而生氣？

齋藤露出害羞的笑容，用搆不到的手肘假裝在戳我。

「不過你這個說法有點那個，讓我想要問你一個問題。」
「那個？」
「嗯。」
齋藤喝了一口杯中的酒，讓杯裡的冰塊發出「喀啷」的聲音，然後微微歪著頭說：
「香彌，你曾經談過至今無法忘記的戀愛嗎？」
她眼中依舊閃爍著我已經無法擁有的光芒。
我明明知道她絕對不可能知道任何事，卻感覺到自己內心不能被她看到的部分浮現。然而在過去無窮的時間當中，我學會了隱藏這個部分的方法。也因此，我相信自己內心的騷動絕對不可能會被看出來。
「也許有一兩次吧。不是都說，男人會把交往的對象個別保存在腦中嗎？」
不可能會被看出來。
但是齋藤卻喃喃地說出莫名其妙的話。
「騙人。」
齋藤壓低聲音說出的這句話，彷彿糾纏在我的腳上，緊緊勒住。
齋藤用臉頰肌肉做出不帶情感的笑臉，然後又喝了一口酒。
騙人——是什麼意思？
我的哪一點讓她覺得是謊言？
齋藤看出了我的什麼？
她猜到了我的什麼？

憑齋藤這種程度——

「妳為什麼說我騙人？」

我一問，齋藤的笑容便加深了。

「嗯？你一定很受歡迎，不可能只有一兩個吧？」

騙人。齋藤應該也預料到這個謊言會被我看穿，才這麼說的吧。如果她希望我認為這是真心話，她應該會配合剛剛說「騙人」的聲調。

那麼她有何目的？

如果棲息在我心中的，是在這世上很普遍的東西、任何人都經驗過的東西，那麼她能夠憑臆測看穿我的內心，也沒什麼好奇怪的。

然而事情並非如此。齋藤絕對無法預料，絕對無法想像。

我並沒有追問。我判斷如果追問的話，就會破壞兩人之間好不容易像死亡般安詳的關係。

齋藤隱藏在自己內心的某樣東西，或許會給予我們之間的關係致命傷。

然而幾天後，我得到有可能不再需要擔心這一切的聯絡。

※

公司暗示我，有可能會把我調到遠地。

我原本就知道自己隨時有可能被調動職場。

隱瞞這種事也沒有意義。我決定次日就找齋藤出來告訴她。這天是她放假的前夕。我知道如果很嚴肅地告訴她有重要消息，她一定會感到害怕，因此我若無其事地邀她吃晚餐。

我跟她說上司送我很好的葡萄酒，請她到我家。為了方便讓她對我的話做出任何反應，避免結果變得曖昧不明，我心想挑選必須展現明確意志才能離開的場所比較適合。為了避免齋藤起疑心，我之前也請她到家裡來過幾次，所以不會感覺不自然。順帶一提，我說上司送我葡萄酒是謊言。

我們在彼此的工作結束之後約在車站見面，然後前往我家。我們穿過樸實無華的大廈入口，對擦身而過的父子微笑打招呼。我用鑰匙開門回到家，聞到自己家裡沒什麼生活氣息的氣味。

「你的房間裡還是沒什麼東西。明明應該跟我家差不多大，可是看起來卻寬敞很多。」

「大衣給我吧。」

我把兩人份的大衣掛在衣架上。就如齋藤所說的，我的家裡沒有放置生活不需要的用品，只有最低限度的家具、家電和電腦，沒有電視或書櫃，當然也不會講究室內裝潢。

齋藤在洗手間漱完口，我便請她坐在沿著矮桌置放的L型沙發。

「要一開始就喝葡萄酒嗎？我家裡也有啤酒。」

「難得有那麼好的酒，就等料理送來之後再喝吧。先來一杯啤酒，店員先生。」

「遵命。」

我把齋藤喜歡的罐裝啤酒倒入玻璃杯，放在桌上。我跟她說「接下來請自便」，然後再度回到廚房。晚餐依照齋藤的要求，點了義大利餐廳的外送。在送來之前，我先把事先買好的起司放在盤中，端到正在喝酒的她面前。她說「謝謝」之後，我也開了啤酒作為回應，坐在她的斜對面。

其實也可以不等料理送來就先進入正題，不過一開始談之後，有可能無法用餐，因此我決定先填飽空腹。

在料理送來之前，我對齋藤述說虛構的上司軼事。這個上司的人設是單身、喜歡到處尋訪美食、個性和善；我謊稱葡萄酒是為了獎勵我完成緊急任務的禮物。

過了一陣子，門鈴響了，一名看似大學生的青年送來好幾道料理。我們兩人一起把料理放在桌上，並且把盤子、筷子、酒杯和紅葡萄酒也擺在桌上。齋藤已經喝完第二罐啤酒。

我們倒了葡萄酒，合掌之後，齋藤吃了一口沙拉，高興地把手放在嘴前。

「最近的外送都這麼好吃嗎？」

「真的耶。」

兩人邊說些無關緊要的話，邊品嘗一道道料理。葡萄酒似乎也很合齋藤的味。一如往常，對我來說不論是料理或酒，味道都很淡。

我們依舊總是在一起吃東西。我們只有在直接連結到生命的事物上，才會積極聯繫在一起。其他要做的事情，就只有為了避免生活中的麻煩而處理事務。也因此，我必須與正在交往的她仔細詳談今後的生活才行。

我把葡萄酒含在嘴裡，等待適當的時機。當炸雞的盤子清空之後，我心想差不多是時候了，正準備在對話中插入話題，但沒想到剛好在這個時候，喝酒速度相當快的齋藤打翻了裝有葡萄酒的杯子。我離開驚慌失措的她，去廚房拿了濕巾，擦拭潑出來的葡萄酒。我請齋藤負責從濺到葡萄酒的料理當中，挑出還能吃的部分移到小碟子裡。

「哇，真的很抱歉。我喝醉了。」

「真難得。」

「嗯，大概是因為最近睡得不太好，所以特別容易醉。」

我詢問她的身體狀況，她就開始抱怨工作的事。我錯過了提起正題的時機，不過反正還有很多時間。

「每次在不經意的談話中，感受到上司仇女的一面，我就會覺得這職場到底是怎麼搞的。感覺很那個。」

「這樣啊……如果真的沒辦法忍受，能不能比方說，換工作到其他電臺？」

「雖然也不是不可能，不過我現在也還沒做出什麼成果，所以不太實際。」

她明明反省自己喝得太醉，卻又喝了一口酒。

原本是生存價值的工作，卻讓她承受壓力。不知她如何接受這件事。

如果她覺得遭到背叛，疾風也許即將結束，不過或許她人生當中的疾風原本就不是工作。

她抒發一陣子的不滿之後，似乎終於感到滿足，或者只是因為累了，雙掌合十對我道歉：「真抱歉，在吃美食的時候還一直抱怨。」

我回答：「美食不論在什麼時候都很美味，所以沒關係。」接著她傳給我意想不到的好球：

「關於剛剛的問題，你有想過換工作的可能性嗎？」

我把視線朝向斜上方，歪著頭假裝有些苦惱。

「唔，這個嘛……」

難得對方把話題轉到這裡，我不需要煩惱就能提出預定的話題。也因此，我的反應是要表現出突然被情人詢問而困惑的樣子。

「怎麼了？」

「老實說，今天我原本就想要跟妳談這件事。」

齋藤聽到我的聲音，右眼瞼敏感地反應。

「什麼事？感覺……」

她似乎原本想要說「好可怕」，但是勉強忍住而閉上嘴巴。至少在我看來是如此。

我謹慎地挑選語句，告訴她我有可能被調動。關於時間、期間以及預定地點在遠方，我都毫不保留地告訴她。我沒有必要隱瞞。重要的是告知事實之後的事。

「目前還只是可能性的階段，並沒有正式決定。不過……我想要聽妳的意見。如果我要被調走怎麼辦？」

「唔～」

她的沉吟聲跟我不一樣，應該是發自內心的。

「我當然知道兩人都沒辦法輕易辭職，另一方面，我也不想要結束跟妳的關係。可是如果彼此很難見到面，就如妳先前說的，我擔心時間會白白浪費。」
這段話雖然大半都是謊言，不過我的確沒有積極地想要結束跟齋藤的關係。
我打算完全交由齋藤來決定。如果要採取遠距離戀愛的形式，那也沒關係；或者如果她選擇當場結束兩人的關係，我也願意接受。只要別留下深刻的憎恨就行了。
齋藤喝了一兩口酒並陷入沉思，我也默默等候她。如果一言不發地注視著她，或許會給她壓力，因此我自顧自地伸出筷子，夾起留在餐桌上的料理。判斷對方的沉默是表達意願之前的階段、或者沉默本身就是在表達意願，是很重要的。在這個場合，我知道齋藤會開口說話，因此我只需要默默等候。
過了片刻，我察覺到齋藤面對著我。
「就如之前你說的，今後不論和你在一起度過什麼樣的時間，我都不會覺得是白白浪費。」
「嗯。」
「所以如果你願意的話，雖然說即使距離拉遠也未必會馬上分手，可是我想要決定選那一個。」
齋藤依舊以賣關子般的緩慢口吻說話。
「妳是指，要分手就趁現在嗎？」
我歪著頭問，齋藤臉上便泛起淺笑，宛若樹木被風吹動般搖頭。
「不是，我不是這個意思。」
那麼她說「選那一個」，是什麼意思？

齋藤像是要換氣般，又喝了一口酒。
然後她說：
「乾脆辭職吧。」
「……咦？」
齋藤不理會我的問號，嘴角泛起的淺笑宛如波紋般擴散到整張臉。
「乾脆辭職，跟你一起走吧。」
我難得因為其他人說的話而有些驚訝。
不過這個衝擊很快就過去了。
「關於這一點，也許等妳清醒的時候再談比較好。」
鬼迷心竅——她此刻的狀態正可以如此形容。
齋藤不可能為了男人捨棄工作。即使不用「疾風」這樣的形容，齋藤自己應該也知道，她的生存價值與青春，很有可能是在工作當中。
「我雖然喝醉了，可是我不是因為酒醉才說的。」
「那是……」
「我之前就有稍微想過。」
「想過什麼？」
「如果因為你的某種理由，讓我沒辦法持續現在的工作怎麼辦。」
這種事有什麼好想的？基本上，光是想像這種事，就不像是齋藤的作風。
「對我來說，現在的工作當然很重要，也讓我得到很多無可取代的經驗；不過如果為了跟你一起生活，必須要換工作的話，我會把辭職也當作選項之一。我現在仍舊這麼想。」

她以煞有介事的口吻，說出自己膚淺的誤解。我會不惜一切努力糾正她的想法。

「即使妳跟我走，那裡也未必會有像現在這樣的工作。」

我使用不帶嘲諷的誠摯口吻。

「那當然。其實我也想過要當CD店的店員。希望他們有在徵人。」

齋藤似乎完全沒有感受到我的弦外之音。她的說法就像是在嚮往充滿可能性的未來。我忍不住一反平常地插嘴說：「不行。」即使她喝醉了，我仍為她一直說夢話而感到焦躁，不禁脫口而出。

「妳應該要好好考慮。」

「香彌，你不希望我跟你一起去嗎？你該不會是消極地在提議分手吧？」

「不是這樣。可是就像剛剛說的，妳的工作對妳而言應該是無可取代的吧？」

齋藤毫不猶豫地點頭。

「嗯。」

「我不能為了自己的理由，奪走妳的工作。」

工作，還有疾風。

「說『奪走』太自以為是了吧？我並不打算被任何人奪走工作。我不是為了自己以外的任何人。如果有必要辭職，我會承擔辭職的責任。我以前不是也說過嗎？人只應該為了自己而改變。」

她的確說過這種話。是在什麼時候？感覺好像是最近，也好像是很久以前。

「我是為了自己想要跟你一起走，才要辭掉工作——可能會辭。不過你也有可能不會被調走，我也有必須解決的工作，所以當然沒辦法立刻私奔。」

我仔細傾聽齋藤的話，邊聽邊感覺到背上有一股寒意。

起初我不知道是為什麼。

這種感覺就像繞過轉角會遇到恐怖怪物的不安。

「所以你不需要覺得是自己的責任。到時候我會自己進行準備。當然如果你不願意的話，那又另當別論。嗯，不過在交往的這段時間，你應該也明白，我不會因為你說不要就乖乖退下。」

齋藤發出咯咯的笑聲，又喝了酒。

我一點一滴地逐漸了解寒意的真相。

該不會是——

我開始察覺到齋藤一直隱藏在心中的某樣東西。

如果這是事實的話，我是多麼愚蠢。

不，仔細想想，這也是無可奈何的。

我不可能想到，在我身旁的人會抱持這麼愚蠢的想法。

我忍不住也喝了一口酒。我不想要相信這種事。

「對了，我們開始交往也過了滿久的時間。」

就如她說的，我和她已經在一起頗長一段時間。

我回想起至今的交往過程。
而此刻，我再度注視眼前的女人。
兩人彼此對看。她的視線展現的意志，讓我心中產生的恐懼變得明確。
或許處處都有預兆。
我打心底希望這是假的。
「香彌，你怎麼了？」
「沒有……」
我在思考。
我是不是誤會了她？
我是不是搞錯了應該對她產生的感情？
我凝視著她的眼睛。
對這個眼中蘊含光芒的女人，我一直抱持著某種羨慕。
我以為她是仍舊處於疾風中的人，可以長久享受「工作」這樣的疾風，有潛力度過令人羨慕的人生，因此才跟她交往。
然而這些想像或許是錯誤的。
「你該不會其實打算要在今天分手吧？」
齋藤雖然用開玩笑的口吻說話，但卻以打心底感到害怕的眼神看著我。我揣測著她的內心。
她為什麼會露出這樣的眼神？我離開她到底有什麼好怕的？

對於齋藤來說，我只是她漫長的人生當中遇見的一名異性。我們剛好是同學，並且因為幾個巧合而重逢，不過我終究只是她交往過的男人之一；當這樣的我要離開她眼前，她為什麼會感到如此恐懼？她大可再找另一個對象。她只要找一個能夠快速滿足性欲和自我顯示欲的人，陪在她的身邊。

不是這樣嗎？

我在齋藤雙眼的眼球中，看到裂痕的幻影。

我詛咒自己的遲鈍。

「紗苗。」

「嗯？」

怎麼會這樣？

「我有話必須要跟妳說。」

「你怎麼變得這麼認真？怎麼了？」

齋藤心中的恐懼更加膨脹，而她或許也發現到了，因此試圖用意志與酒精的力量壓下來。看到她此刻對我擺出的笑臉，只會讓人產生憐憫。

「是很重要的事情。」

「什麼事？我好害怕。」

她終於說出內心的恐懼。

「很抱歉，讓妳感到害怕。」

這是真心話。如果是平常的我、過去的我，或許會選擇稍微顧慮到齋藤感受的說話方式吧。

「不過我還是得說出來。」

我現在必須對她說出真相。

「你不要擺出那樣的表情。」

她必須了解我是什麼樣的人。

如果不知道這一點而繼續生活，未免太可憐了。

「對不起。」

現在或許還來得及。

人類必須透過人生當中短暫的疾風得到救贖。

至少應該要能夠憑藉這樣的回憶生活。

齋藤當然也必須得到這樣的機會。

她的人生絕對不能把我當成疾風。

※

「我聽到消防車的聲音。會不會是火災？」

齋藤似乎是想要緩和室內緊張的氣氛，喝了一口水這麼說。

「紗苗，我希望妳聽我說。」

「啊，你要開始說了嗎？」

齋藤抬起一邊的嘴角。雖然感覺有殘酷，不過我還是點頭。
「除此之外，我們沒有別的事可做了。」
「香彌，你怎麼了？」
「沒怎麼樣。」
她的說法彷彿覺得我失去了平常心，但事實並非如此。
我原本就是這樣的人，只是她不知道而已。
她原本沒有必要知道。
但是現在已經不容選擇。
「也許妳以為我接下來要提出分手的話題，但是並不是這樣的。」
她必須知道真相。
齋藤又喝了一口水，做好心理準備。我聽見她的喉嚨發出「咕嚕」的聲音。
「就結果來看，或許會變成那樣，不過我接下來要說的，並不是為了某種理由要跟妳分手。」
「我不懂你的意思，可是我不打算分手。」
「聽了我的話，反倒是妳應該會想要跟我保持距離。」
「你的意思是，你出軌了？」
齋藤開玩笑地說。她的腦袋確實具備談戀愛所需的正常迴路。
「我想我的確算是對妳說了謊，不過並不是出軌這種戀愛方面的事。」
齋藤等我繼續說下去。

「應該說……」
我仿照齋藤常用的說話方式，故意在觸及核心部分之前停頓一下，接著果斷地說：
「我沒有辦法愛上任何人。」
我不等對方的反應，繼續說下去：
「比方說，我並不會做出所謂的出軌行為，丟下交往對象或結婚對象，愛上其他人。」
齋藤默默地看著我的臉，試圖捕捉、理解、解釋我說的話。
「那應該沒問題吧？你的意思是你不容易愛上人，對不對？」
「不是不容易，而是我已經不會再愛上任何人了。」
「……不會再愛上任何人？」
齋藤複述一次，似乎總算了解我在說什麼。
「你的意思是，包括我在內？」
幸虧齋藤還具備思考能力。
我花了十足的時間點頭。
「嗯。我對妳的感情並不是戀愛。話說回來，也不是友情或同鄉之間的情誼。」
我為了讓她感受到這是真話，沒有移開視線。
「對我來說，妳只是——」
我過去不曾像這樣對她說話。我知道這樣會傷害到她因為缺乏自信、反而形成的高度自尊心。
「偶然重逢的昔日同學。後來兩人的關係逐漸走向交往，我覺得也好就交往了。就只有這樣而已。」

齋藤解開在膝上交握的手。

「可是交往通常不都是這樣的過程嗎？」

「不是這樣的。」

我確實盯著齋藤的眼睛，像是要疏遠這句話般搖頭。

「我即使到現在，也沒有特別喜歡妳。」

等待她詢問也沒有意義。

「我對妳的心意，從那天在故鄉車站、以為有陌生女人坐在我隔壁的時候，就沒有任何變化。」

「這……」

齋藤陷入沉默，但是她的情感似乎還沒有強烈到可以稱為衝擊。她注視著我，眼神似乎在推測我說的話當中有多少真心的程度。

「就是字面上的意思。對於欺騙妳這件事，我感到很過意不去。我原本打算一直騙到底——不，或許等到有一天，妳的人生也失去疾風之後，我會告訴妳；可是至今為止，我並沒有打算要刻意結束這段關係。我打算至少等到妳的疾風消逝。」

「疾風？」

齋藤的表情不像是產生疑問，看起來比較像因為聽到不熟悉的詞而重複念一次。

「我認為每個人的人生當中，都會遇到疾風。或者也可以代換成別的說法，像是『顛峰』或『最佳回憶』。人生就是在體驗這場疾風之後變得空虛，接下來就只能憑藉回味疾風度過餘生。妳當初看起來，似乎還處在疾風當中，讓我感到很羨慕。關於這一點，我現在仍舊沒有改變想法。」

齋藤緩緩地張開緊閉的雙脣，嘴裡的舌頭空轉了一下，彷彿數度演練臺詞，然後終於用充滿意志的聲音說：

「你是指，人生的顛峰？我還沒有感覺到疾風結束了。」

「我也這麼想。妳還不像我這麼空虛。即使有一天會變得空虛，但是我相信每個人在自己的生涯當中，都有體驗一次疾風的權利。」

「等一下，你從剛剛到底在說什麼？」

「我希望妳仔細聽我接下來要說的話。」

面對無法對話的我，齋藤把視線落在桌上，點了兩次頭。這不是代表接受，而是思考某件事時打拍子般地點頭。

「這是我必須要告訴妳的事實。」

齋藤的視線回到我身上。

「我一直以為，妳的疾風是來自工作。」

「你是指，我把工作排在第一？」

「沒錯。可是妳剛剛不是說，即使拋棄工作也沒關係嗎？而且妳還說，拋棄工作的理由即使是我也沒關係。不論如何，妳都不應該在我這種人身上，感受到妳人生當中的疾風。」

齋藤皺起眉頭，或許是在表達否定，不過我搶先反駁她想要說的話。

「就算妳現在不這麼想，只要有變成這樣的可能性，就必須要迴避。我感覺到妳有這種傾向，覺得未免太可憐了，所以才想要告訴妳。」

一口咬定、強迫推銷的口吻、憐憫——我刻意使用齋藤的個性應該難以接受的方式對她說話。

她接受之後可以發怒，也可以感到悲傷。如果聽不懂，也可以感到害怕。

不論如何，只要她的心能夠遠離我就行了。在共度一段時間之後，雖然無所作為，不過或許我對她產生某種信賴，相信她具有斬斷人際關係的智慧程度。

「香彌。」

她沉默了一陣子，接著呼喚我的名字，聲音當中似乎不帶憤怒或悲傷。

「那麼你的疾風是什麼？」

這種事無關緊要，可是紗苗的表情卻像是最關心這個問題。

我不明白她的感情變化，不過其實不論她有沒有興趣，我都打算要談我的疾風。這是為了讓齋藤知道我這個人是如何形成的；為了告訴她，在體驗過疾風的人當中，我是格外特殊的例子；也為了讓她放棄我這個人。

「如果妳在意的話，我就告訴妳。」

「告訴我。」

這是我第一次說出這件事。我並非沒有猶豫，但是把只存在於我心中的特別經驗告訴齋藤，是有意義及理由的。

「我的疾風，是在當時吹起的。」

我以平靜的心情，回想起平常一再回味的當時的心情，並且說出來。

「『當時』是指高中的時候嗎？」

「沒錯。正確地說，是在我十六歲的時候。姑且不論周圍的人怎麼看我，我當時因為生活太無趣，心情總是很煩躁。於是我一直在尋找能夠讓自己的人生變得特別的事物。」

化為言語，就會覺得很蠢。

「我反覆挑戰各種事物，然後又感到失望。後來我遇到一個女生，並且愛上對方。」

齋藤揚起眉毛。

「她是不屬於這個世界的異世界居民，年齡是十八歲，只能在某個公車站見面。她的身影除了眼睛和指甲之外，我都無法看到。」

齋藤理所當然地露出無法理解的表情。

「你是指幽靈嗎？」

「對我來說的真相並非如此。那個公車站連結了這個世界與她的世界。她是確實存在的人物。我能夠摸到她，也能夠吃到那個世界的食物。」

「你說的——」

齋藤似乎努力地要把我說的話和她的常識兜在一起。

「會不會是在做夢？因為某種理由……」

她雖然沒有說出口，不過似乎是在懷疑我有病，或是把某種異物攝入體內產生幻覺。雖然沒有必要說明，不過我當時並沒有生病的跡象，也沒有攝取不必要的東西。

「不是做夢。我們見過好幾次面。即使沒有任何人相信這件事，只要我沒有遺忘，它在我心中的真實度就不會改變。所以妳不相信也沒關係。」

「……你繼續說吧。」

或許是基於自尊，齋藤沒有輕率地說她相信我。她不容許自己承認，和我在一起的所有時間都是無意義的。真是令人感動落淚的無用自尊。

「我每天晚上都會去公車站見她。我會在漆黑的公車站候車亭裡等候她。」

我思索要不要說明地下避難所的事，不過感覺會變得太複雜，因此就省略不提。

「她每隔幾天會從異世界過來一次。她只有發光的眼睛和指甲，看起來不像人類。我想要從她那裡得到某種知識或資訊，讓自己的人生變得特別，但計畫卻很難順利進行。即使想要知道彼此的文化，也無法藉由味道或氣味傳達，甚至無法讀取對方的文字，只能依靠言語來說明。不過就算知道異世界的風俗習慣和規則，也沒有什麼用處。」

我依照記憶順序告訴齋藤。

「重要的是，這個世界和她的世界會彼此影響。兩個世界會發生同樣的事，比方說在這裡有東西壞了，在那邊也有東西會壞掉。」

在談到這件事時，有一個無法迴避的話題。

「我們利用這樣的影響，想要尋找能不能替對方做什麼。」

我不是不小心，而是刻意說出那個名字。

「在實驗過程中，我還把坐在我隔壁座位的田中的狗放走。」

「嗯？」

就如我預期的，齋藤露出詫異的表情。她大概在思索我的發言和自己的記憶何者正確，不過她立刻要求直接和我對答案：

「如果是我忘記或不知道，那很抱歉——」

「嗯。」

「我們班上有人叫田中嗎？」

「沒有。」

我沒有特別理由要等她問「那麼是怎麼回事」，因此繼續說：

「當時我把班上的人全都分類為『田中』這個名字，意思就是到處都有、對我來說一點都不特別的傢伙。」

不過話題當然不會就此結束。

「包括我在內嗎？」

「不對。」

她的表情有一瞬間變得輕鬆，讓我感到過意不去，但我還是必須說出違反她期待的話：

「對於行為舉止和田中稍微不一樣的人，我有別的稱呼。」

我抬頭看她的臉。

「我稱呼妳為齋藤。跟那時候一樣，直到現在，妳對我來說仍舊只是齋藤而已。」

或許是種種感情重疊在一起的結果，她最終的表情讓我感到安心。

「你在說什麼？」

齋藤——本名須能紗苗——今晚首度對我露出明確的失望表情。

※

「也許妳已經知道，那隻狗的名字叫阿魯米，飼主的本名叫會澤志穗梨。就結果來看，阿魯米是被我害死的。」

我在廚房倒了兩杯熱咖啡，把其中一杯放在齋藤面前，開始說明事實。

「志穗梨。」

齋藤盯著桌子，只低聲說出這個名字。

「妳沒聽說過這件事嗎？」

「她沒有跟我說過。」

「這樣啊。」

「香彌。」

我坐在沙發上，總算和齋藤對上視線。

「你說的是真的嗎？」

「全部都是真的。」

「你說你害死志穗梨的狗，也是真的嗎？」

「嗯，最後的結果就是這樣。阿魯米因為被我帶出去，所以才會死掉。」

我彷彿看到齋藤有一瞬間露出微笑，但是她沒有理由擺出那種表情，所以也許是我看錯了她的某個反應。她臉上立刻恢復先前的表情。

「你說的『齋藤』……」

「我到現在還是這樣稱呼妳。」

「你對我說過的其他的話，也都是假的嗎？」

她指的是哪句話？這才是重點吧？我回想起曾經對她說過的各種話。

「我不知道能不能說全都是假的。」

這回齋藤臉上真的露出笑容。這次是有理由的。是我刻意選擇說話順序，得到這樣的結果。

我知道要讓對方的心情跌到谷底，就要先捧得高高的。

「我只是選擇妳應該想聽的話、說出來會討妳喜歡的話。因為我知道，這麼做就可以減少麻煩。」

我以為齋藤會表現出前所未有的失望表情，然而她似乎仍舊保持微笑。我以為自己說得不夠，便補充說：

「我剛剛也說過，我已經沒有戀愛情感。正確地說，我已經把它留在十五年前的那時候。」

即使補上這句話，齋藤似乎也沒有更失望的樣子。她垂下視線，喝了一口放在桌上的咖啡，然後用把砂糖放入咖啡般纖細的聲音說：

「原來你的疾風就是戀愛。」

我聽到這句話，感覺到好像有針刺進我的指尖。在此同時，我想起曾經和她進行過的對話。

就是她問我有沒有無法忘記的戀情、然後又說我騙人的那時候。

當時我無法看穿齋藤隱藏的感情真面目，不過現在總算變得明確。她恐怕是看穿我心中有某個人，意識到情敵的存在，並隱藏湧起的嫉妒。

「你喜歡的那個女孩是什麼樣的人？」

我不知道她是基於什麼樣的心態，想要了解自己嫉妒的對象。是放棄，或是為了耀武揚威？不論如何，在此我只能選擇說出實話。

「我稱呼只看得見眼睛和指甲的她為『琪卡』。」

我想像在黑暗中浮現的光芒。

「她是個聰明的人，總是很冷靜，有很多興趣，也喜愛小說、香水之類的文化。不過那些當然都是異世界的產物，我沒有辦法實際體驗。」

「這樣啊。」

齋藤簡短地附和，等候我繼續說明。

「我猜她在生物學上應該不屬於人類。雖然看不見她，不過我能摸到她的身體。用手指沿著身體輪廓摸，有手有腳也有頭，可是她的血液會發光，頭髮的觸感也很特別。」

我為了想起那個觸感，把右手張開又闔上兩次。在這段時間，齋藤喝了一口咖啡，然後放在桌上發出「咚」的聲音。這似乎就是展開行動的訊號。

「你跟那個異世界的女生在交往嗎？」

從她的口吻可以聽出種種情感——對於在兩人關係即將結束時、一本正經談起異世界生物的男人產生的錯愕、恐懼、厭惡，以及這些情感引起的謹慎，另外還有不知該當真到什麼地步的懷疑——不過這些都不重要。

「沒有。在她的世界，沒有戀愛這樣的概念。」

「那……」

「所以我教了她。」

我想像著齋藤原本要說的話被磨碎的景象。

「我教她戀愛是什麼、情侶是什麼、成為情侶之後要做什麼。為了讓異世界的居民了解，我用盡言語和心意來說明。」

聽了我奇幻故事般的說明會想像到什麼，大概會因為聽者知道什麼樣的故事、經歷過什麼樣的戀愛而有差異吧。

不過她應該已經知道，這件事非同小可。

沒錯，我和琪卡之間的關係是特別的。我心中對於琪卡的思慕是無與倫比的。我從琪卡得到的光，在這世界上是獨一無二的。不論我是多麼無趣的人，這些都不會改變。

「我不知道琪卡能夠想像我的心意到什麼地步，不過我們兩人都努力地要去理解對方。我當時覺得，不論未來會怎麼樣，只要擁有和她共有的東西就行了。」

沒錯。只要擁有那樣的東西就行了。

「對我來說，從琪卡得到的東西、以及我對琪卡的心意，就是這個世界、以及我的人生當中的一切，直到現在也一樣。她是唯一能夠改變我的人物。但是疾風卻突然停止了。」

疾風——齋藤的唇型再度說出這個詞。

「我突然聽不見琪卡的聲音，也看不到她的身影。在那之後，不論等多久，我都沒有再見到她。」

雖然只是推測，但是在那之後我想了很久，認為之所以再也無法理解琪卡的語言，責任在我身上。

當時琪卡一定是拒絕了我。因為心靈的距離拉遠，以至於無法再理解語言。這是我一再反芻、幾乎磨破記憶底片得到的想法。當然這個想法也可能是錯誤的，到現在也無從證實。

「無法再見到琪卡之後，我的人生也結束了。現在的時間，對我來說就像餘生一樣，什麼時候結束都沒關係——不，我希望可以早點結束。不過我連主動尋死這種強烈的行動都嫌麻煩，所以才留在這裡。」

坐在沙發上、面對齋藤、甚至連談起琪卡這回事，也只是在打發身體迎接死亡之前的時間。

「我在迎接死亡之前，只能回味和琪卡在一起的回憶活下去。除了對琪卡的想念之外，什麼都沒有。所以我不可能成為其他人的人生意義，也不會有任何人在我的人生當中具有意義。」

如果要對齋藤表現（即使是虛偽的）誠意，那麼含糊其辭而要對方自行察覺，才是更欠缺誠意的。

「我也從來沒有真心認為紗苗、齋藤是我的情人。」

在這個距離，應該不可能會聽不見。齋藤的耳膜一定確實捕捉到我的話，傳遞到大腦。她應該正在憑自己的方式解釋這段話。她注視著我的臉，持續沉默。
我想著幾秒鐘之後不知會面對什麼樣的反應。以齋藤的個性，應該會選擇保持自尊。大哭或是怒吼都屬於傷害她自尊的行為，所以我預測她大概會假裝冷靜，戲劇化地吐出接受一切的臺詞。
最後我的預測大致正確。
「我也可以……想到一些事情。」
這句話顯然是以對方會詢問意思為前提。過去我會滿足她的願望，不過如果她誤會那是我的溫柔，我會很受不了，也因此我打算保持沉默，結果她不等我的回應便繼續說：
「我不會用『疾風』這種說法，不過我可以理解，遇到改變自己人生、自己整個人的東西、並且一直被困在那裡的感覺。」
看來齋藤仍舊沒有理解。我並沒有被困住。那就是我全部的人生。
我試圖以教誨、說服的感覺再次展開說明，但是卻以失敗告終。
「我跟你也很像。」
我思索她話中的意思。
「就像那個女生對於你的影響一樣……」
「……一樣？」
不可能會有和琪卡一樣的東西。
「我當時也遇見了跟那個叫琪卡的女生一樣、改變人生的東西。在遇見之後，就一直被困在那裡。」

聽到她無視琪卡特殊性的這句話，我感覺到情感宛若從胃部逆流般的奇特感受。不過我仍舊等待齋藤繼續說下去，或許是期待萬分之一的可能性吧。也許齋藤也曾經有過在這世上獨一無二的相逢或思念。

「我──」

「……」

「我遇見了音樂。」

也許我也曾經試圖要忍住不說話。

「不要相提並論！」

不過我在說出來之後，才像是要自圓其說般地想到，我已經不需要再對齋藤保持形象了。

「的確不是同樣的東西，可是我也曾經有過跟你相似的心情。」

「不要把琪卡跟那種──」

「怎樣？」

齋藤的表情變了。她在知道我的真面目之後，似乎覺得已經沒什麼好怕的，表情非常冷靜。我對這樣的她產生單純的憤怒。這是睽違許久的純粹憤怒。

「──跟那種沒有任何意義的創作品相提並論！」

「對我來說，那個女生也沒有任何意義。不過對你而言，卻是無可取代的人吧？」

「妳不會、了解、我們！」

齋藤用剛好惹毛我的動作點頭。

「我不了解。就連自己最重要的音樂，我也還不太清楚對自己來說究竟是什麼，更不可能了解其他人最重要的東西。」

「別把那種程度的心情，和我的思念相提並論！」

憤怒彷彿變成結晶，刺在我的喉嚨上。即使在這種時候，我仍舊具備無可救藥的社會性，會在咳嗽的時候把臉從別人面前轉開。

「因為太巨大而無法了解，所以我一直在思考。香彌，你對那個女孩了解多少？」

「琪卡——」

「你也完全不了解她對你來說究竟是什麼，所以才會被困住，不是嗎？」

「不對。」

用「困住」這種說法，彷彿是說只要琪卡離開我的心中，其他事物就會產生價值。

那是不可能的。我心中一直深藏著在這世上無可取代、獨一無二的感情活到現在。琪卡比任何人都更重要，比任何人都更有魅力。我清楚理解只有我擁有的這份感覺。只對他人的創作品懷有模糊情感的齋藤，和我絕對不一樣。那類的人跟我絕對不一樣。

不要用廉價的同感玷汙我的光芒。

「我以為是音樂拯救了我。我以為只要喜歡就可以了。可是我發現我其實什麼都不知道，而音樂也不打算要拯救我，因此感到失望，直到現在還是在思考音樂對我來說是什麼。」

她的表情當中似乎摻雜著某種喜悅，更加惹毛我。
「我和琪卡的關係不需要去思考。跟妳不一樣。」
「你喜歡那個女生的哪裡？」
「全部。」
我完全不用思考，就能夠肯定地回答。我喜歡琪卡的存在本身。
「不是那種曖昧不明的答案。我想要聽你自己的說法。」
「妳這個人……」
為什麼要找琪卡麻煩？
為什麼要試圖闖入我的光芒？
是在懷疑我的說法嗎？還是這傢伙仍舊在嫉妒琪卡？
既然想知道，我就說出來吧——我試圖追溯記憶。
「在我心中，只有琪卡是不會消失的。她肯定我的一切。」
「她只是讓你這麼認為吧？」
過於無禮的這句話，讓我一時語塞。
「兩個人不可能彼此了解一切、肯定一切。光是倚賴對方的肯定，並不是真正喜歡對方。」
這傢伙為什麼一再自以為很懂地說這些話？我已經氣到頭昏眼花。這個齋藤——須能紗苗——原來這麼不知分寸、這麼沒有思考能力嗎？
「喜歡某個對象，會連看不見的部分都一起喜歡。不管對方是人類，或者是東西。」

身為田中或齋藤的你們或許如此，但是我想念琪卡的心情卻不一樣，是很特別的。不論我是多麼無價值的人，只有這份心情是特別的。

「我也在看不見形體的音樂當中感受到理想。我曾經以為音樂會肯定我的一切，可是如果喜歡的話，自己也必須要前進才行。聽了你剛剛說的，我就覺得跟以前的我很像。如果可以的話，跟我一起——」

我聽見心中傳來按下開關的聲音。

「別說了。」

我不是為了裝模作樣或是別有意圖，而打斷齋藤的話。就像我說的，我認為已經沒必要繼續聽她的說法。

「妳不用再多說什麼。」

仔細想想，這也是理所當然的。為什麼齋藤會說這些莫名其妙的話？為什麼她會誤以為自己的經驗能夠套在我身上？

沒錯，正是因為我的經驗是無人經驗過的特別情況。我缺乏這樣的自覺。我一直相信自己是隨處可見的無趣的人，而我自己實際上也是如此。

但是只有跟琪卡的相逢是奇蹟。

也因此，就算齋藤絲毫無法理解，只能從自己平庸的體驗或見聞得來的普遍事物來推測，並隨口說些結論，也是無可奈何的。

我為什麼要這麼生氣？我對這傢伙期待什麼？

這傢伙只是齋藤，不是琪卡。

「妳回去吧。」

齋藤露出驚訝的表情。這是在這世上隨處可見的反應。

「我們最好再也不要牽扯在一起。」

我也能預期到她接下來的反應。反正她會覺得自己遭到背叛，露出憤怒的表情，然後說些搞不清狀況的話。

「你完全感受不到嗎？」

「對於只能做出這種無聊反應的傢伙，我沒有必要繼續談琪卡的話題。」

這句話似乎讓齋藤的憤怒潰堤。

「你這是什麼話！」

「……」

「一副只有自己了解一切的表情！」

我沒有擺出那樣的表情。此刻的表情，或許是懶得理會還沒經歷疾風的傢伙所說的戲言。

「自以為很了不起！」

齋藤瞪著我。我自認臉上並沒有擺出足以引來敵意的表情。

「你只是忘不了前女友而已！」

「沒錯。」

我也可以默默地接受齋藤的怒罵，不過如果只是默默接受，無法讓她離開。我以引導的方式肯定責備我的齋藤，等待她不久之後主動後退。

「妳說對了。這樣就行了吧?」

我把視線從齋藤臉上移開。在我的預期中,她會把手邊的咖啡潑過來,或是為了引出我的反應而罵得更厲害。

「什麼琪卡嘛!說什麼肯定一切,你跟那個女生都跟傻瓜一樣。」

看吧。

「也許吧。」

「你喜歡的人被當成傻瓜,你難道不會生氣嗎?你說只看到眼睛和指甲,反正一定是把看不見的部分想像成自己理想的樣子,然後一廂情願覺得自己喜歡她吧?」

「也許吧。」

「其實你們的對話搞不好根本無法溝通吧?搞不好一直牛頭不對馬嘴,然後憑自己的主觀解釋,自以為理解了。」

「這也不無可能。」

「說實在的,那個女生真的存在嗎?你沒辦法忘記自己妄想出來的腦內情人,感覺太危險了。」

「沒錯。」

「你生氣呀!」

齋藤呼吸急促地站起來。我在眼角瞥見她因憤怒而顫抖的手。

「如果她那麼重要,讓你說出活著也沒意義、跟我在一起的時間都是謊言這種話,如果你要說只有當時的人生才有意義,至少為當時的自己認真一下吧!」

這個齋藤到底在誤會什麼？

我當然很認真。我沒有一天不想到琪卡。我只是覺得沒必要拿這件事跟齋藤爭論。

「那個叫琪卡的女生如果看到你現在這個樣子，不知道會說什麼。」

「我也不知道。」

反正再也無法見面，去想那種事也沒有意義。而且——

「我已經不在乎自己變成什麼樣子了。」

「算了。」

齋藤說完離開原地，拿起大衣和包包，走向玄關的方向。我拿起眼前的咖啡杯喝了一口。味道很淡。

「喂。」

我原本希望齋藤直接離開，但是她的聲音從我頭上降下來，大概是想要撂一句狠話吧。這是最後的時刻，姑且聽聽她要說什麼。

「你這個人——」

「嗯。」

「只是把自己的窩囊全部歸咎給琪卡、玷汙她而已。」

這回齋藤似乎總算離開了客廳。我沒有看那個方向，不過從腳步聲和氣息可以知道。我聽見玄關的門打開的聲音，接著是關上的聲音。

我不自禁地把手中的咖啡杯丟向牆壁。我坐在原處，靜靜地注視咖啡與杯子碎片灑在地上。

※

不跟齋藤見面的生活開始了，也沒有任何問題。

只是回到原本的日常而已。這是理所當然的。須能紗苗在我的人生當中，只是齋藤當中的一個，沒有任何重要性。她也只是從我身旁經過的人當中的一個。對於齋藤來說的我當然也是如此，她在今後的人生當中沒有必要記住我。人生當中，必須一直留在心中的東西是有限的。

這項事實明明非常正確。

可是為什麼——

我感到很不愉快。

那天齋藤對我拋出的最後一句話，一直糾纏著我。

她用了玷汙這個詞。

誰玷汙誰？

「早安。」

「啊，鈴木先生，早安。」

「之前你跟我要的東西，我已經傳過去了，請檢查信箱。」

「哇，謝謝你這麼快就完成！」

齋藤說我玷汙了琪卡。

太愚蠢了。我和琪卡再也無法見面，也因此，為了不忘記與她在一起的回憶，我非常珍惜地把這份心情留在心中。我根本不可能去玷汙再也無法見面的對象。

如果說有人玷汙她，那就是齋藤。是她玷汙了我和琪卡的回憶。她把那些多餘的言語留在我的房間，使我為其惡臭而痛苦。

「鈴木，今天中午你可以撥出時間嗎？」

「好的，我沒有特別要趕的工作。」

「我要和神田先生他們吃飯，你也一起來吧。他們很喜歡你。」

「既然是那樣的理由，我一定會參加。」

我原本猜想，齋藤是在說我和琪卡互相影響的事，不過並非如此。

我沒有對她詳細說明雙方的影響，而且我早已考慮到自己有可能至今仍會對琪卡造成影響，因此避免在生活中引起風波。我不破壞、不失去、不沮喪，盡可能排除人生當中所有的負面要素來生活。做到這種地步的我，不可能玷汙琪卡。太愚蠢了。

齋藤也說，我把自己的窩囊全都歸咎於琪卡。用窩囊這個詞指責我是錯誤的。如果想要罵我，就應該批評屬於我的特徵；她用「窩囊」這個詞，想必是要批評我無氣力的生活，可是這個詞卻能夠套用在這世上的許多人身上。她要貶抑我的企圖失敗了。

「鈴木，這份禮物給你。」

「謝謝。沒想到我竟然有機會得到工藤給我的禮物。」

「還來！收到學長特地送的點心，還說這種話！」

「我是開玩笑的。我很感激能夠得到這份禮物。」

「歸咎於琪卡」這種說法也錯得太離譜。

我反倒覺得自己是託琪卡的福，才能度過至今為止的人生。我當時全身感受到疾風，遇見由衷覺得特別的人，在心中留下一輩子不會消失的心情，直到有一天死去為止。即使剩餘的時間都活得很空虛，只有這份心情是真實的，並且會一直留存在我心中。齋藤不知道，在這個無價值的生命中，這一點有多麼重要。我對於琪卡只有感謝，絕對不會恨她，甚至把自己無趣的人生歸咎於她。

「是的，我是鈴木。謝謝您平常的關照。是的。關於那件事，就如我前幾天說明過的，應該是本年度為止的預算。是的。原來如此。好的，我知道了。那麼我也會跟上田進行確認，今天以內會通知您，這樣可以嗎？好的，謝謝您。那麼我就先告辭了。」

齋藤對我說的話，從頭到尾都是錯的。

我明明理解，但是卻感到不快。

即使在經過三個星期之後的現在，我仍舊被不快的感覺折磨。

「鈴木，你是不是累了？」

我完成今天之內必須做完的工作，稍微鬆一口氣，才發現時間已經是下午六點。

當我在公司吸菸室抽著一點都不美味的香菸，跟我同期的男同事為我的身體狀況表示擔心。

他前幾天得到孩子，處在疾風正中央的幸福帶給他從容的心情，或許也因此想要多管閒事。

「是嗎？最近的確接連發生讓我費神的事。」

「鈴木，你太認真了。應該要稍微隨便一點，才能長久持續。」
這個男人說錯了。我正是因為隨便地生活，不想引起問題或麻煩，才會以看似認真的態度工作。
「或者你差不多也該結婚，讓另一半照顧你的私生活。」
「結婚之後必須彼此照顧，所以到頭來，工作和私生活應該都會一樣忙吧。」
「你果然很認真。」
他似乎覺得我隨口說說的話很有趣，笑著吐出煙。
「不過如果有小孩要照顧，也會成為我們的力量吧？」
這種話正是處在疾風中的人說的。
為了對自己來說很特別的人而活著——我也曾經有過像這樣的時期。
當時光是如此，就讓我覺得自己能夠成為任何人。不過像這樣得到的微薄力量和自認萬能的感覺，其實都是誤會，而且在疾風離去的同時就會消失。
「我還沒辦法想像養育小孩，也還沒打算要結婚。我會去找其他散心的方式。」
「沒有打算要結婚？上次那個女朋友呢？」
「喔。」
我這才想到，我曾經在和齋藤一起走在街上時遇到他。我們只有稍微打招呼，沒想到他卻記得。
他大概從我的回應察覺真相，不過為了避免他日後再次誤會，因此我必須在此說明清楚。

「我們分手了。」

「真的？好可惜。」

可惜嗎？

如果要這麼說的話，就失去可以簡單滿足欲求、外表還算不錯的對象這一點來看，的確有些可惜。

「她看起來好像很重視你。」

對於這個有些意料之外的分析，我露出曖昧的笑容，把菸灰抖落在菸灰缸。

「交往的時候，當然會很重視對方，不過光憑這一點也沒辦法維持下去。」

「這樣啊。骯髒的我們已經沒辦法談純感情的戀愛了。」

他為自己說的話兀自發笑，我也配合他笑了笑。

他說的話有些錯誤。

齋藤一定也想要談純感情的戀愛，而且應該能夠實現。

前提是，對象必須是還沒有經歷過疾風、還沒有遇見獨一無二的特別對象的人。

問題在於她想要以我為對象，而我心中屬於「純感情的戀愛」的場所已經填滿了。

齋藤搞不好會覺得，錯的是沒有事先說明就跟她交往的我。

那麼我是否應該忍下留在內心的不快，接受懲罰？我要為了奪走她遇見疾風之前的時間，受到制裁嗎？

太愚蠢了。沒有那個必要。

誰有權把沉默當成罪惡、投擲石頭？

即使是齋藤，也不能……

「怎麼了？」

「……沒事。」

「反正你應該很快就能找到下一個對象了。」

「很難說。」

「喔，在這種地方跟男人談戀愛話題，會被不抽菸的傢伙嫌棄。」

他看著手錶，再度為自己說的話發笑，然後把菸蒂丟在菸灰缸，走出吸菸室。

我獨自被留在室內，把剩下一點點的香菸放入嘴裡。

平常就覺得很淡的香菸味道，此刻完全消失了。

我感到迷惘。

我拚命地想要整理突然浮現在腦中的東西，也因此，我無法去注意自己的身體正在執行的動作。丟掉菸蒂之後，我明明不想抽菸，卻不知不覺地點燃另一根菸。

我重新回憶先前的對話與思考流向。

同期的男同事提起齋藤的話題，使我想起了她。

聽到「無法談純感情的戀愛」這句話，我在心中確認我不符合齋藤的理想。這是正確的認知。

接著我想到，也許我必須為了沒有告知自己的真心話而贖罪，然後又迅速否定。因為他人沒有表明所有想法與行動而生氣，未免太過任性；如果要為此責難他人，那就是明顯的越權行為。

然而我過去卻曾經做過像這樣的越權行為。
我曾經因此而傷害了最重要的對象。
我過去曾經只因為琪卡沒有告訴我，就感到無法忍受。
我打心底後悔當時的行為。
然而另一方面，正因為我對琪卡的感情是真實的，正因為想要更了解她，才會說出那種話。我相信那正好證明了我強烈的感情。
沒錯，所以我應該了解齋藤的心情。
可是……
我卻否定了。
我當時覺得，如果齋藤因為我沒有表明真正想法而憤怒，實在是太愚蠢了。
我當時覺得，想要知道一切太愚蠢了。
也就是說，我把自己過去對琪卡產生的心情拋在腦後。
如果我保留著對琪卡的感情，就不可能嘲笑想知道心愛對象一切的心理。
不可能，但是——
但是——
該不會……
我曾經有一瞬間忘記了嗎？
恐懼占據我的全身。菸灰從香菸前端落下。
「不對。」

怎麼可能會有那種事！

我只憑藉著對琪卡的思念在生活。每一天，我都會回想當時的情景，只憑藉著持續的回憶活下去。

我不可能會忘記。

在那個仍舊寒冷的季節，我們在公車站見面。

那段彼此逐漸理解對方的時間、聽不見的種種單字、感受不到的氣味、無法分享的食物味道、在琪卡的世界發生戰爭的日子、琪卡對警鈴的厭惡、阿魯米的死、佇立在雨裡的田中、琪卡給予我的救贖、為琪卡破壞收音機和學校的鐘、琪卡因為警鈴壞掉而高興、接觸到琪卡的身體、初吻帶來的喜悅、兩人的蜜月時光、和琪卡一起歡笑——

聰明的琪卡。

充滿創造力的琪卡。

肯定我的琪卡。

特別的琪卡。

最愛的琪卡。

琪卡。

妳為什麼拋下我？

我不可能會忘記。

我的手指顫抖，點燃的香菸掉下去。我就連撿起來這個常識性的動作都無法進行，從口袋掏出另一支菸，不知為何想要點燃。顫抖的手指無法順利點燃打火機，最後我把香菸和打火機都丟到垃圾桶。地板上，剛點燃的菸升起一縷白煙。
我記得。我清楚地記得琪卡。
然而我卻發覺，我能夠喚回心中的，全都只是單純的事實。
我無法在心中描繪當時那強烈、沉重、激動的感情。
我只能回想起我有多麼愛慕琪卡這樣的事實。
只能用應該很強烈、應該很沉重、應該很激動這樣的說法來回想。
我沒有心跳加快、沒有雀躍、也沒有胸口被勒緊的感覺。
也就是說，我只是在閱讀刻印在那裡的心情，沒有產生和當時同樣的感受。
也因此，我甚至能夠毫不在乎地否定自己昔日的想法。
甚至沒有為此感到心痛。
不行，我無法原諒我自己。
一切都會消失。
如果沒有這份思念，一切都會變成謊言。
琪卡會變成謊言。
我拚命地要去回想那些日子。
我應該有和琪卡互相唱歌給對方聽。我當時應該是為了能夠接近琪卡而感到高興。
我也記得，我們聽不到對方世界的歌聲，無從得知對方唱的是什麼樣的歌曲。
不，不對。我們可以確實聽見歌曲，不過好像沒辦法聽出旋律。
我想像到大腦從邊緣開始腐壞的景象。

我感到極度恐懼。

我思索自己變成這樣的理由。

為什麼會變成這樣？

為什麼現在才發現變成這樣？

我把手伸向口袋中的手機。拿出來的時候，手機一度掉落在地上。我撿起來之後，努力用顫抖的手指操作。

我從通話紀錄找到好一陣子沒有聯絡的那個名字，立刻點下去，並把手機拿到耳邊。

我沒有考慮到對方有可能正在工作，或者根本不想接我的電話。

等待接聽的鈴聲響了一陣子，對方以冷淡的「喂」的聲音接起電話。

「妳對我做了什麼？」

我自己也知道這個問題的說明不足。也許我腦中組織文章的部分已經爛掉了。須能紗苗沒有回答，因此我絞盡此刻僅剩的腦力，告訴她：

「我想不起對琪卡的感情。我記得曾經發生過，可是卻沒辦法清楚想起那份感情。不可能會有這種事。絕對不可能。」

她仍舊沉默不語。

「是不是妳在那時候做了什麼？」

我並不覺得自己說的話支離破碎。不管是咒語或魔法，如果她做了什麼，我打心底希望她能夠趕快解除詛咒。

過了片刻，我隱約聽到電話另一端傳來吸氣的聲音。

「九點來我家吧。」

須能紗苗只說了這句話，不給我肯定或否定的時間，就掛斷了電話。

我呆站在吸菸室，直到同事擔心地來叫我。

※

我雖然坐立不安，不過須能紗苗在指定時間之前，大概不打算要見我。到了九點整，我在她住的大廈前下了計程車，快步走向入口。複製鑰匙已經在停止見面的期間寄到她的信箱，因此我輸入房間號碼，按下門鈴。

因為沒有反應，我又按了一次，但仍舊沒有反應。

我按捺焦急的心情，正想要打電話給她，就收到簡訊。她說會晚十五分鐘到。

在這十五分鐘，我只是心急地等她到達。我完全沒有心思去想，她會以什麼樣的態度面對好一陣子沒見面的我。我沒有特別的理由要去思考。

我不顧出入大廈的居民懷疑的眼神，站在入口前方。過了一陣子，一輛計程車停下來。從車上的人側臉，我知道等待的人終於出現了。我努力忍住想要走向計程車的雙腳。

穿著還算正式的須能紗苗付完錢，朝著我走過來。我心裡正想著，打招呼的方式應該看對方的出招來決定，不過她卻不發一語，看著我的眼睛快步走過來，把拳頭舉到自己的臉旁，突然揍向我的臉。

細細的手臂出的拳，當然不會造成多大的傷害，但是因為這個舉動太出乎意料，讓我不禁呆住了。她只說「入場費」，然後用鑰匙打開入口。

我不知道該說什麼，因此姑且跟在她後面完成入場，搭上電梯。她沒有說話，我也配合她，無言地下了電梯，站在好一陣子沒來的門前。

房間裡仍舊保持我跟她交往時的樣子，連我的私人物品都還留在室內。我想到她是否還對我念念不忘，不過萬一她真的對我做了什麼，那麼她也許早就預料到兩人會再度在這裡會合。

我放下行李，她便指示我「坐下吧」。我坐在之前的固定位置——餐桌前靠廚房那一側的椅子。身為屋主的她脫了外套，用紅色水壺燒開水，泡了兩杯即溶熱咖啡，放在桌上。

我雖然不在乎飲料，但還是姑且道謝，不耐煩地等她在對面坐下。

在她的屁股還沒完全接觸椅面的時候，我的耐性就瀕臨極限。

「我希望妳能告訴我。」

她的眼睛充滿力量地盯著我。

「妳對我做了什麼?」

須能紗苗沒有把視線從我身上移開，用鼻子深呼吸一次之後回答：

「我沒有做什麼。」

「不可能。」

「是真的。我沒有做任何超出我能力的事。我當然不可能使用催眠術或咒語之類的。」

「那妳為什麼要找我來？」

我忍不住以幾乎要抓住她的氣勢湊向前，但她的視線仍舊沒有離開我，也沒有驚訝地退縮。

「我什麼都沒做，不過我知道發生了什麼事。」

「妳說妳什麼都沒做，難道是那傢伙嗎？」

我重新坐在椅子上，追溯在公司的記憶。須能紗苗歪頭問：

「那傢伙？」

「公司裡跟我同期的傢伙。不過那種沒任何意義的傢伙，怎麼可能會影響到我？」

「喂。」

須能紗苗口齒清晰地斬斷我的想法。

「很遺憾，每個人都是特別的。」

太愚蠢了。

「哪會特別！」

「我們遇見的所有東西、所有人，都是特別的。要從其中接受什麼樣的影響，是由自己決定的。」

「我會受到影響的，只有琪卡。」

須能紗苗喝了一口咖啡，嘴脣之間吐出細長的氣息。

「我來告訴你發生什麼事了吧。」

我已經無法掩飾內心，一邊期待著總算能夠得到正確答案，另一方面也因為可能得知對自己不利的結果，因而內心產生恐懼。

即便如此，我也不能選擇停止。

「告訴我吧，拜託。」

「你忘記了。」

在理解這個過於簡單的句子之前，我腦中閃過某個景象。

我在對眼前的女人施加暴力。

然而實際上我能做的，就是發出像白痴一樣、不成聲音而類似呼吸的嘆息。

「你忘記了。在這段時間當中，你忘記了對琪卡的心情。」

「怎麼可能。」

「可是你確實發現，自己已經失去跟當時同樣的心情吧？」

須能紗苗似乎在等我的回答。我搖頭說：

「不對，沒那回事。」

「你不是在電話裡說過嗎？」

「那是暫時性的。只要知道原因，一定會馬上想起來。」

「我已經忘記了。」

她在說什麼？

「不論是第一次喜歡上音樂時的衝擊、或是高中時討厭你的回憶，我雖然仍舊記得那些事實，卻已經無法重現當時的心情。」

「我的心情沒有那麼無關緊要。」

我知道自己的語氣變弱了。我明明想要生氣，但不安卻占了上風，聲音變得彷彿是要求救。

須能紗苗不知對於我的態度有何感受。我覺得她似乎在憐憫我。

「忘記也沒關係。」

「有關係！」

「我們不可能一直記得。」

這傢伙在開玩笑。怎麼會沒關係？不可能沒關係。

我拚命尋找應該在內心某個角落燃燒的情感。

當時我是那麼思慕著琪卡——用浮誇一點的說法，我是那麼地愛她。我曾想要占有她，也曾想要被她占有。我曾衷心相信，只要有她，其他什麼都不需要。

我在尋找。我不斷地尋找，越尋找越明白。

我無奈地被迫發現——

答案就在內心浮現的句子裡。

當時。

曾想要。

曾衷心相信。

心中湧出的念頭，全都屬於過去。

當我想要以現在式撈起這些想法，它們全都像沙子般崩解，從我的手指之間流失。

啊……

「妳騙我。」

「我沒有騙你。」

她憑什麼否定？這傢伙知道什麼？

我感到惱火。為了甩掉這個感受，我可以發怒，也可以放棄對話。

但是我辦不到。

現實擺在我面前。

我原本相信自己擁有的感情，不論是份量、大小、重量、形狀，已經不是以現在進行式存在了。

空殼被吹走、掉落、消失。

怎麼會有這種事……

「我不要。」

連一粒沙都沒有留在手中，簡直就是惡夢。

「我不想忘記。」

即使對須能紗苗說這種話，也沒辦法改變現實。

她無法喚回我的情感，更不用說把琪卡從異世界帶回來。

她只是契機，讓我發覺到被隱瞞的事實。

即便如此，我仍舊毫不羞恥地冀望奇蹟發生。

我由衷祈禱著不要結束。

須能紗苗看著難堪地說出無意義話語的我。

我以為她會笑我。我以為她會高高在上地鄙視我，說「看吧，我說得沒錯」。

然而她卻咬著下嘴脣，默默地看著我。

「你可以忘記。」

她重複一遍。我搖頭。

「如果忘記，一切都會成為謊言。」

這回輪到她緩緩地左右搖兩次頭。

「不會變成謊言。我們都會忘記。不論是多麼強烈的心情，也會一點一滴地磨損，變得稀薄而模糊。但是自己當時的心情絕對不會變成謊言。當時無聊到想死的心情、遇到值得喜歡的樂團而想要改變的心情、還有你喜歡琪卡的心情，全都不是謊言。」

「忘記的話，就無從證明了。」

「可以。香彌——」

須能紗苗伸出手，放在交握在桌上的我的雙手上面。

我不曉得她是以什麼樣的心境，握住幾星期前才分手的男人的手。

這雙手屬於她無疑感到嫌惡、不以為然、鄙視的對象，屬於不願認真面對這些情感的我。

「我真的覺得你是王八蛋。」

為什麼突然說這種話？

「我覺得你或許是我至今見過最無可救藥的人，自我陶醉、自找麻煩卻又能夠扮演正常的社會人士。我也覺得喜歡這種傢伙的自己很蠢。」

她說得很正確。當時我就是設法要讓她產生這樣的感想。
「至今為止，我有好幾次都覺得無法原諒。可是……」
須能紗苗的眼瞼抽搐一下。
「姑且不論你的態度，你讓我思考自己的人生，也讓我看清真正的自己。」
她說錯了。我並沒有做那種事。
「香彌，你好像很後悔害死阿魯米。」
我不是那種人。
「我心想，這個人只是不知道該和人生保持什麼樣的距離、因此在哭泣的笨蛋。」
她的手加重力道。
「我完全無法預測今後的事，不過有一點我敢肯定地說——」
我在不知不覺中——
「此刻我想要再次了解你的這份心情，總有一天也會遺忘。」
——豎起耳朵傾聽須能紗苗的話。
「所以此時此刻，我不能愧對自己的內心和珍惜的東西。這是我的期許。我們只能在煩惱與痛苦中，不斷累積此時此刻。經過反覆堆砌，就會得到現在的自己：認清喜歡琪卡的自己確實曾經存在、曾受到音樂影響的自己並沒有錯。我們只能像這樣活下去。所以說，別在意了。」
從須能紗苗的左眼滑下一顆眼淚。那是沒有發光的平庸眼淚。
「忘記也沒關係。」

對於琪卡的情感殘渣、留在心中的餘燼崩落了。
這些碎片在掉落到心底的過程中消失。
但是還有極少部分、沒有完全逝去的一點點情感，原本不應被任何人看到，卻化為言語脫口而出：
「對不起。」
這不是應該發出聲音的言語，更不是能夠讓人聽到的情感。
「琪卡。」
或者我一直想要說出來。
「我明明那麼喜歡琪卡，只想著琪卡。」
原本不會告訴任何人的內心話——
「她已經忘記我了嗎？希望她至少記得我們的相逢。」
只有須能紗苗在聽。
她垂下視線，緊緊握住我的手。
這世界的顏色沒有恢復，沉悶沒有消失，而我也沒有獲得原諒。
可是我仍舊可以待在這個世界——我覺得好像有人對我這麼說。

※

新年之後過了兩個星期，世人已經完全回到日常生活，我們的每一天也恢復平常的運作。話說回來，為了配合沒有一般新年假期的紗苗，我也沒有特意安排返鄉等，因此原本就沒有太大的變化。

「今天晚餐去『那裡』吧。我想要吃高湯蛋捲。」

星期六，我正在做自己的午餐時，收到紗苗的簡訊。我立刻回覆「ＯＫ」。雖然我正在做午餐用的煎蛋，不過沒關係。煎蛋和高湯蛋捲是不一樣的。

她大概是一時興起傳簡訊給我。沒有使用表情符號的文章訴說著這一點。

我把做好的午餐擺在桌上，調高前幾天新買的收音機音量。紗苗負責的節目即將開始。

當電子時鐘標示分鐘的數字變成零，收音機播放機械式的聲音，接著逐漸轉變為順耳的背景音樂。女主持人快活地向聽眾進行中午的問候，報出今天的日期、時間還有自己的名字。我聽著她的開場白，開始吃沙拉。我想起紗苗曾經說過，製作每次的開場白其實很辛苦。

今天的話題是朋友和前男友重修舊好。我懷疑這該不會是紗苗提供的話題，不過仔細聽才發現是完全不同的故事，不禁為自己的自作多情感到羞愧。

我聽著陌生人的戀愛話題，一邊啃水煮花椰菜一邊想，大家都會遇到種種問題。

我們也是歷經種種問題之後，再度開始交往。

雖然沒有可以投稿到電臺的精采故事，不過我們在談過之後決定復合。表面上看起來或許是圓滿結局，但是紗苗仍舊會為了十六年前的事責問我：「對了，你說齋藤怎麼樣？」

在和紗苗重新開始交往的時候，最重要的當然是她對我的想法。她說她仍舊跟以前說過的一樣，想要繼續看著我。她也補充說：「因為你傻得很可愛。」

我壓下罪惡感接受她的提議，並不只是因為隨波逐流，也不是因為想要看守她戰鬥的姿態、她的容貌很有異性緣之類的謊言。

而是因為我認為，如果能夠讓死前的人生變得稍微有意義，一定是跟她在一起。我雖然覺得這種自我中心的想法很失禮，不過還是明確地告訴她，沒想到她卻開心地笑了。

「每個人都可以改變。」

我還無法完全相信這句話。

我不認為我能夠輕易改變在過去漫長的歲月中、自己弄得平淡無味的這個人生。不過我也想要持續累積願意相信的此時此刻。

「說到人可以改變——」

當我面色變得有些凝重，紗苗似乎想要改變沉重的氣氛，做出準備要說出祕密的表情。她明明喜歡揭穿謎底，可是卻又顯得緊張，就像之前告訴我說她以前不喜歡我的時候。

「你有發覺到我整形過嗎？」

「什、什麼？」

我發出怪異的聲音，仔細盯著她的臉，但是因為沒有縫合痕跡，因此看不出來。

「我很討厭自己的臉，所以在求職前稍微整了一下。我爸媽到現在都會挖苦我，說如果沒有定期見面，就會忘了我的長相。」
「我沒有發覺。不過我一開始的時候，的確覺得沒看過妳的臉。」
「這樣啊。不過我想說你反正應該不記得，所以就順勢瞞過去了。」
我正感到驚訝，她又說她當時在故鄉的車站發現我，想要跟我說話卻遲遲無法鼓起勇氣，所以才一直跟我搭同一班電車。
聽到她之前隱瞞的事實，我完全不會覺得不舒服。她想要自己掌握自己的道路，應該是很棒的事……吧。我現在也希望能夠像她改變自己討厭的臉一樣，有一天能夠改變無顏面對琪卡的人生。不過這份心情，總有一天也會遺忘。
吃完午餐之後，廣播節目仍舊在開始的階段。我收拾餐具，打開筆記型電腦，準備進行目前被交辦的案件。
到頭來，我要被調動的計畫被擱置，紗苗也仍舊在廣播電臺工作。紗苗說，至少在她找到自己能夠接受的答案之前，她要繼續做現在的工作。不論她未來要走向何方，我都希望她能夠走向自己的決心指引的方向。
廣播主持人朗讀聽眾投稿的信件之後，就會播放聽眾點的歌曲。中間會插入事先收錄的樂手專訪和廣告，不過基本上這個節目是由聽眾的信件成立的。正當我也想要點播以前聽過的曲子時——
「接下來是暱稱『路可路可』的聽眾點歌。『日村小姐，午安。』午安～！『我要點播的是Her Nerine的新歌〈輪廓〉。這首歌真的太棒了！當我感覺日常生活中好像突然出現很大的洞時，聽這首歌，想到有人能夠唱出這樣的內容，就會讓我很想哭。請妳一定要播這首歌！』——另外還有很多人也點了這首歌。我自己也很喜歡 Her Nerine，希望可以早日在 LIVE HOUSE 聽到這首歌。那麼就請大家來聽：Her Nerine 的〈輪廓〉。」

音樂剛開始播放的時候，我並沒有特別的感受；抒情曲風的前奏，我也不覺得特別好或特別差。我還沒有辦法在知識以外判斷音樂的價值。也許今後可以像嬰兒一樣慢慢培養吧。

我原本是以這樣的心情在聽這首〈輪廓〉，但是當女主唱開始唱歌時，問題發生了。

並不是電臺方面出了問題，也不是電波斷訊，而是我的問題。我不自覺地站起來，忘記呼吸，凝視著收音機。

在空虛的世界
填補空虛的心靈
共同承擔的罪惡重量
描繪出愛情的輪廓

我知道。

我知道這段歌詞。

我對這個樂團、這首曲子一無所知，可是我卻知道這首歌的這個部分。

我想起黑暗的公車站、吹拂在耳朵的氣息、彼此唱給對方聽的歌。

聽到歌詞，我就覺得一定是當時的歌。

這是怎麼回事？
剛剛明明說是新歌。
這首歌不是屬於琪卡的世界嗎？
我難得再度思索這個世界與那個世界的關係，呆住了好一陣子。

※

「你想見Her Nerine？怎麼突然想見他們？」
我們在經常光顧的那家居酒屋，像平常一樣被店員挖苦：「原來你們還沒有分手，真是太好了。」當我們坐下來乾杯之後，我立刻跟紗苗商量。
「與其說想要見到那個樂團，不如說是想要見到寫〈輪廓〉這首歌的人。」
「哦。不只那首歌，Her Nerine幾乎所有歌都是主唱Aki寫的。我跟她其實滿要好的。她人很好，不過你為什麼忽然想要見她？」
老實說，我內心感到猶豫，不過在這裡隱瞞真相也沒有意義。我一五一十地告訴紗苗今天發生的事，還有昔日的記憶。
「原來如此。」
「不過也可能是我記錯了。」
「如果是同一首歌，那就真的太厲害了。不論是偶然，或者有某種意義，而且……等一下。」

紗苗說到一半停下來，彎下腰從放在行李置放籃的包包拿出行事曆，開始檢視。

「還有關於這一點，不論是偶然或者有某種意義都很厲害：下週末剛好有 Aki 個人彈唱的 LIVE 演出。我不知道她會不會唱〈輪廓〉，不過你要一起去嗎？我想應該可以打個招呼。」

「謝、謝謝。」

我表達由衷的感謝。我原本以為紗苗會露出笑臉，但她卻噘起嘴脣。

「該不會是日程安排有點勉強？」

「不是。我可以接受，而且我也是大人了，對很多事打算睜一隻眼閉一隻眼，不過我還是會嫉妒。」

她說完戳了一下我的肚子。我一方面感到抱歉，另一方面也希望這次的事能夠提供我關於琪卡以及面對這個現實的線索。

次週，我們在鬧區的車站前集合。紗苗說要把我當成同事來介紹，因此我為了保險起見穿了西裝到場，可是她卻批評：「電臺很少人會穿得這麼西裝筆挺。」我穿西裝到這裡的理由之一，就是想要挺直背脊，掩飾難得的緊張。

我們立刻離開站前，穿過人潮，前往 LIVE HOUSE。我們越過大型交叉口，聽著警告拉客的廣播，走過大型電影院並繼續前進。

我們來到類似地下室入口的地方，紗苗便指著往下的階梯說「就是這裡」。

這是我第一次進入 LIVE HOUSE 這種地方。想到紗苗就是在這裡沉浸於音樂當中，我就很難不去想到與琪卡見面的那個公車站我們下了階梯，來到看似接待櫃檯的地方，我才想到還沒有從紗苗那裡拿到門票。我正要朝她的背影呼喚，她便舉起左手制止背後的我。

「抱歉，我是獲得新川先生招待的須能。」

「好的，那麼請妳在這裡寫下名字。」

紗苗進行這樣的對話、並從櫃檯的女人拿了兩張貼紙之後，給了我其中一張。我應該沒有特別顯露出有話想說的表情，不過紗苗在進入會場迎面看到的吧檯買了兩杯啤酒，然後遞給我其中一杯。

「要付費支持音樂，也有各種方式。來，乾杯。」

我接過啤酒之後，兩人舉起塑膠杯互碰一下，室內燈光就變暗，彷彿是在等待我們來臨。雖然不到擁擠的程度，不過觀眾還算不少。我們找到比較容易觀賞的地方。

當舞臺上出現人影，四周便響起掌聲與歡呼聲。從外觀來看，可以知道上台的是一名男性。今天的表演者聽說有兩人，看樣子 Aki 是第二個。

年紀大約二十歲左右的男人面對歡迎自己的觀眾，泛起靦腆的笑容。他給人纖瘦的印象，不過當他拿著吉他坐下，氣氛就立刻改變。悠揚的歌聲強而有力，讓我不禁想到，如果自己生來具有這樣的聲音，一定會把音樂當成自己的疾風吧。

每唱完一首，觀眾就會鼓掌。男人唱完八首，似乎總算結束演出時間。他再度泛起靦腆的笑容，邊點頭致意邊進入後方。

掌聲還沒完全歇息，會場的燈就亮了。我不經意地去看身旁的紗苗，她抬起兩邊的嘴角露出無言的笑容，然後拿出手機開始輸入文字。

我原本以為她會問我感想，不過她已經知道我不會受到創作品感動，因此她之所以沒有詢問，應該不是顧慮到我，而是顧慮到周圍的觀眾。如果有剛剛唱完的男歌手的粉絲，聽了我的評語有可能會感到不愉快。

有一天，我也會為歌曲或小說感動、和紗苗產生共鳴及喜悅嗎？即使有那麼一天，或許也是遙遠的未來，搞不好直到死亡都不會來臨。我現在覺得，如果有一天能夠跟她一起流淚，那樣的未來也不壞。

舞臺上有十分鐘左右的更換器材的時間。

這段期間，紗苗跟我談起她在這間 LIVE HOUSE 的回憶。

高中時第一次造訪這條街、來到這裡時的緊張心情；踏入百聞不如一見的這個場所時的感動；當音樂響起的瞬間，她腦中湧現種種思緒，結果嚎啕大哭；後來她又來過好幾次，因為是人與人聚集的場所，也遇到過不愉快的事；但直到今天，她還是想要繼續造訪 LIVE HOUSE。

「如果問我現在還能不能爆發第一次來時的感動，我想應該不可能；不過就是因為知道更多，所以也會得到許多新的感動。」

所以沒問題——紗苗雖然沒有說出這一句，不過她試圖要傳達給我。這句話是對我說的，同時大概也是對她自己說的，或許也可能是對這間 LIVE HOUSE 裡所有人說的。

不久之後，在舞臺上做準備的工作人員離開，燈光變暗。雖然還沒有人出現，卻已經湧起掌聲與歡呼聲。

我感到緊張。

接下來要出現的，是什麼樣的人物？

唱那首歌的女人跟琪卡的世界，有什麼樣的關係？

與我逐漸加快的心跳形成對比，被稱為Aki的人物以緩慢的動作，終於出現在舞臺上。

在昏暗中，可以朦朧看見她抱著吉他坐在椅子上。她停頓一下，把臉湊近麥克風，舞臺上的燈光便緩緩亮起。

「晚安，我是Her Nerine的Aki。」

她的表情比網站上的照片顯得更不愉快。她以絕對稱不上親和的聲音簡單致意之後，就立刻開始演唱第一首歌。

開始唱歌之後，Aki也跟上一個人一樣頓時改變印象。從她瞇起眼睛、想睡而不愉快的表情，無法想像從她口中唱出來的，是讓整個空間顫抖的歌聲。我雖然在廣播聽過，卻驚訝地發現在眼前聽到時會差這麼多。

她唱完兩首歌，喝了放在旁邊的水，替吉他調音之後，把嘴湊向麥克風。

「接下來要翻唱喜歡的曲子。〈十五歲〉。」

Aki只說了這句話，又開始用每唱一句彷彿就會耗盡全身力量的歌聲來唱。

我仔細聆聽歌詞，思索著自己十五歲的時候。紗苗搞不好也一樣。在這個會場的許多人，也許都一樣。

我思索著，有多少人會懊惱自己成了當時不想變成的大人；我也思索，在懊惱之後還能做什麼。

這首歌也唱完了。Aki在掌聲中毫不在意地開始說話：

「接下來是新歌，叫作〈輪廓〉。」

我察覺到一旁的紗苗挺直背脊，我也屏住氣息。Aki當然不會在意這樣的我們，開始唱據說是她自己創作的這首歌。這是我第一次聽以彈唱方式唱的〈輪廓〉。

為了只用吉他伴奏而重新編曲的〈輪廓〉，更能突顯出Aki的歌聲。悲哀的是，我不太記得琪卡的歌聲。如果她唱的就是這首歌，當時是怎麼唱的呢？

在空虛的世界
填補空虛的心靈
共同承擔的罪惡重量
描繪出愛情的輪廓

不過再聽一次，我就更確信自己果然知道這段歌詞。

我覺得彷彿有人在撫摸心中留下的痕跡。

在〈輪廓〉之後，Aki又唱了三首歌，一度離開舞臺，然後在毫無歇止的掌聲中再度上台。在此同時，第一個上台的青年也拿著吉他登場，兩人一起唱了一首歌，這場LIVE就以大團圓的形式閉幕。

我和紗苗彼此對看。

在前往準備室打招呼之前，我們先等候一定程度的觀眾離開。

「她剛剛不是唱了〈十五歲〉這首曲子嗎？」

「她說是翻唱的那首吧？」

「沒錯。那是我最喜歡的樂團主唱參與的歌曲。我聽學長說，有女生用彈唱方式翻唱這首歌，於是就遇見Aki。」

也許有某種意義吧——紗苗喃喃地這麼說，然後看了看手機。她似乎收到Aki的工作人員聯絡，於是我們便離開座位。

我跟隨在紗苗後方。紗苗呼喚一名男性工作人員，兩人面帶笑容地打招呼。我也加入他們，笑咪咪地鞠躬。

我們走進明顯禁止非相關人士進入的門。室內空間意外地狹窄，在幾個大人工作的當中，Aki獨自一人拿著裝了冰塊的袋子貼在喉嚨上，看著手機。

紗苗一邊向周圍的大人打招呼、一邊躡手躡腳地走近，Aki便抬起頭。在舞臺上看起來很不愉快的表情露出笑容。

「啊，須能姊～！」

「好久不見！」

「有沒有很帥？」

「嗯，真的超帥的。」

「好高興。」

「〈輪廓〉的彈唱也很棒。」

「那是一首好歌吧？」

Aki發出嘿嘿的笑聲，臉上顯露出沒有在舞臺展現的稚氣。我聽說她的年紀是二十一歲。

我站在紗苗後方，直立不動地思索著該如何切入正題，紗苗便在對話告一段落時把上半身轉向我，把我送到Aki面前。

「很抱歉突然帶人來見妳。他是我的同事，聽了〈輪廓〉之後就成為妳的超級粉絲。我想要帶他來跟妳打招呼，沒關係嗎？」

「很高興見到妳，我叫鈴木香彌。妳的彈唱很棒。」

我來到Aki面前，也能夠隱藏內心的緊張，並以摻雜著適度興奮的方式說出預先準備的問候，或許應該要感謝自己隱藏內心生活的每一天吧。

Aki再度露出開朗的笑容。

「喔，謝謝。很高興見到你，我是Her Nerine樂團的主唱。我叫Aki。」

面對她笑容可掬地打招呼，我以緊張的腦袋勉強接受。

在來到這裡之前，我想過種種問題——見到她時應該說什麼、問什麼，才能知道琪卡唱的歌與Aki之間的關係？

我想要詢問創作〈輪廓〉的契機。我既然已經說很喜歡這首歌，問這個問題應該不會太突兀。我也想知道關於Aki本人的事，不過突然問這方面的問題會不會不自然？我從官網上的介紹得知，她和故鄉的朋友一起組團，就是Her Nerine的開始。我應該從這裡展開話題嗎？她會不會知道琪卡或是琪卡的世界？Aki、Aki……

我為了巧妙地向Aki提出自己帶來的種種想法，張開乾燥的嘴巴。

「……Aki是秋天（註8）的意思嗎？」

我不禁懷疑自己說出口的話。我在說什麼？

由於緊張，再加上眾多問題糾纏在一起，結果我問出了無關緊要的問題。談話的時間明明就有限。

我雖然沒有顯露在臉上，但內心感到懊悔。Aki有一瞬間露出驚訝的表情，不過立刻以爽快的笑容說「欸，不是」，然後用手指在半空中寫字。

「Aki寫成安心的安和藝能的藝，『安藝』。」

「……啊，該不會是姓？」

我心想，必須快點離開這個話題才行。

也因此，我沒有做任何心理準備。我以為這種地方不會出現有意義的資訊。

「沒錯。我覺得被稱呼名字很尷尬，所以用姓來當稱呼。名字是這樣寫。」

Aki再度用手指在空中比畫。也許這是她的習慣。

她畫了一條橫線，然後把五劃左右的動作做了兩次，接著又寫了四劃左右。

我不會念這個名字，不過她寫的是……

「一首歌。」

她的名字彷彿是為了唱歌而誕生的。

「沒錯，Ichika（註9）。」

8　日文秋天讀音為「Aki」，跟姓氏的「安藝」讀音相同。

9　「一歌」讀作Ichika，和琪卡（Chika）的讀音只差一個音節。

我以為自己聽錯了。

「我叫 Aki Ichika。」

這是我曾一再地、數不清次數地在心中默念的音節。

此時的我大概連表情都忘記裝了。

「這個名字很像在耍帥吧？這一點也讓我覺得很丟臉。」

Aki——安藝一歌——和善地笑了。

我不禁立刻轉頭看紗苗的臉。她似乎原本就知道這件事，以忍耐某樣東西的表情輕輕點頭，然後迅速擺出笑臉。

「妳這麼輕易地就把名字告訴第一次見面的人，沒關係嗎？搞不好會被亂用喔。」

「不會吧。須能，妳的同事怎麼搞的？」

兩個女人彼此嬉鬧，彷彿同志般一起笑。

我明明看見了，也聽見了。

可是——

我的意識在不知不覺當中，前往另一個地方。

我的心飛向當時的黑暗當中。

當我清醒過來，彷彿看見發光的兩隻眼睛，以及發光的二十片指甲。

不，確實在那裡。

我聽見聲音。

這不是變得朦朧的記憶。
她現在彷彿就在那裡。
不，她就在那裡。
「我的外表和聲音都會變得不一樣，你甚至沒辦法立刻看出是我。」
當時我不知道她在說什麼。
「不過在我們無法選擇的深層部位，應該有不會改變的東西。」
原來如此。
「如果我誕生在你的世界——」

琪卡消失了，公車站也撤除了。戰爭結束了。
我以為什麼都沒有留下來。
「一定會遇見你。」
原來是這樣。
我們早就知道見面的方式。

「香彌這個名字要怎麼寫？」
眼前的 Aki 發出的聲音，把我的心拉回現在這個場所——LIVE HOUSE 的準備室。
我急忙要裝出表情，但立刻發覺到沒有這個必要。我露出真正的笑容。
「香氣的香，彌生的彌。」

「感覺好典雅。」

我思索著該怎麼辦。我應該如何理解面前這個叫 Aki 的女生的存在？該告訴她什麼？

我想了種種選項。考量到這個世界和那個世界聯繫在一起、到頭來也不知道會如何影響彼此，那麼相當於琪卡的人物存在於這個世界這種異想天開的事，也並非不可能發生。

也許我應該設法告訴她這一點。也許這一來，可以幫她做點事情。

我雖然這麼想，但最後得到的答案卻單純至極。

我和 Aki、紗苗三個人滔滔不絕地聊天，Aki 說下次一定要來看樂團的現場演出，我也發自內心地說我很期待。

離別的時候，Aki 和紗苗像朋友般彼此揮手，並且對我有禮貌地致意。

我最後只告訴她一件我想要傳達、替她做的事。

「希望彼此都能得到幸福。」

聽到大概很少有機會聽初次見面的對象說的話，Aki 露出詫異的表情，用有些搞笑的態度說「啊，謝啦」，然後再度點頭致意。

我們和周圍的大人也稍微打過招呼，走出會場。我們離開已經幾乎沒人的 LIVE HOUSE，爬上階梯，來到地面之後我看了紗苗的臉。她輪流顯露出各種表情，然後張開嘴脣說：

「沒關係。」

我依賴短短的這句溫柔的話，點頭說：

「謝謝。」

紗苗雖然應該有很多話想說，但還是忍住並對我微笑。

我仰望天空。

我最後遙想著在另一個世界，琪卡不知是否也見到了我。

※

到了二月底，我自然而然迎接生日。我對於年齡增長沒有特別的情感，不過今年的生日和往年的情況不太一樣。

「喂！」

我聽到遠處傳來的聲音，望向那邊，看到哥哥在旅行車旁邊揮手。我和紗苗兀自站在故鄉的車站前，看到我哥哥興奮的樣子不禁苦笑，然後走過去。

「抱歉，讓你們久等了。很高興見到妳，我是香彌的哥哥。」

哥哥草草向我道歉之後，喜孜孜地向紗苗打招呼。身為成熟社會人士的紗苗肩上掛著包包，雙手重疊在前方恭敬地鞠躬。

「很高興見到你，我叫須能紗苗。謝謝你今天特地來接我們。」

哥哥害臊地說「這沒什麼」，然後護送紗苗坐上後座。身為弟弟，雖然覺得很受不了，不過還是乖乖上車。

我的生日剛好碰上週末，再加上紗苗也放假，因此我們便決定去拜訪我的老家，目的是要讓紗苗跟我的家人打招呼，並且在上個禮拜迎接一週年忌日的母親佛壇前合掌祭拜。我雖然跟她說不必特地回來，但是因為她的要求，就實現了今天這樣的日子。明天兩人都要從早上開始工作，因此雖然說是返鄉，也只是在老家舉辦午餐會而已。我原本打算帶著淺笑撐過去就算了，但是紗苗事先叮嚀我，「禁止從早上就擺出工作用笑容」。當她說「看到那張臉，就會覺得自己被稱呼為齋藤」，我也只能乖乖聽從她的話。

在車子行駛中，哥哥一直在對紗苗說話，紗苗也很高興地說「我們是高中同學」、「我一直在電臺上班」、「哥哥和弟弟不一樣，非常健談，讓我嚇一跳！」等等，不斷展開對話。我不知道除了裝笑以外可以擺出什麼樣的表情，只好默默地觀望流逝的風景。

到了老家，不知從何時就在等候的父親出現在家門口，抱著據說最近開始養的貓。面帶開朗笑容的父親也隆重地歡迎紗苗，彷彿恭迎哪裡來的公主般，引導她走在通往玄關的路。

我脫下鞋子、洗了手，前往客廳，意外地發現外公外婆也來了，不禁有些慌張。祖父母已經過世，因此不在這裡。

紗苗向外公外婆也打過招呼之後，詢問可不可以祭拜佛壇。她當然不會遭到拒絕，因此便和我一起在母親佛壇前合掌祭拜。

對於母親的死，我並沒有感到特別悲傷，不過此刻我會覺得，如果現在的自己和母親談話，或許可以進行比較不一樣的對話。

客廳的矮桌上，擺了難以想像是六人份的豐盛料理。壽司大概是點外送，另外還有應該是外婆做的日式燉菜和炸雞等，擺在大盤子裡。我和紗苗並肩坐在圍繞著矮桌的沙發之一，父親便迫不及待地問：

「紗苗，妳會喝酒嗎？」

「我很喜歡！」

紗苗抓住機會回答，父親便高興地不知從哪裡拿出一公升瓶裝的酒。我一邊想著又不是為了結婚來打招呼，一邊接受父親斟酒。

餐會平安無事地進行。我的家人和紗苗都顯得很高興，所以應該算是很順利。

眾人紛紛談起工作的話題、在都會生活的話題、我的母親的話題、我在紗苗眼中是怎麼樣的人等等。

「他像嬰兒一樣可愛。」

紗苗的評語聽起來也像是責難，不過我的家人都露出欣喜的笑容。父親低頭說，香彌就拜託妳了。

我基本上只要適度應付對話就行了，不過只有一句話，我發自內心地回應；這句話父親或許是要傳達給紗苗，同時也是在告知母親在天之靈。

「香彌，你要好好珍惜這麼棒的人。」

「……嗯。」

我吞下口中的食物，清楚地回答。

「我希望可以利用自己的時間，盡可能替紗苗做一點事。」

父親、哥哥還有紗苗都顯得很驚訝。

用餐之後，我們邊吃哥哥買來的茶點邊喝咖啡。到了傍晚，我們告訴他們還要去紗苗的老家拜訪，今天的聚會就結束了。

我們收下簡單的伴手禮，並約定一定要再帶紗苗回家，總算離開了鈴木家。

從我的老家到紗苗老家有一段距離，不過我們決定用走的。哥哥原本提議要開車送我們，不過紗苗說難得回來，想要在家鄉的街上走走，因此慎重地拒絕了。

紗苗的家位在昔日往山上的方向，現在已經完全開發，走在路上也幾乎看不到過去的面貌。

「當時你常常在這一帶跑步嗎？」

並肩走在一起的紗苗問我。我點頭說：

「嗯，因為有很適合的斜坡。」

「公車站也在這個方向嗎？」

「嗯，沒錯。」

我們只說了這些，然後默默地走路。

走了一陣子，我們來到當時沒有的大廈建築群前。我們走過奔跑的孩子們旁邊。他們大概是這些大廈的居民吧。

在狹窄的人行道上，迎面走來推著嬰兒車的女人，因此我們便迴避到沒有車子經過的車道上。

在擦身而過的瞬間，我不經意地看了女人的臉，不禁嚇了一跳。

然而我沒有呼喚她，甚至沒有顯露出察覺到任何事的表情。

我只在心中祈禱，這個我從當時就以本名稱呼、和我有點像的女人，也能夠健康開朗。不過我似乎聽到某處傳來「無聊」的聲音。

「香彌。」

穿過大廈建築群之後，紗苗稱呼我的名字。

「嗯？」

「關於你剛剛說的——」

我邊走邊轉頭看紗苗，她也看著我。

「不要因為失去了一切，才想要為了我而生活。我不希望你做那種事。」

紗苗繼續走。我照例跟著她的步調。

「我沒辦法了解你的一切，也沒辦法肯定你的一切。我能做到的，頂多就是跟你並肩走在一起。」

紗苗抬起嘴角，停下腳步。我也停下腳步，正視她的眼睛。

「我們就像這樣彼此對看、偶爾牽手、偶爾想著相似的念頭，一起生活吧。然後有一天忽然死亡。我發覺到，這樣就行了。」

紗苗說完，再度開始走路。我從她背後追上，與她並肩走在一起。

聽到她的話，我腦中湧起種種想法。

照著紗苗提及的生活方式，或許就能讓自己不再愧對心愛的東西。

「反正人生很長，接下來才是重頭戲。」

「希望如此。」

我點頭。紗苗戳了一下我的側腹部。我看了一下旁邊，心想幸好我沒有讓她露出悲傷的表情。我希望自己能夠為這種事感到高興。

我總算發覺到，要為這些日子決定名稱還太早了。

初出
週刊新潮二〇一八年九月二十七號～二〇一九年八月一日號

嬉文化

這份心情總有一天會遺忘

（原名：この気持ちもいつか忘れる）

作者／住野夜　封面插畫／loundraw (FLAT STUDIO)　譯者／黃涓芳
執行長／陳君平　榮譽發行人／黃鎮隆
協理／洪琇菁　國際版權／黃令歡、梁名儀
執行編輯／呂尚燁　美術主編／李政儀
企劃宣傳／陳品萱

發行／英屬蓋曼群島商家庭傳媒股份有限公司城邦分公司　尖端出版
台北市中山區民生東路二段一四一號十樓
電話：（〇二）二五〇〇—七六〇〇（代表號）
傳真：（〇二）二五〇〇—一九七九

中彰投以北經銷（含宜花東）／楨彥有限公司
電話：（〇二）八九一九—三三六九
傳真：（〇二）八九一四—五五二四

雲嘉經銷／威信圖書有限公司　嘉義公司
電話：（〇五）二三三—三八五二
傳真：（〇五）二三三—三八六三

南部經銷／威信圖書有限公司　高雄公司
電話：（〇七）三七三—〇〇七九
傳真：（〇七）三七三—〇〇八七

香港總經銷／城邦（香港）出版集團有限公司
香港灣仔駱克道193號東超商業中心1樓
電話：（八五二）二五〇八—六二三一
傳真：（八五二）二五七八—九三三七
E-mail：hkcite@biznetvigator.com

馬新經銷／城邦（馬新）出版集團　Cite(M)Sdn.Bhd.
E-mail：Cite@cite.com.my

法律顧問／王子文律師　元禾法律事務所
台北市羅斯福路三段三十七號十五樓

二〇二一年十月一版一刷
二〇二三年九月一版二刷

■中文版■

郵購注意事項：
1. 填妥劃撥單資料：帳號：50003021戶名：英屬蓋曼群島商家庭傳媒(股)公司城邦分公司。2. 通信欄內註明訂購書名與冊數。3. 劃撥金額低於500元，請加附掛號郵資50元。如劃撥日起 10～14日，仍未收到書時，請洽劃撥組。劃撥專線TEL：(03) 312-4212 ・ FAX：(03) 322-4621。E-mail：marketing@spp.com.tw

國家圖書館出版品預行編目資料

這份心情總有一天會遺忘/住野夜作 ; 黃涓芳譯 .
--初版. --臺北市：尖端出版, 2021.10
面 ; 公分. --(嬉文化)
譯自:この気持ちもいつか忘れる
ISBN 978-626-316-046-0(平裝)

857.7 110012836